Rust en Vreugd

D1663576

Hendrik Groen bij Meulenhoff

Pogingen iets van het leven te maken
Zolang er leven is
Leven en laten leven
Een kleine verrassing
Opgewekt naar de eindstreep
Rust en Vreugd

meulenhoff.nl

Hendrik Groen

Rust en Vreugd

ROMAN

MEULENHOFF

ISBN 978-90-290-9412-2
ISBN 978-94-023-1745-9 (e-book)
ISBN 978-90-528-6434-1 (audio)
NUR 301

Omslagontwerp en plattegrond: Bloemendaal & Dekkers
Omslagillustratie: Bloemendaal & Dekkers/iStock
Zetwerk: Tekst & Image, Assen

© 2021 Peter de Smet en Meulenhoff Boekerij bv, Amsterdam

Niets uit deze uitgave mag openbaar worden gemaakt door middel van druk, fotokopie, internet of op welke andere wijze ook, zonder voorafgaande schriftelijke toestemming van de uitgever.

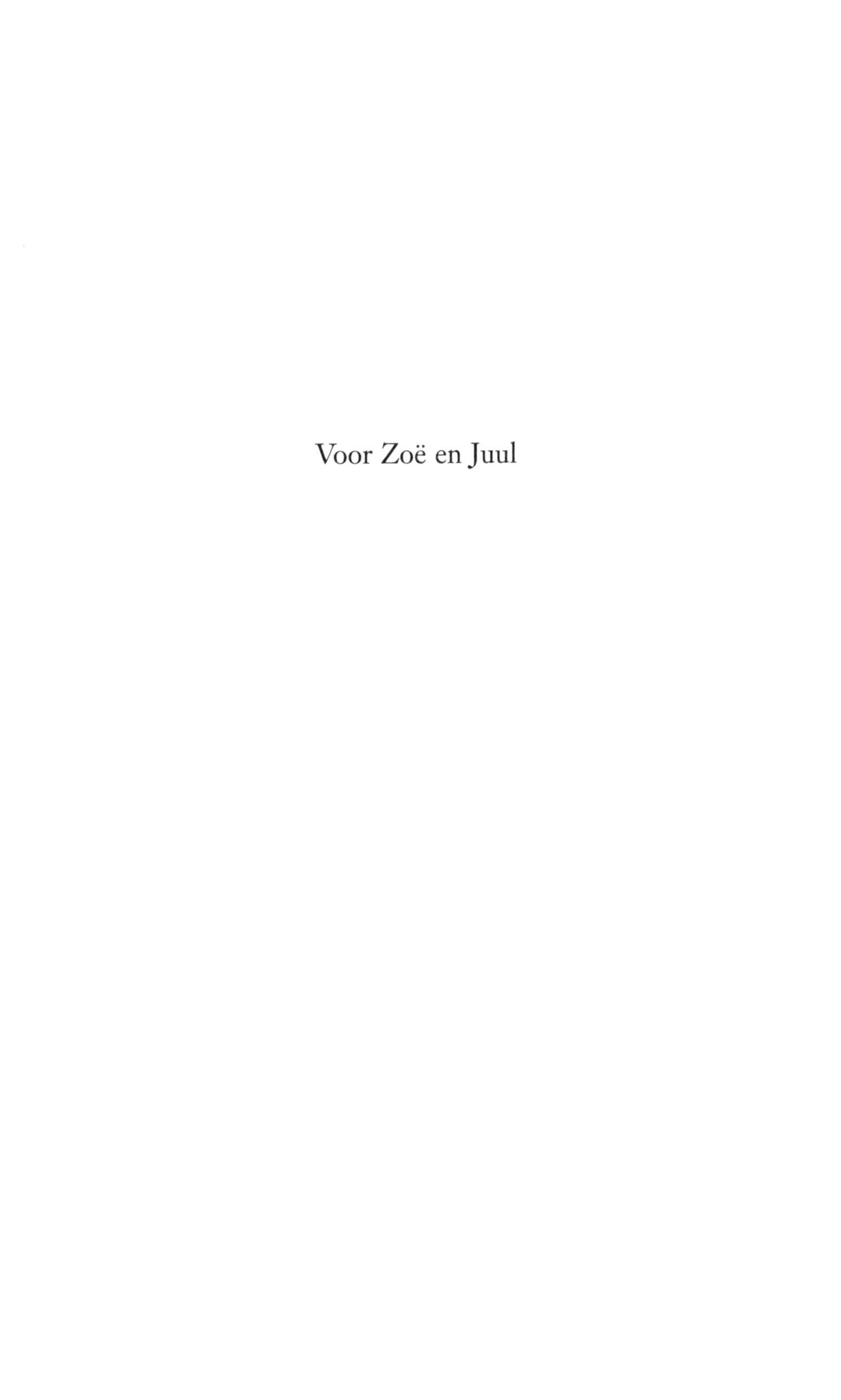

Voor Zoë en Juul

1

‘Wat een rare naam.’

‘Emma?’

‘Nee, uw achternaam: Kwaadvlieg.’

‘Met q u.’

‘Wat is qu?’

‘Nee, zo schrijf je het, met een q en een u. En vlieg met gh.’

‘Nou, dat maakt het alleen maar nóg raarder.’

‘Tja, ik heb hem niet zelf uitgekozen. Maar eigenlijk vind ik het wel mooi: Quaadvliegh. En hoe heet u?’

‘Herman.’

‘Ook mooi.’

‘Neemt u me nou in de maling?’

‘Nee hoor, ik zou niet durven.’

‘En hoe heet hij?’ Herman wees op het hondje.

‘Dat is Wodan.’

‘Wodan? Zo’n klein hondje? U bent wel van de gekke namen, zeg.’

‘Dat vond mijn man grappig. Voluit heet hij Wodan Hercules Vullis. We hebben hem in een vuilcontainer gevonden in België. Het is een echte vuilnisbakkenrashond.'

Herman zette grote ogen op. 'In een vuilnisbak? Dan zal-ie wel erg gestonken hebben. Of lag-ie er nog niet zo lang in?'

'Dat weten we niet precies. Dat stond er niet bij. Maar hij was inderdaad wel vies. We hebben hem onder de douche gedaan.'

'In België?'

'Nee, thuis. We hebben thuis een douche.'

Er ontsnapte Emma een vriendelijk zuchtje. Ze kende Herman nu ongeveer drie minuten en vermoedde dat hij heel aardig was, maar niet de slimste tuinder op Rust en Vreugd.

'Wilt u een pompoen, mevrouw Emma?'

Dat wilde Emma wel. Uit beleefdheid.

Herman meldde dat hij over tien minuten terug zou zijn met een pompoen.

2

Emma was een week eerder, bij de eerste kennismaking met het huisje, gevallen voor de boerenbontgordijntjes en de zeven theepotten op een plank. Ze wist dat gordijntjes en theepotten niet het allerbelangrijkste waren van een tuinhuisje, maar toch. Ze had misschien beter kunnen kijken of het dak lekte en of de houten bodem niet verrot was, maar de voorzitter van de tuintaxatiecommissie, Steef Bijl, had haar bij de bezichtiging verzekerd dat dit een 'tiptop' huisje was. Zijn broer Henk, secretaris van de taxatiecommissie, had het beaamd: 'Wat je zegt, Steef, tiptop.'

'Dit huisje heeft zeker altijd in de garage gestaan?' had Emma er een grapje tegenaan gegooid.

'Nee hoor, gewoon buiten. Hier op deze plek. Het is ongeveer... nou, hoe oud zal dit huisje zijn, Henk?'

Henk had gewichtig gekeken, lang gezwegen, zijn ogen tot spleetjes samengeknepen en ten slotte gezegd: 'Een jaar of tien. Maar het kan ook veel langer zijn. Bijvoorbeeld twintig.'

'Dat zeg ik dus,' was Steef verdergegaan, 'dit huis zal ongeveer tien jaar oud zijn en is altijd perfect onderhouden, strak in de verf, dat kon je wel aan meneer Thy overlaten, God hebbe zijn ziel.'

'O, is de vorige eigenaar overleden?' had Emma gevraagd.

'Ja, heel treurig. Zomaar omgevallen. Gelukkig niet hier. Rikketik. Vandaar dat alles er nog op en an zit. De kinderen van meneer Thy zitten in China, geloof ik, of daar ergens in de buurt, en er kwam niemand opdagen voor zijn spulletjes, dus hebben we na een jaar besloten dat we het huisje met spulletjes en al gingen taxeren. Daarom kan u het goedkoop krijgen, want die spulletjes mogen we eigenlijk dus niet meerekenen, want die zijn dus niet van ons. Het huisje is volgens de reglementen wel van de vereniging.'

'Staat zijn melk soms ook nog in de koelkast?' had Emma glimlachend gevraagd.

'Nou, dat hoop ik niet,' had Henk geschrokken geantwoord, waarna hij heel voorzichtig het kleine koelkastje opende alsof de schimmels er zo uit konden springen, recht in zijn gezicht. Er gebeurde niets. Henk had daarna heel langzaam een blikje sinas uit het koelkastje gepakt, alsof het kon ontploffen, en buiten op het stoepje gezet.

'U hebt me gered, denk ik,' zei Emma. 'Was dat alles wat erin stond?'

Daarna had ze om de hoek van het koelkastdeurtje gekeken. Brandschoon en leeg.

Verdere inspectie van het tuinhuisje had nog een paar kleine verrassingen opgeleverd: een boekenkastje met iets wat op een Chinese encyclopedie leek, een keukenla vol verschillende soorten thee, een Delfts blauw servies en een kleine collectie Italiaanse operaplaten mét pick-up.

'Meneer Thy was van alle markten thuis,' had Emma tevreden geconstateerd. Na nog een keer aandachtig rondgekeken te hebben, had ze besloten: 'Ik neem het.'

'Maar u weet nog niet hoeveel het kost,' had Steef verbaasd gezegd.

'Nee, maar dat gaat u mij nu vast vertellen.'

'Achtduizend vierhonderd euro.'

'Dat lijkt mij een uitstekende prijs.'

3

Ze stond in het midden van haar nieuwverworven bezit: een tuinhuisje op volkstuinvereniging Rust en Vreugd. Ze sloot even haar ogen en ademde diep in door haar neus: het rook naar tuinhuisje, stelde ze tevreden vast.

Ze hoorde een geluid achter zich en draaide zich om. Herman stond met zijn hoofd zachtjes tegen de deur te bonken. Emma deed verbaasd open.

'Ik kon niet gewoon kloppen,' verontschuldigde Herman zich, en hij stak voorzichtig zijn armen naar voren. In zijn handen had hij een pompoen, een zakje gerimpelde appeltjes, een schoteltje met drie chocolaatjes en een bosje narcissen.

'Cadeautjes voor u, als soort van welkom op de tuin.'

'Dat is heel lief van je, Herman. Ik voel me nu al heel welkom.'

'Er zit hier en daar wel een plekje op,' hij wees naar de appeltjes, 'en er kan misschien een worm in zitten.'

'Dat geeft niet, want ik ben geen vegetariër,' zei Emma met een lachje.

Herman keek verbaasd. 'Eet u wormen dan?'

'Nee hoor, alleen per ongeluk.'

Herman knikte, hij snapte het.

'We vallen de nieuwe dame toch niet lastig, hè, Herman?'

Het klonk niet als een grapje. In de deuropening stond een kleine, stevige man met een pet op. Emma kon zijn gezicht niet goed zien in het tegenlicht.

'Nee, natuurlijk niet, ik kwam alleen even een paar cadeautjes brengen. Ik ging juist net weer weg.' Herman hakkelde een beetje.

Emma probeerde in te grijpen. 'Je hoeft niet meteen weg, hoor, Herman. Wil je een kopje thee? Dan kan ik meteen een van de zeven theepotten van meneer Thy uitproberen.'

Herman keek met een schuin oog naar de man in de deuropening. Die deed een stapje opzij om hem door te laten.

'Nee, eh, ik kan niet blijven. Ik moet nog, eh... dingen doen.'

Emma keek hem vragend aan.

'Dingen die niet kunnen wachten,' mompelde Herman en hij glipte naar buiten. 'Nou, doeg, mevrouw Emma.'

'Je houdt de thee tegoed, Herman, met een taartje!' riep Emma hem na.

'Als ik u was zou ik een klein beetje afstand bewaren tot Herman, anders zit-ie de godganse dag op je lip.'

'En van wie komt dit ongevraagde advies, als ik vragen mag?' Emma was op haar hoede.

'O, neem me niet kwalijk, ik vergeet helemaal mezelf voor te stellen. Ja, dat krijg je als de mensen je hier allemaal al kennen, hè. Ik ben Van Velsen, Harm van Velsen; zeg maar Harm. Ik ben de voorzitter van Rust en Vreugd.'

'Emma Quaadvliegh, ik ben de nieuwe eigenaar van dit huisje. En dit is Wodan, mijn hond.'

'Ja, dat wist ik al. Dat had ik gehoord van mijn secretaris. Daarom kom ik even kennismaken. Dat doe ik altijd met nieuwe tuinders. Even kijken wat voor vlees we in de kuip hebben. Bij wijze van spreken dan, hè.' Hij lachte een gemaakt lachje. Er viel een stilte en hij keek Emma aan. Emma keek terug.

Van Velsen verbrak als eerste het zwijgen. 'De inrichting is natuurlijk niet veel soeps, maar het huisje kan er wel mee door, en de tuin ook. Thy was een rare Chinees, maar hij onderhield zijn tuintje wel. Als er geschoffeld moe-'

'Ik vind de inrichting juist heel charmant,' onderbrak Emma hem.

'O...? Tja, smaken verschillen, hè. Mensen mogen zelf weten wat ze binnen in hun huisje willen doen.'

'Gelukkig maar,' antwoordde Emma, 'ik ben erg voor vrijheid, blijheid.'

'Voor de tuintjes gelden natuurlijk wel regels, hè, anders wordt het een oerwoud waar je nog niet met een bijl doorheen komt.'

Van Velsen schoof een stoel onder tafel vandaan, ging zitten en legde zijn pet op tafel. Hij keek naar de plank met de theepotten. 'Ik wil dat kopje thee van Herman wel, als het niet te veel moeite is.'

Emma opende haar mond om iets te zeggen, aarzelde even en leek zich toen te bedenken. 'Wat voor thee had u gehad willen hebben, meneer Van Velsen?'

'Gewone Hollandse thee graag. Niet van die kruidenonzin of zo'n struik groen in een glas. En zeg maar Harm.'

'Hollandse thee bestaat niet, maar u bedoelt waarschijnlijk zwarte thee. Ik heb ceylonthee. Dat is wel gewoon genoeg, lijkt me.'

Van Velsen knikte en toen Emma zich had omgedraaid om water op te zetten, nam hij haar langzaam van top tot teen op. Vanonder de tafel keek Wodan argwanend naar de voorzitter. Hij kwispelde niet.

4

Emma was min of meer bij toeval de eigenaar van een tuinhuisje geworden. Dat kwam indirect door het overlijden van haar man. Drie maanden geleden had ze Thomas, haar grote liefde met wie ze zevenendertig mooie jaren had gedeeld, begraven. Dat was nadat ze hem bijna een jaar lang had verzorgd, sinds hij een beroerte had gehad. Thomas had met alle kracht die in hem zat geprobeerd te revalideren: eindeloos geoefend om weer verstaanbaar te kunnen praten, een wandelingetje te kunnen maken, een boek te lezen, zonder slab te eten, zijn vrouw te kussen. Het was langzaam en onverbiddelijk niet gelukt. Hij kon de woorden 'ondraaglijk lijden' niet uitspreken, maar ze waren wel in zijn ogen te lezen.

Een paar jaar eerder had hij tegen haar gezegd: 'Als ik hulpeloos op het randje van de dood lig, geef me dan een laatste kus en een liefdevol duwtje over de rand.'

Ze had hem gekust en vastgehouden toen de huisarts hem dat laatste zetje gaf.

Pas toen hij dood was, had ze gehuild.

In de weken na de begrafenis had ze al zijn spullen uitgezocht. Wat bewaard moest worden, was bewaard en wat weg kon, was weggegooid of naar de kringloopwinkel gebracht. En tussen zijn papieren vond ze iets dat haar aandacht trok: het inschrijvingsformulier voor tuinvereniging Rust en Vreugd.

5

Jaren geleden hadden Emma en Thomas zich op een zaterdagmorgen in april gemeld in de kantine van Rust en Vreugd op de Liergouw, aan de rand van Zaandam. Thomas wilde al jarenlang graag een volkstuin en hoewel het Emma al moeite kostte om de begonia's op het balkon in leven te houden, had ze, zij het voorwaardelijk, ingestemd: 'Oké, maar jij onderhóúdt de tuin en ik ga erin zitten.' Dat leek haar man een goede taakverdeling en dus zaten ze die zaterdag aan een houten tafeltje het inschrijfformulier in te vullen. Samen met nog vijf andere kandidaat-leden.

'Ja, in april willen de mensen wel,' had de toenmalige secretaris gezegd, 'dan heeft iedereen de lente in zijn kop en wil iedereen een tuin.'

Thomas voelde de bui al hangen en had na het inleveren van het formulier voorzichtig geïnformeerd naar de wachttijd voor een volkstuin.

'Er staan er nu ongeveer tachtig op de wachtlijst, dus reken maar uit.'

Emma vroeg: 'Hoe?'
'Hoe? Hoe bedoelt u, hoe?' vroeg de secretaris.
'Nou, hoe moet je dat uitrekenen?'
De secretaris legde uit dat er zo tussen de vijf en tien tuinen vrijkwamen per jaar en dat het dus wel twaalf jaar kon duren.
'Theoretisch dan, hè, want er zitten veel loze kandidaten bij. Zo noemen wij die. Dat zijn mensen die uiteindelijk toch niet willen, of kunnen, of doodgaan. Het kan van alles zijn.'
Thomas vroeg wat dan een reële verwachting was.
'Daar kan ik geen antwoord op geven, maar reken maar op minstens zeven jaar.'
'Dat is teleurstellend,' zei Thomas.
'Wilt u nog een bakkie troost?' Het was een onbedoeld grapje. Bij binnenkomst had de secretaris ze ook al een 'bakkie troost' aangeboden. Emma en Thomas sloegen het aanbod van een tweede kopje beleefd af. Het was goedbedoelde maar heel vieze koffie met poedermelk.

6

Emma had het inschrijfformulier, nadat ze het had teruggevonden, al boven de prullenbak gehouden, toen ze aarzelde en het weer voor zich op tafel legde. Het was gedateerd op 12 april 2008, tien jaar geleden. Ze waren destijds teleurgesteld over de jarenlange wachtlijst naar huis gegaan en hadden het hele idee uit hun hoofd gezet. Ze herinnerde zich nu de woorden van de secretaris weer: 'Reken maar op minstens zeven jaar.'

De volgende dag was Emma op de fiets gestapt en naar Rust en Vreugd gereden. Toeval of niet, het was opnieuw een zaterdagmorgen in april. De zon scheen op zijn heerlijkst en je kon de lente ruiken, zien en horen.

Er werd druk koffiegedronken in de kantine. Bijna alle tafeltjes waren bezet. Veel tuinders kwamen op deze eerste mooie lentedag blijkbaar uit hun winterslaap.

Emma moest even slikken. Aan dat tafeltje in de hoek had Thomas het inschrijfformulier ingevuld dat ze nu uit haar tas haalde. Ze liep ermee naar de bar. Achter de bar, met haar rug naar Emma toe, stond een kleine, magere vrouw met roze keukenhandschoenen aan een kastje uit te soppen.

Emma kuchte. De barkeepster sopte door.

Emma kuchte opnieuw. Zonder resultaat.

'Mevrouw...' zei ze toen, net iets te hard.

De vrouw achter de bar schrok ervan en stootte een glas om, en toen ze probeerde dat glas op te vangen, duwde ze haar emmer met sop van de plank. Met veel lawaai kletterde de emmer op de grond. Ze keek eerst met grote angstogen naar de rommel aan haar voeten en daarna naar Emma. 'O, wat ben ik toch een kluns.'

'Het spijt me dat ik zo hard riep, maar ik had al twee keer gekucht,' verontschuldigde Emma zich. 'Zal ik even helpen met opruimen?'

'Nou, eh...'
'Ik help u even. Met zijn tweeën is het zo gebeurd.'
Intussen was de aandacht van alle aanwezigen wel zo'n beetje getrokken.
'Fietje, meid, wat maak je er weer een bende van met schoonmaken,' riep een mevrouw in een broekpak. Er werd gelachen.
'Laat Harm het maar niet merken, anders krijg je nog een boete.' Weer gelach.
Fietje dook angstig weg onder de bar en begon het sop op te dweilen.
'Voorzichtig, eh... Fietje, er liggen allemaal glasscherven tussen. Laat mij maar even.'
Emma ruimde snel en doeltreffend de scherven op en gebruikte daarna het dweiltje van Fietje om het sop terug in de emmer te krijgen. Fietje zelf stond er hulpeloos bij te kijken.
Vijf minuten later was alles weer netjes. Toen Emma haar hoofd weer boven de bar uitstak, keken een stuk of dertig nieuwsgierige ogen haar aan. Ze werd er een beetje nerveus van.
'Is er misschien ook iemand van het bestuur?' vroeg ze om de ongemakkelijke situatie te doorbreken.
'Jazeker, ik ben de secretaris.' Het klonk een beetje schuchter en de man die bij de stem hoorde kwam langzaam naar voren en ging aan de bar staan. Hij had een gloednieuwe blauwe overall aan, de vouwen zaten er nog in.
Emma, nog steeds achter de bar, stak een hand uit. 'Emma Quaadvliegh, aangenaam.'

De overallman aarzelde en keek moeilijk, alsof het de eerste hand in zijn leven was die hij ging schudden. Toen greep hij hem en schudde hem iets te stevig. 'Bert Zijlstra.'

Fietje stak nu ook haar hand uit. 'Fietje van Velsen, ik ben de vrouw van de voorzitter.'

'Nou, ik ben dus Emma.'

Fietje trok geschrokken haar hand weer terug. 'O, wat dom, ik heb mijn schoonmaakhandschoenen nog aan.'

'Geeft niks hoor.' Emma keek de kantine rond. 'Dag allemaal, ik ben Emma, ik ben achtenzestig jaar, en ik zou graag willen komen tuinieren bij Rust en Vreugd.'

De reacties waren lauw. Een enkel vriendelijk knikje hier en daar, en wat gemompel.

'Zullen we even rustig ergens gaan zitten, Bert?' stelde Emma voor. 'Daar in de hoek is een tafeltje vrij.'

Ze gingen aan het tafeltje zitten. Fietje kwam langs om te vragen of ze misschien een kopje koffie wilden. Bert meldde dat hij al zes koppen koffie ophad en even wachtte. Emma had in een ooghoek de Bravilor gezien die ze meende te herkennen van tien jaar geleden, maar het leek haar nu niet het moment om de kwaliteit van de koffie aan te kaarten. 'Graag, Fietje, ik lust wel een bakkie.'

Vervolgens legde ze aan Bert uit dat ze zich tien jaar geleden had ingeschreven, samen met haar onlangs overleden man, en dat ze zich afvroeg of ze inmiddels aan de beurt was voor een tuinhuisje.

Bert bestudeerde het formulier dat Emma hem had gegeven langdurig.

'Ja, dat is wel een hoog nummer. Vorige week nog heeft iemand met een veel lager nummer een huisje gekregen. En deze week is het huisje van Thy eindelijk vrijgegeven, die is namelijk al een jaar weg, dus het zou moeten kunnen dat u daar de eerste gegadigde voor bent.'

'Zou u mij dat huisje kunnen laten zien?'

'Nee, dat mag ik niet doen. Daar hebben we de taxatiecommissie voor. Dat zijn de gebroeders Bijl.'

'En zijn die er nu?'

De secretaris keek moeilijk. 'Eigenlijk...' hij wachtte even, 'eigenlijk moet u een afspraak maken voor een bezichtiging, maar ik ga kijken of ik voor u een uitzondering kan maken. De regels zijn er tenslotte voor de mensen, nietwaar.'

'Dat is aardig van u,' glimlachte Emma.

Bert vroeg haar even te wachten en vertrok uit de kantine. Tien minuten later kwam hij weer binnen met in zijn kielzog twee mannen die zich voorstelden als Henk en Steef Bijl.

'Emma Quaadvliegh, aangenaam. U bent van de taxatiecommissie neem ik aan. Ik hoop dat ik zonder afspraak een huisje mag bezichtigen?'

'Voor u doen we dat graag,' zei Steef, 'de regels zijn er voor de mensen, nietwaar? En niet andersom.'

Zijn broer knikte.

'Maar de definitieve toestemming krijgt u pas van Harm,' waarschuwde Steef.

'Wie is Harm?'

'Dat is de voorzitter.'

'O, maar dat is de man van Fietje. Wat een schatje, hè?'

'Wie, Harm?' vroeg Henk verbaasd.

'Nee, Fietje,' verduidelijkte Emma. 'Dat lijkt me een lieve vrouw.'

'O, ik dacht al. Je kan van Harm veel zeggen, maar een schatje... niet bepaald. Zullen we gaan kijken?'

Even later stonden ze in het huisje van wijlen meneer Thy.

7

De voorzitter van Rust en Vreugd leek niet van plan weer eens op te stappen. Hij nipte aan zijn tweede kopje thee en keek naar Emma, die begonnen was een drietal dozen huisraad uit te pakken en de inhoud op te bergen in de keukenkastjes.

'Wat voor hond is dat?' Harm van Velsen wees naar Wodan, die nog niet onder de tafel vandaan was gekomen.

'Wodan is een volbloed vuilnisbakkenras. We hebben hem letterlijk uit een vuilnisbak gevist.'

'Ik heb een mastino napoletano,' pochte Van Velsen.

'Dat klinkt een beetje als de Al Capone onder de honden. Is hij net zo gevaarlijk?' vroeg Emma.

'Nou, gevaarlijk, gevaarlijk... Laat ik het zo zeggen, hij past goed op mijn spullen. Als iemand zomaar mijn huis binnengaat heeft hij een probleem.'

Emma keek vertederd naar haar eigen hondje. 'Blijf jij dan maar een beetje uit de buurt van meneer Mastino, hè, schatje.' Wodan piepte zachtjes.

Er viel een stilte. Emma ging verder met het inruimen van de kastjes.

'Wat voor soort tuinder bent u eigenlijk?' vroeg Van Velsen na een tijdje.

Emma draaide zich naar hem toe. 'Tja, eh... dat weet ik eigenlijk niet. Ik ben nog nooit eerder tuinder geweest. Vandaag is mijn debuut. Wat voor soorten heb je zoal?'

'Nou, eigenlijk heb je maar drie soorten. Ten eerste: mensen die hun tuin netjes onderhouden, geen onkruid dus en alles op zijn eigen plek. Ten tweede: mensen die alleen maar proberen zo veel mogelijk te oogsten. Die kan het geen bal schelen hoe het eruitziet. Eigenlijk net als de derde groep: dat zijn de mensen die alles maar laten groeien tot het één grote jungle is. En die dus al dat onkruid uit hun tuin over laten waaien naar de buren. Sommigen hebben geeneens een schoffel of snoeischaar in hun schuurtje. Maar gelukkig hebben we hier regels. Dus als de tuinschouw is geweest en een negatief verslag heeft gemaakt, dan móéten ze wel aan de slag. Dan zegt de commissie: vóór dan en dan moet het netjes zijn. En ze kunnen zich er niet achter verschuilen dat ze geen gereedschap hebben, want dat kan je hier allemaal huren. Voor weinig.'

'Oké, dat is dan goed om te weten. Ik ben zelf wel een beetje van de vrije school, moet ik bekennen. Qua tuinieren dan. Het hoeft voor mij niet allemaal zo netjes.'

Van Velsen keek haar aan met een mengeling van minachting en verbazing.

'U leek me wel een net type.'

'Ik bén ook een net type. Maar misschien bestaan er wel verschillen van inzicht over wat netjes is.'

'Netjes is netjes,' besloot de voorzitter, 'en onkruid is níét netjes.'

'Ik heb me laten vertellen dat sommige mensen vinden dat onkruid eigenlijk niet bestaat,' bracht Emma er voorzichtig tegen in.

'Aan die flauwekul doen we hier niet mee. Als de tuininspectie zegt dat er geschoffeld moet worden, dan zeggen ze dat niet voor niks, dan moet er onkruid weg.'

Emma besloot dat het wijs was er voorlopig het zwijgen toe te doen. Ze pakte het theekopje op dat voor Van Velsen op tafel stond en liep ermee naar het keukentje.

'Er zat nog een slokje in,' protesteerde die.

'O, sorry,' zei ze, maar ze bracht het kopje niet terug.

Hij leek te aarzelen of hij nog wat ging zeggen, pakte toen zijn pet van tafel en stond op. Bij de deur zei hij: 'Ik wens je een mooie tijd toe bij Rust en Vreugd en ik hoop dat je er een mooie, nette tuin van maakt.'

'Dat gaan we zeker proberen,' antwoordde Emma, 'en hartelijk dank voor uw bezoek. Ik hoop dat we het goed met elkaar kunnen vinden.'

De voorzitter keek haar strak aan. 'Dat hoop ik ook. Goeiedag.'

Hij draaide zich om en beende het tuinpad af.

Emma vroeg zich even af of ze er goed aan had gedaan een tuinhuisje te kopen op Rust en Vreugd. Ze keek naar zichzelf in de spiegel aan de muur. Ze zag een vriendelijk gezicht, met charmante rimpels en een beetje rommelig opgestoken, wit haar. 'Ach, je moet maar zo denken, Em, het geeft in ieder geval een hoop afleiding,' zei ze tegen haar spiegelbeeld.

8

'Joehoe, heb je zin in koffie?'

Emma keek om zich heen waar dit aanbod vandaan kwam.

'Hier, in de heg ben ik.'

Emma zag het nu: in het midden van haar tuin, aan de rechterkant, stak een rood hoofd met grijs haar door een gat in de heg. Ze liep ernaartoe.

Een vrouw van rond de zeventig stak haar hand door de beukenhaag. 'Ik ben Roos.'

'Dat is een mooie naam voor iemand die van tuinieren houdt. Ik ben Emma.'

'Ik ben je buurvrouw,' zei Roos, 'en ik dacht dat het misschien een goed idee was om even kennis te maken bij een kopje koffie.'

'Nou, ik heb wel trek in koffie,' antwoordde Emma. 'Moet ik door het gat in de heg?'

'Nee, ik heb ook een officiële ingang. Dit gat heeft meneer Thy gemaakt om dingen door te geven. Een soort doorgeefluik. Voornamelijk voor kopjes thee. Loop je even om?'

Even later zaten Emma en Roos naast elkaar in twee tuinstoelen met tussen hen in een tafeltje met twee kopjes koffie en twee hele dikke plakken cake met slagroom.

'Je bent niet van de kleine porties, Roos.'

'Ja, maar het is ook meteen mijn lunch. Mijn brood was nog van vorige week, dus dat heb ik net aan de vogels gegeven. De slagroom komt wel uit een spuitbus.'

'Dat geeft niet, hoor.'

Het was meer een kubus dan een plak cake en Emma wist niet zo goed hoe ze eraan moest beginnen. Ze vond het flauw om mes en vork te vragen.

Ze wachtte even om te kijken hoe Roos dit aan ging pakken. Deze pakte de homp cake in beide handen, brak er een flink stuk af, doopte het in de slagroom en stak het in één keer in haar mond. Daarna zei ze met een mond vol cake iets onverstaanbaars.

'Howdoejepat.'

'Wat zeg je?' vroeg Emma.

Toen ze haar mond leeg had lachte Roos haar toe. 'Zo doe je dat, schat. Ik zag je wel kijken, hoor.'

'Mag ik het ook in de koffie soppen?' lachte Emma terug.

'Tuurlijk.'

Toen de dames een uurtje later afscheid namen, hadden ze allebei het aangename gevoel dat ze een vriendin rijker waren geworden, of ten minste toch een goede buur.

9

Het was een zomerzaterdag in de lente. Emma was met haar autootje naar tuincentrum Vliet en Vermeulen gereden en liep daar nu al een half uur besluiteloos rond in een zee van planten en struiken.

Het was druk. Half Nederland had besloten die dag in de tuin te gaan werken of het balkon op te fleuren. Afgeladen karren met groen werden richting de kassa geduwd.

De kar van Emma was nog leeg.

'Ik weet er echt niets van,' mompelde ze, 'wat moet ik in godsnaam kopen?'

'Wat?' vroeg een dikke vijftiger in een net iets te strakke, hippe spijkerbroek.

'O, nee, niks, ik praatte in mezelf,' excuseerde Emma zich.

'Nou, geef dan ook maar zelf antwoord,' adviseerde de man haar nors.

Emma keek vertwijfeld rond op zoek naar een medewerker van de winkel. Die waren dungezaaid. Uiteindelijk vond ze een meisje dat met een tuinslang de plantjes water stond te geven.

'Goedemiddag, kun jij me misschien helpen? Ik weet niets van planten en ik zou graag...' begon ze.

Het meisje keek hulpeloos en zei: 'Ik weet ook niks van planten, ik mag ze alleen maar water geven.'

'O, maar dat is een heel belangrijke taak, hoor,' troostte Emma haar. 'Kun je mij misschien naar een collega brengen die er wel wat van afweet én die heel geduldig is?'

Het meisje knikte. ‘Loopt u maar even mee.’ Emma liep achter haar aan. Dat was nog niet zo eenvoudig, want ze had een kar met een dwars voorwieltje die zichzelf steeds naar rechts stuurde. Na twee bijna-botsingen met tegenliggers en een kleine aanrijding met een enorme tuinkabouter kwamen ze aan bij een blozende mevrouw in een overall met de naam van het bedrijf erop.

‘Dit is m’n tante, die is heel geduldig en weet alles,’ zei het meisje trots.

‘Dank je wel, dat is precies wat ik zoek,’ zei Emma.

‘Waar kan ik u mee helpen, mevrouw?’ vroeg de tante.

‘Nou, ik heb sinds een paar weken een volkstuin, maar ik heb helemaal geen verstand van tuinieren. Aan de tuin die ik daar heb is al een jaar niets gedaan. Overal onkruid. Tenminste, ik denk dat het onkruid is, dat moet ik nog even navragen. En flink wat lege plekken. Dus: help!’ Emma spreidde hulpeloos haar armen.

De mevrouw van het tuincentrum moest lachen.

Drie kwartier later stond Emma bij de kassa en rekende voor 187 euro plantjes, struikjes en zakjes zaad af. Een winkelwagen vol.

10

Er zat een grote klodder slagroom op Hermans kin. Emma zag vol verwondering hoe hij probeerde netjes taart te eten met een vorkje en hoe dat volkomen mislukte.

'Doe het maar gewoon met je handen, hoor, Herman. Dat vorkje heb ik er meer voor de sier bij gelegd.'

Hij slaakte een zucht van verlichting, pakte het stuk slagroomtaart in zijn rechterhand, stak de punt in zijn mond tot die niet meer verder kon en klapte toen zijn kaken toe. De slagroom zat nu ook ín zijn neusgaten, maar dat leek hem niet te deren. Hij vermaalde langzaam en gelukzalig het gebak en bracht daarbij enkele onverstaanbare geluiden voort. Emma meende het woord 'lekker' te herkennen.

Zijn thee stond onaangeroerd op het bijzettafeltje.

'Nou, dikverdiend, hoor, je hebt me fantastisch geholpen. Wil je misschien een biertje bij de thee?'

'Nee, ik drink niet meer,' zei Herman.

Emma aarzelde of ze verder zou vragen maar besloot dat ze nu geen zin had in levensverhalen.

Ze zaten in twee plastic tuinstoelen uit de kringloopwinkel op het terrasje voor het tuinhuisje en keken tevreden de tuin in.

Herman had uren geschoffeld, stoeptegels gesjouwd, kuilen gegraven en van alles geplant. Emma had voornamelijk in de weg gelopen. Het was nog een beetje kaal, maar je zag al dat het een leuk tuintje ging worden.

'Ik wil je graag vijftig euro geven als klein blijk van waardering voor al je werk. Ik zou niet weten hoe ik het zonder jou had moeten doen.'

Herman schudde woest van nee, hij wilde er absoluut geen geld voor hebben. Wel keek hij gulzig naar het overgebleven stuk taart.

'Wil je misschien nog een stukje taart dan?'

Ja, dat wilde hij wel. Hij nam een enorme hap alvorens hij uit begon te leggen dat hij het graag voor Emma had gedaan omdat ze een aardige vrouw was. Dat was wat Emma er ongeveer uit opmaakte.

Toen de tweede slagroompunt op was likte hij zijn vingers een voor een af.

'U bent tien keer zo aardig als Van Velsen,' zei hij schijnbaar uit het niets.

'O, is dat zo?'

'Hij is altijd iedereen aan het bevelen en alles. Maar nu moet ik weg.'

Herman stond abrupt op en liep naar het hekje. Daar draaide hij zich om. 'Bedankt voor de taart. Het was een hele leuke dag.'

'Nee, jij bedankt, Herman, je was een fantastische hulp.'

Herman liep het hekje door en draaide zich opnieuw om. 'Harm van Velsen is echt een zakkenwasser.' Hij spuugde het eruit en liep weg.

Emma keek hem verwonderd na.

11

Emma drentelde speurend langs haar perkjes. Het was nog maar een week geleden dat Herman uren had geschoffeld en geharkt en nieuwe plantjes en struikjes had geplant, maar ze kon nu al tevreden constateren dat er overal blaadjes en bloemetjes bij waren gekomen zonder dat ze er iets voor had hoeven doen. Ze keek wel een beetje verontrust naar het gras. Dat was in een week tijd flink gegroeid. Emma had weinig verstand van tuinieren, maar ze wist wel dat gras gemaaid moest worden en dat dat het beste ging met een grasmaaier. Ze liep naar haar schuurtje met gereedschap. Herman had daar vorige week van alles uit gehaald: een schep, een hark, een schoffel, een kruiwagen, een heggenschaar. De sleutel van de schuur hing naast de deur aan een haakje. De vorige eigenaar, meneer Thy, had het de eventuele inbrekers niet al te moeilijk willen maken. Emma vroeg zich wel af waarom Thy niet op het idee gekomen was de deur van het schuurtje dan maar gewoon open te laten.

'Chinese wijsheid zeker, of verwarring zaaien misschien?' zei ze hardop tegen zichzelf.

Ze stond stil en dacht na. Dit was al de derde of de vierde keer vandaag dat ze tegen zichzelf praatte. Het waren zinnen die ze tot voor kort tegen haar man gesproken zou hebben. Er was, voor het eerst in zevenendertig jaar, geen luisterend oor meer voor haar opmerkingen, grapjes, vragen. Haar mond en haar geest waren daar nog niet aan gewend, wilden daar nog niet aan wennen.

'Ach, zo erg is dat nou ook weer niet, dat het vrouwtje wat in zichzelf praat,' zei ze toen maar tegen Wodan, die languit had plaatsgenomen in de ligstoel en zich niet verwaardigde te reageren.

'Hé, Wodan, ik praat tegen je!' zei ze en ze kiepte de ligstoel om zodat de hond eruit gleed. Als een hond verbaasd zou kunnen kijken, moest deze blik het ongeveer zijn. Emma schoot in de lach en aaide hem achter zijn oren.

'Ik denk dat ik de Dierenbescherming maar eens ga bellen,' hoorde ze een bekakte stem achter zich. Ze keek om. Bij het tuinhekje stond een blozende man van een jaar of zestig met een stoppelbaardje, een te grote, versleten bruine ribfluwelen broek en dito colbertje. Zijn gloednieuwe blauwe kaplaarzen staken er nogal bij af.

'Charles van Baarsen, aangenaam.' Hij nam zijn pet af.

'Emma Quaadvliegh, ook aangenaam.'

'Ik dacht, ik ga eens langs bij mijn nieuwe buurvrouw om kennis te maken en te zien of ik haar op enigerlei wijze van dienst kan zijn.'

'Dat is heel vriendelijk van u, maar ik geloof dat ik alles wel zo'n beetje onder controle heb. Welke tuin is van u?'

Charles wees hem aan. 'Die daar, met dat blauwe huisje met de groene deur.'

'Dat ziet er gezellig uit,' zei Emma.

'Het ís ook gezellig. Mag ik u daar voor een kopje thee noden?'

Emma aarzelde. Moest ze nu al bij iedereen gaan buurten of was het beter voorlopig een beetje afstand te bewaren tot haar medetuinders? Ze besloot tot het laatste.

'Een andere keer graag, maar ik heb nog het een en ander te doen hier.'

‘Even goede vrinden,’ zei Charles, ‘en als ik ergens mee kan helpen...’

‘Hé, Karel, ga je weer eens zogenaamd op visite?’ Achter Charles dook een man op van eveneens in de zestig. Hij was in zijn verschijning het tegendeel van de onverzorgde Charles: een keurig grijs snorretje, een nette beige broek en een smetteloos wit overhemd. Het viel wel op dat hij al flink naar de drank stonk, hoewel het pas drie uur in de middag was.

‘Wil je je er niet mee bemoeien, Sjoerd? Ik ben gewoon in gesprek.’ Charles snoof demonstratief diep in. ‘Zo te ruiken heb jij het eerste borreltje alweer weggetikt vandaag?’

‘Klopt, ja. Dan kan ik beter tegen het leven. En tegen mensen zoals jij.’

‘Ze moesten dronken mensen de toegang tot het complex ontzeggen. Ik ga me daar hard voor maken.’

Sjoerd imiteerde Charles lijzig en bekakt: ‘Ik ga me daar hard voor maken.’

Emma had met stijgende verbazing de conversatie gevolgd, maar besloot nu in te grijpen. ‘Heren, sorry, maar zouden jullie deze conversatie een stukje verderop voort willen zetten? In ieder geval buiten gehoorafstand? Alvast hartelijk dank.’

De aangesproken heren draaiden zich beschaamd om naar Emma.

‘U hebt gelijk, neemt u mij niet kwalijk voor deze gênante vertoning,’ excuseerde Charles zich. ‘Ik hoop echt dat u binnenkort eens bij me op de thee komt.’ Hij draaide zich om en liep vlak langs Sjoerd richting zijn huisje.

'Sorry,' mompelde Sjoerd en hij droop ook af. Hij draaide zich bij het hekje nog even om naar Emma. 'Echt sorry, mevrouw.'

Emma staarde hen verbaasd na.

'Nou, Wodan, dat belooft een gezellige boel te worden hier. Welkom bij Rust en Vreugd.' Ze schudde haar hoofd, aaide Wodan over zijn kop en zei: 'Het baasje gaat zich niet gek laten maken, maar ze kan wel een klein middagroseetje gebruiken. O nee, ik was op zoek naar een grasmaaier.'

Ze ging haar schuurtje in. Kort daarna duwde ze een ouderwetse handgrasmaaier heen en weer over het grasveldje. Weer een kwartiertje later keek ze tevreden naar het resultaat. Er parelden een paar druppeltjes zweet op haar neus.

'Niet slecht, Emma, voor een beginner. Nu heb je dat roseetje wel verdiend.'

12

Rust en Vreugd was een klein tuincomplex met 68 tuinen. De tuinen waren rechthoekig en ongeveer 12 bij 18 meter. Op elk lapje grond stond een huisje. Daar mocht je blijven slapen van 1 april tot 1 oktober. De tuinen lagen in rijen die aan de zijkanten en aan de achterkanten aan elkaar grensden; aan de voorkant van de tuinen liep een grindpad van een paar meter breed. Om het hele complex liep een sloot, alleen onderbroken bij de twee ingangen. Daar was een hoog hek met bovenop scherpe punten tegen inbrekers. Dat hek ging 's avonds na tien uur op slot en van 1 oktober tot 1 april ook overdag. Alle tuinders hadden een sleutel. Emma had moeten tekenen voor ontvangst en schriftelijk moeten beloven de sleutel nooit uit te lenen aan derden. Als je niet zelf op de tuin aanwezig was, mochten er ook geen gasten op jouw tuin verblijven.

Rechts van de hoofdingang was een klein terras en daarachter stond de kantine, een houten gebouwtje met een bar en een stuk of tien tafeltjes met stoelen. De kantine was in het tuinseizoen open op vrijdag, zaterdag en zondag, van 10.00 tot 22.00 uur. Je kon er voor 1 euro koffie, thee, een glaasje fris of een gevulde koek kopen, voor 1,50 een tosti of een broodje kaas of ham. En voor 2 euro een flesje bier of een glas wijn.

ALCOHOLIESE VERSNAPERINGEN PAS NA 15.00U stond er op een handgeschreven bordje dat boven de bar hing. Blijkbaar moesten de vroege drinkers ontmoedigd worden. De snackers moesten nog langer wachten: OVENBITTERBALLEN VANAF 17.00 UUR vermeldde het bordje.

Aan de wand naast de bar hing een oud schoolbord, met daaronder een bakje met krijtjes. MEDEDELINGEN stond er in houterige letters op geschreven. Daaronder het schema van de bardiensten. Er waren drie diensten. De eerste liep van 10.00 tot 14.00 uur en de tweede van 14.00 tot 18.00 uur. Daarna ging de bar anderhalf uur dicht, zodat eenieder de gelegenheid had om thuis de piepers op tafel te zetten, en van 19.30 tot 22.00 uur was dienst drie.

Iedere tuinder had per seizoen drie verplichte bardiensten, een vroege dienst, een middagdienst en een avonddienst. Alleen bestuursleden waren daarvan vrijgesteld.

Een apart bordje meldde dat alleen mensen die die dag bardienst hadden ook daadwerkelijk achter de bar mochten staan.

Aan kettinkjes boven de bar hingen nog twee bordjes: PIET KREDIET WOONT HIER NIET.

En een met: PROBLEMEN? DAN OPLOSKOFFIE!

Fietje van Velsen had elke dag vrijwillig bardienst. Om tien voor tien kwam ze aanlopen met in haar ene hand een tas met daarin het geldbakje, het schriftje voor de boekhouding, twee theedoeken en twee handdoeken, en in haar andere hand een grote tas met de tosti's, de broodjes, gevulde koeken en ovenbitterballen. Eenmaal per maand kwam de groothandel en laadde een paar kratten frisdrank en bier uit.

Sterkedrank werd er niet geschonken, al stond er in de koelkast wel altijd een fles jenever koud voor de bestuursvergaderingen.

13

Het was geen weer om te tuinieren, de regen viel gestaag. In de kantine van Rust en Vreugd zaten een stuk of vijftien mensen te wachten tot het droog zou worden en ze weer aan de slag konden in hun tuintje, of op zijn minst verder konden gaan met erin zitten.

Er werd mistroostig door de ramen gestaard en er was al vijf keer opgemerkt dat het in ieder geval wel heel groeizaam weer was.

Emma en Roos zaten aan een tafeltje in een hoek en dronken een kopje thee.

'Misschien moeten we in de kantinecommissie, Emma, om te zorgen dat er lekkere koffie geschonken wordt,' opperde Roos.

'Ik kijk eerst even de kat uit de boom voor ik bij Rust en Vreugd in een commissie ga. Ik heb het idee dat er hier en daar wat conflictjes en spanningen zijn op ons complex,' antwoordde Emma.

'Schat, hoe kom je daar nou bij,' lachte Roos. 'Weet je, ik praat je even bij, het is toch geen weer om in de tuin te werken of te zitten.' En op fluistertoon ging ze verder: 'Maar... wat ik ook zeg, Em, je hebt het niet van mij, hè. Nee hoor, geintje, iedereen weet hoe ik erover denk.'

'Ik ben een en al rood oor.'

Roos stak van wal en was een hele tijd aan het woord.

'Hoe ging dat dan precies in zijn werk, dat voortrekken?' vroeg Emma op enig moment.

'Nou, dan kwam hij bijvoo-' Roos onderbrak zichzelf. 'Kijk eens aan, we krijgen visite!' zei ze luid.

Emma draaide zich om en schrok een beetje. Achter haar stond voorzitter Van Velsen, die blijkbaar was binnengekomen zonder dat zij het hadden gemerkt.

‘Ja, hoe ging dat precies in zijn werk, dat voortrekken?’ herhaalde hij Emma’s laatste zin.

‘Dag, Harm, kom je gezellig meeluisteren?’ vroeg Roos en ze keek Van Velsen strak aan.

‘Zit jij de nieuwe dame nou een beetje lastig te vallen met verhalen over voortrekken, Roos Kapper?’

‘Ze valt me niet lastig. Ze vertelt over het reilen en zeilen hier,’ kwam Emma ertussen.

‘Het is hier geen bootjesclub, het is een tuincomplex. En hier wordt niet gezeild en ook niet voorgetrokken. Regels zijn er, da’s logisch, maar ze zijn er voor iedereen.’ Hij klonk afgemeten.

‘Ja, natuurlijk.’ Roos klonk sarcastisch. ‘En iedereen is gelijk, behalve als ze Van Velsen heten.’

‘Wat wil jij daarmee zeggen, Roos?’

‘Denk daar maar eens rustig over na, Harmke.’

‘Ik laat me door jou niks vertellen. Zeker niet over nadenken. En als het iemand hier niet bevalt, zoekt die toch ergens anders een tuin.’

Roos negeerde de laatste opmerking van de voorzitter volkomen en richtte zich tot Emma. ‘Wil jij nog een kopje thee, schat?’

‘Ja, lekker. En ik geloof zowaar dat het een beetje opklaart buiten.’

Ze keken allebei door het raam.

‘Ja, het wordt lichter.’

Harm van Velsen stond met een strakke kop naast het tafeltje, draaide zich toen om, zette zijn pet op en liep naar buiten, de regen in.

Roos keek hem na. ‘Zo gaat dat hier dus, Em. Niet

te zwaar aan tillen, hoor. Ik zie het als een leuke uitdaging. Alleen maar tuinieren is echt ont-zet-tend saai.'

14

Emma was geen vrouw die nauwlettend de natuur in de gaten hield, maar die paar weken in de lente dat bomen en struiken een wedstrijd hielden wie het snelst zijn blaadjes kon ontvouwen, ontging het zelfs haar niet dat er van alles veranderde. Bij veel tuinders heerste een uitgelaten stemming over de lente. Sommigen inspecteerden dagelijks al hun perkjes, struiken en bomen om de voortgang van het voorjaar bloemetje voor bloemetje te volgen. Emma vond het voldoende om af en toe eens over de rand van haar boek naar de hyacinten en tulpen te kijken en dan goedkeurend te knikken. Over de snelheid waarmee haar gras groeide was ze minder te spreken. Ze hield helemaal niet van grasmaaien en dat moest nu eigenlijk elke week.

'Niet piepen, Emma,' sprak ze zichzelf dan vermanend toe, 'de sportschool is erger.'

Het was die middag eigenlijk een beetje fris om buiten te zitten lezen, maar met een dikke trui aan ging het wel.

'Goedemiddag.'

Ze keek op van haar boek. Voor haar hekje stond een

echtpaar van ergens in de vijftig, allebei in een dikke jas, zij met een hoofddoek.

'Ook goedemiddag,' antwoordde Emma.

De man en de vrouw bleven aarzelend wachten voor het hekje.

Emma liep naar ze toe.

'Wij zijn de buren.' De man wees schuin naar de overkant. 'Ik ben Ahmed en dit is mijn vrouw Meyra.'

'O, nou... wat leuk. Ik ben Emma.'

De man maakte een kleine buiging en de vrouw boog iets over het hekje en reikte Emma een schaal aan. 'Baklava.'

'Is dat voor mij? Wat aardig van u. Wilt u niet even verder komen?'

Nee, dat wilden ze niet. Ze wilden alleen even de nieuwe buurvrouw welkom heten. Nu moesten ze aan het werk. Ze groetten vriendelijk en liepen naar hun eigen tuin. Emma keek ze na. Van de andere kant kwam een jonge blonde vrouw aanlopen. De tijgerprintlegging, het strakke jasje en de roodgelakte nagels deden vermoeden dat ze niet op de tuin was om veel in de aarde te wroeten. Ze stapte op Emma af.

'Héél veel calorieën. Het sopt van de honing,' zei ze en ze wees op de schaal die Emma in haar handen had.

'Wil je er misschien een?' bood Emma aan.

De vrouw schudde haar blonde krullen. 'Elk pondje gaat door het mondje.'

'Nou, jij kan best nog een pondje hebben, hoor. Ik ben Emma, trouwens.'

'Ik ben Cherrie. Van Velsen.'

'Er lopen hier wel meer Van Velsens rond, niet?' merkte Emma op.

'Is daar iets tegen?'

'Nee hoor, prima. Hoe meer Van Velsens, hoe meer vreugd.'

Cherrie keek een beetje wantrouwig. Het was even stil.

'Ze zijn wel aardig, hoor, maar het blijft een beetje een vreemde eend, zo'n Turks stel,' zei ze en daarbij knikte ze even in de richting van het echtpaar dat inmiddels vanuit hun tuin naar de beide dames keek.

Emma keek in de aangewezen richting en zwaaide toen naar hen.

Haar buren zwaaiden kleintjes terug.

'Wat is er vreemd aan? Het lijken me gewoon, eh... mensen,' richtte Emma zich weer tot Cherrie.

'Ze hebben heel andere ideeën over tuinieren. Alleen maar dingen om te eten. Bijna geen bloemetje te bekennen.'

'Hou je er zelf van om in de tuin te werken?' vroeg Emma, met een blik op de gemanicuurde handen van haar visite.

'O nee, daar heb ik mijn man voor,' zei die met een lach.

'En wie is je man?'

'Ger, Harm zijn zoon.'

Het gesprek stokte even.

'Doe me toch maar een klein stukje van dat spul.' Cherrie wees op de baklava die Emma nog steeds in haar handen had.

Ze namen elk een stukje.

'Eigenlijk best lekker, maar wel veel calorieën,' vond Cherrie. 'Jij ziet er trouwens nog heel goed uit voor je leeftijd en wat heb je een leuk huisje.'

'Weet je dan hoe oud ik ben?'

'Nee, maar ik zie meteen dat je er jonger uitziet.'

Emma glimlachte. 'Volgende keer drinken we een kopje thee en laat ik je mijn huisje zien, maar nu moet ik weer aan de slag. Reuzeleuk je ontmoet te hebben, Cherrie.'

'Ga je weer lezen?'

'Ja, inderdaad. Ik lees graag.'

'Ik hou meer van kletsen.'

'Dat is ook leuk op zijn tijd. Nou... dag dan maar.'

'Ja, dag dan maar.'

'Tot gauw.'

'Doei.'

15

Emma fietste het tuinpark op en zette haar fiets in het fietsenrek bij de kantine. Ze tilde Wodan uit het mandje voorop. Uit haar fietstassen haalde ze twee plastic tassen: een met boodschappen en een met beddengoed. Ze had besloten dat ze nu wel genoeg gewend was aan haar nieuwe tuinhuis om er voor het eerst een nachtje te blijven slapen. Bij zulke gelegenheden miste ze haar man altijd een beetje meer dan ze toch al deed. Met zijn tweeën waren kleine nieuwe avonturen in het leven altijd feestelijker dan wanneer je ze alleen beleefde.

Gedeelde vreugd is dubbele vreugd, dacht ze, maar het is wat het is.

Ze wandelde naar haar tuin. Ze hield er niet van met een zware fiets over het grind te rijden. Wodan volgde haar, op een drafje heen en weer rennend, steeds even stoppend om aan iets interessants te snuffelen. Een hond wandelt altijd door een landschap van geuren, had ze eens iemand horen zeggen. Ze probeerde het zich voor te stellen.

Ze hoorde achter zich de deur van de kantine open- en dichtgaan. Er klonken voetstappen.

Emma draaide zich om en zag Harm van Velsen, die zich in haar richting haastte. Ze besloot even te wachten.

'Goedemiddag, Emma.'

'Dag, meneer Van Velsen.'

'Harm, zeg maar Harm.' Hij leek even te aarzelen. 'Waar was je? We hadden je eigenlijk al eerder verwacht.'

'Waar ik was?' herhaalde Emma. 'Ik was thuis, hoezo?'

'Je had werkbeurt.'

'Ik had wat?'

'Werkbeurt. Algemeen onderhoud. Paden, slootkant, rond de kantine, van die zaken.'

Emma keek verbaasd.

'Er hangt een schema in de kantine. Daar stond jouw naam op voor vanochtend. Emma Quaadvliegh. Van negen tot één uur.'

'Ik weet van niks. Niemand heeft me iets gevraagd.'

'Zo werkt dat hier niet. We verwachten dat de tuinders zelf het werkschema in de gaten houden. Dat hangt in de kantine én op het mededelingenbord, dus als dat nog niet genoeg is... We kunnen niet iedereen achternalopen.'

Emma legde uit dat ze hier nieuw was en dat ze hoopte dat haar medetuinders haar een beetje op weg zouden helpen.

Harm legde zijn hand op haar schouder. 'Natuurlijk help ik je graag op weg. Een goede raad: houd het mededelingenbord naast de kantine in de gaten.'

'Zal ik doen.'

Zijn hand lag nog steeds op haar schouder.

'Ik zie het door de vingers, Em. Doe ik voor jou. Geen probleem.' Zijn hand gleed langs haar arm naar beneden. Emma had nog steeds haar twee tassen vast.

'Wat zie je door de vingers, Harm?' vroeg Emma een beetje onnozel.

'Je werkbeurt. Normaal moet je twee keer terugkomen als je zonder afzeggen wegblijft. Anders komt er geen hond meer, als je gewoon maar weg kan blijven.'

'Dus ik krijg geen strafwerk?'

'Strafwerk klinkt een beetje bot, maar, eh... ik regel dit wel voor je met de commissie, laat het maar aan mij over.' Hij kneep even in haar arm.

Emma keek naar zijn hand.

Harm evenzo.

Toen liet hij los.

'Bedankt dan maar,' zei Emma en ze draaide zich om

en vervolgde haar weg naar haar tuin. 'Kom, Wodan.'

De voorzitter keek even naar de loslopende hond en leek nog iets te willen zeggen, maar deed er het zwijgen toe. Met toegeknepen ogen keek hij haar na.

16

Emma had zich voorgenomen om af en toe naar de kantine te gaan om zo haar medetuinders te leren kennen. Dat lukte maar ten dele.

Een paar mensen zaten er namelijk bijna altijd als ze langskwam voor een kopje thee in de middag of een wijntje 's avonds, maar veel van de andere tuinders zag ze er nooit.

Fietje van Velsen stond altijd achter de bar, en de vaste klanten vóór de bar waren Bert Zijlstra en de gebroeders Bijl. Blijkbaar hadden die niet veel omhanden. Als ze soms toch even iets moesten doen, werd dat altijd op luide toon meegedeeld: 'Jongens, sorry, maar ik moet nu echt even...' en dan volgde: grasmaaien, boodschappen doen, auto naar de garage brengen, rozen snoeien, hekje schilderen of willekeurig welk ander klusje. Alle aanwezigen in de kantine moesten weten dat er gewerkt ging worden. Meestal schoof de noeste klusser binnen het uur alweer aan bij de bar, tevreden over gedane arbeid en tevreden over zichzelf.

'Zo, nu heb ik wel een pilsje verdiend,' was dan bij binnenkomst de eerste zin.

's Avonds rond een uur of acht kwamen ook Irma Bijl en Cherrie van Velsen aan de bar zitten. Irma nam een spa rood en Cherrie nam een sherry. Ze had haar eigen fles achter de bar staan.

'Ik lust het eigenlijk niet, maar ik vind het zo goed bij me passen,' had ze de eerste keer tegen Emma gezegd. En later nog een keer. Voor de zekerheid. Ze moest er zelf nogal om lachen.

Emma zat liever aan een tafeltje. Soms schoof zij bij iemand aan, en af en toe schoof iemand bij haar aan. Meestal Roos, soms Charles of Herman.

Harm van Velsen kwam elke morgen, middag en avond even poolshoogte nemen in de kantine. Hij blafte dan naar zijn vrouw dat hij koffie wilde en dronk die staande op. Ondertussen keek hij rond. Soms stapte hij op iemand af.

'Zeg, effe één dingetje,' sprak hij hem of haar dan aan. En dan kreeg de betreffende persoon meestal opdracht om iets achterstalligs te doen: een paadje schoffelen, een heg knippen, een geleende kruiwagen terugbrengen. Daarna ging Harm weer verder met rondkijken.

Na een minuut of tien zette hij met een klap zijn koffiekop op de bar, als ware het om aandacht te vragen voor zijn vertrek, en ging weg zonder te groeten.

Op een vrijdagmiddag stond er op een tafel bij de ingang van de kantine een kartonnen bord met daarop met dikke viltstift geschreven: ENQUÊTE (JA/NEE) GEBRUIK HAKSELAAR. Naast het bord lag een stapeltje briefjes. Bert Zijlstra, de secretaris van het bestuur, zat aan het tafeltje om elke nieuwe bezoeker op het belang van deelname te wijzen.

Emma kwam binnen en las het briefje. Daarin werd gevraagd hoe vaak je per jaar een hakselaar nodig had.

'Misschien een beetje dom van me, Bert, maar wat is een hakselaar?' vroeg Emma aan de secretaris.

'Dat is een machine waar je takken in gooit en die komen er dan als houtsnippers weer uit. Die kan je dan bijvoorbeeld voor een paadje gebruiken,' antwoordde Bert.

'Ik heb eigenlijk nooit takken,' zei Emma.

'Nee, nu nog niet, maar als je struiken eenmaal gaan groeien, moet je snoeien. En als je gesnoeid hebt, moet je hakselen. Dus vul nou maar in dat je hem een keer of vijf per jaar nodig zal hebben.'

Dat leek Emma erg veel, dus vulde ze in dat ze één keer per jaar takken in de hakselaar dacht te gaan doen. Bert keek haar op de vingers en trok een chagrijnig gezicht.

'Doe ik het niet goed?'

'Nou ja, het bestuur wil graag draagvlak voor de hakselaar. Om er een te kopen. Zo schiet dat niet erg op, dus.'

'Vooruit dan maar, dan maak ik er twee keer van.' Ze veranderde haar 1 in een 2 en gooide het briefje in de kartonnen doos die als stembus dienstdeed. Daarna schoof ze aan bij Roos, die aan haar vaste tafeltje in de hoek zat. Ze hadden afgesproken eerst samen een wijntje te drinken en daarna zou Roos Emma leren hoe ze pompoensoep kon maken.

Even later stapte Sjoerd binnen. Hij groette niet, liep meteen door naar de bar en bestelde een flesje bier bij Fietje. Aan zijn enigszins onvaste loopje was te zien dat het niet zijn eerste biertje van de dag was.

'Ook goedemiddag, Sjoerd. Wat fijn dat je er bent,' zei Steef Bijl spottend.

Sjoerd negeerde hem en liep met zijn flesje bier in de hand terug naar het tafeltje bij de deur waar Bert aan zat.

'Welke hakselaar willen jullie kopen?'

Bert leek enigszins overvallen door die vraag.

'Eh... dat moeten we nog uitzoeken.'

'"We" willen toch niet toevallig de tweedehands hakselaar kopen die al maanden in het schuurtje van de voorzitter staat, hè?'

'Eh, dat weet ik niet, we willen gewoon een goeie hakselaar voor een redelijke prijs. Maakt niet zo veel uit van wie die komt. Toch?'

'Beste mensen,' Sjoerd richtte zich nu luid tot de aanwezigen, 'ik weet toevallig dat er al een tijdje een hakselaar in het schuurtje van Van Velsen staat, die hem waarschijnlijk op Marktplaats heeft gekocht. Voor weinig. En die hij nu wil doorverkopen aan onze vereniging. Voor veel.'

'Ik heb alleen opdracht van het bestuur om te peilen of er behoefte is aan een eigen hakselaar op Rust en Vreugd. Zo'n ding vijf keer per jaar huren kost ook handenvol geld.'

'Twee keer. Twee keer per jaar,' tetterde Sjoerd, 'voor vijfentwintig euro. Kan iedereen hem gebruiken. Wat vraagt Van Velsen voor dat ding uit zijn schuur?'

'Nogmaals, ik peil alleen de behoefte. Ik weet verder van niks.'

'Wat vraagt-ie ervoor?' drong Sjoerd aan.

'Nou moet je even ophouden en lekker naar buiten gaan, Sjoerd.' Steef en Henk Bijl waren opgestaan van de bar en naast Bert komen staan.

'Hé, de drie biggetjes. Alleen de grote boze wolf ontbreekt,' spotte Sjoerd.

'Ga nou maar naar buiten, Sjoerd. Maak het jezelf nou niet zo moeilijk,' smeekte Bert bijna.

Sjoerd keek lodderig naar zijn tegenstanders maar leek zich toch te realiseren dat hij beter weg kon gaan. Bij de deur draaide hij zich om. 'Hou ze in de gaten!' riep hij door de kantine en daarna verdween hij naar buiten.

Emma en Roos keken elkaar aan.

'Gezellig hè, zo'n tuinvereniging,' zei Roos.

'En zo rustgevend,' zei Emma.

17

'Ik ken u ergens van...'

De man met de hippe bakfiets keek Emma aan.

Emma keek verwonderd terug. Ze schudde langzaam haar hoofd. 'Nee, u komt me niet bekend voor.'

'Bent u misschien van de cursus kleutermuziek?'

Emma moest lachen. 'Nee, gelukkig niet.'

Haar antwoord leek niet in goede aarde te vallen bij

de bakfietsvader. Waarschijnlijk zat de kleuter, die in de veiligheidsriemen in de bakfiets zat, op die cursus, realiseerde Emma zich.

'Komt u misschien wel eens in de bibliotheek?' vroeg ze ter afleiding.

'Ja. Ooo... dat is het. U bent van de bibliotheek.' De vader leek tevreden dat het probleem was opgelost.

Emma stak haar hand uit: 'Emma, van de bibliotheek, aangenaam.'

'Sef Chatinier, ook aangenaam.'

'Ik zie je regelmatig fietsen met de bakfiets. En wie is deze talentvolle kleine tuinman?' Ze wees op het mannetje in de bakfiets.

'Dat is Storm, en hij is geen geweldige tuinman. Hij stopt alles in zijn mond, ook aarde. En hij is al vier!'

'Dan kun je hem misschien als voorproever gebruiken.'

De vader keek niet-begrijpend.

'Sorry, dat is geen leuk grapje,' verontschuldigde Emma zich.

'Nee, dat is inderdaad geen gepast grapje. We moesten vorige week nog met Storm naar de eerste hulp omdat we dachten dat hij gras had gegeten.'

'O, wat naar, dat wist ik niet. En? Had hij gras gegeten?'

'Ja, maar ze weigerden er in het ziekenhuis iets aan te doen. Ze zeiden dat het er vanzelf weer uit zou komen. Nou vraag ik je...'

'En?'

'En wat?'

‘Is het er weer uitgekomen?’ Emma wees terloops op het broekje van de kleuter.

Aan het gezicht van Sef was duidelijk te zien dat hij zich ongemakkelijk begon te voelen bij deze vreemde conversatie en ook Emma vond dat het wel een wat wonderlijk kennismakingsgesprek was.

Sef knikte nog vaag bij wijze van antwoord en stak toen zijn hand op.

‘We moeten gaan. Prettige dag nog.’

‘Ja, hetzelfde. Dag, Storm.’ Ze zwaaide even naar het ventje. Storm stak twee vuistjes in de lucht.

‘Het lijkt wel of je een doelpunt hebt gemaakt, Storm,’ zei ze lachend tegen het kind, en tegen zijn vader: ‘Grappig toch?’

‘Ja, heel grappig.’ Sef perste er een glimlach uit en fietste weg.

Emma keek hem na vanachter haar tuinhekje, draaide zich toen om en zag het vrolijke gezicht van Roos door het gat in de heg steken. Ze stak een duim op en wenkte Emma.

‘Ik zie dat je hebt kennisgemaakt met Sef. Saaie Sef.’

‘Inderdaad geen lachebekje, zo op het eerste gezicht.’

‘Dan heb je zijn vrouw Frija nog niet ontmoet. Die kijkt altijd alsof ze achter een kist aanloopt.’

‘Storm lijkt me wel een opgewekt mannetje. Misschien is min maal min plus en wordt het een enorme grappenmaker. Al hebben ze hem niet met een vrolijke naam opgezadeld: Storm.’

‘Weet je, Emma, ik heb Storm een keer Windje genoemd voor de grap. “Hallo kindje Windje”, zei ik tegen hem. Sindsdien word ik straal genegeerd.’

Emma moest een beetje giechelen.

‘Orkanen krijgen altijd een meisjes- of jongensnaam, toch?’ mijmerde Roos. ‘Zou je dan ook een orkaan Storm kunnen noemen?’

Emma moest opnieuw lachen.

‘Moderne namen zijn niet zo aan mij besteed,’ zei ze, nog nagrinnikend, ‘maar weet je wat afgelopen jaar de meest voorkomende meisjesnaam was voor baby’s?’

Roos schudde van nee.

‘Emma.’

18

Buiten, voor de kantine, stonden zes kraampjes. Op elk ervan zat met punaises een A3’tje geprikt waarop met viltstift geschreven stond: TUINTJESMARKT. Jammer genoeg waren de letters door de aanhoudende regen nogal doorgelopen. Ieder kraampje was verder versierd met een rode en een gele ballon.

Achter twee van de marktkraampjes zaten twee tuinders van Rust en Vreugd die Emma niet kende op plastic tuinstoelen, onder een paraplu, met een thermoskan koffie de moed erin te houden. Op hun stalletjes stonden potjes met stekjes, zakjes met zaad, zelfgetimmerde vogelhuisjes en een paar pompoenen van de voorbije herfst.

Op de derde kraam, met daarachter Ahmed en Meyra, stonden zelfgemaakte jam, zelfgebakken baklava en een paar treurige bosjes droogbloemen die drijfnat waren geworden omdat Ahmed ze per ongeluk onder een scheur in het dakzeil had gelegd. Naast de bloemen stond nog een afwasteiltje met tomaten die ze gisteren bij de Turkse supermarkt hadden gekocht om wat extra kleur aan hun uitstalling te geven.

Verder was er een kraam van een tuincentrum in de buurt met begonia's, geraniums en petunia's. Niet echt een uitgebreid assortiment. De verkoper had de warmte van de kantine opgezocht. IK ZIT BINNEN stond er op een briefje tussen de plastic bakjes met bloemen.

De laatste twee kramen waren leeg.

Door het grotendeels beslagen raam van de kantine keken Emma, Roos en Charles naar buiten.

'Het klinkt vrolijk, "Tuintjesmarkt", maar och och och, wat een treurig gezicht,' zei Charles.

'Ja, de markt valt een beetje in het water,' beaamde Roos.

Emma en Roos hadden voor zich op tafel elk een paar bakjes met stekjes staan en een potje jam van Ahmed en Meyra. Aankopen die ze hadden gedaan om de mensen achter de stalletjes te steunen.

Over het grindpad kwam een man in een lange regenjas aan geschuifeld. Bij de kraampjes bleef hij staan. Hij kocht een tamelijk grote pompoen. Het duurde lang voor hij uit een klein portemonneetje de benodigde stuivers en dubbeltjes had uitgeteld. Met de pompoen in zijn handen wilde hij zich omdraaien en richting de kantine lopen, maar de regen had de stenen modderig en glad gemaakt. De pompoen vloog door de lucht, de man viel half over het kraampje, gleed daar weer vanaf en eindigde languit in de modder. Algehele ontzetting bij de kraamhouders en ook in de kantine sloegen een paar mensen onthutst de handen voor de mond.

'Meneer Van Beek is gevallen.'

Algauw stonden de eerste mensen aan meneer Van Beek te sjorren om hem overeind te helpen, terwijl anderen van mening waren dat in dit geval juist de stabiele zijligging geboden was. Meneer Van Beek zelf kon niet om raad gevraagd worden, want die was helemaal in de war. En hij had modder in zijn mond. Er kwam alleen maar een onverstaanbaar gerochel uit. Ook de zijkant van zijn gezicht zat onder de modder, zijn hand bloedde en er zat een scheur in zijn regenjas.

'Wat is hier allemaal aan de hand?' Harm van Velsen was gearriveerd.

'Meneer Van Beek is gevallen.'

'Wat moet die dan ook hier? Laat hem lekker thuisblijven met dit weer. Hij is goddomme bijna negentig.'

'Nou nou, een beetje minder kan ook wel,' zei Roos, die erbij was komen staan.

'Ja, bemoei jij je er ook nog effe mee, daar zitten we op te wachten,' blafte Van Velsen.

Roos negeerde hem en boog zich over meneer Van Beek.

'Meneer Van Beek, hoort u mij? Gaat het, hebt u ergens pijn?'

‘Hoeveel vingers steek ik op?’ bemoeide Bert Zijlstra zich ermee.

Boos draaide Roos zich om. ‘Als jij je ermee gaat bemoeien, vraag ik zo meteen: “Hoeveel vingers steek ik in je oog.”’

Zijlstra besloot daarop zich terug te trekken uit de hulpverlening.

Vijf minuten later zat meneer Van Beek, nog steeds onder de modder, met een kopje thee in de hand aan een tafeltje. Hij bibberde nog meer dan hij gewoonlijk al deed. Gelukkig had Roos, die de leiding van de verzorging in handen had genomen, flink wat koud water bij de thee laten doen. Er ging meer overheen dan er tussen zijn blauwe, gebarsten lippen terechtkwam. Langzaam drong weer tot de bejaarde man door wie en waar hij was.

‘Ik schaam me zo,’ mompelde hij een paar keer.

‘Nergens voor nodig, hoor,’ sprak Roos hem moed in, ‘kan iedereen overkomen. Er komt alweer een beetje kleur op uw wangen.’

Iets verderop stonden Van Velsen en Zijlstra te kijken.

‘Dit is toch verschrikkelijk. Die ouwe sok zet de hele boel op stelten. Hij is een gevaar voor zichzelf. Dat wil je toch niet op je complex,’ zei Van Velsen op gedempte toon tegen Zijlstra.

‘Helemaal mee eens, Harm. Maar wat doe je eraan?’ antwoordde die.

‘Een maximumleeftijd voor leden, wat dacht je daarvan? Boven de negentig je huisje inleveren.’

Zijlstra knikte. Hij vond dat een uitstekend idee.

Sjoerd stond kort achter de voorzitter en zijn secretaris en had het gesprek woord voor woord gehoord. Hij opende zijn mond, aarzelde en sloot hem weer.

19

Het was een vroege zondagmorgen en de dauw hing nog boven de tuinen van Rust en Vreugd.

'Het enige wat je hoort zijn de vogels,' zei Emma.

'En u. Die dat zegt,' antwoordde Herman.

Emma keek hem even verwonderd aan.

'Ja, je hebt gelijk. Op het moment dat je het zegt is het meteen niet meer waar. Slim hoor.'

Herman glom van trots. Daarna ging hij verder met het graven van een kuil. Emma wilde graag een vijver in haar tuin, met vissen. Herman had haar gewaarschuwd dat ze dan misschien ook reigers op bezoek zou krijgen.

'Bij Ger heeft een reiger al zijn vissen opgegeten. Er zat één vis bij van zeventig euro. Dat was lachen.' Herman had schik.

'Vond je het niet zielig voor Ger dan?'

'Ger is net zo'n paardenlul als zijn vader,' vond Herman.

'Nou nou, Herman... Is dat zo?'

'Oké, misschien een iets kleinere. Ik vond het wel een beetje zielig voor Cherrie.'

'Wat vond je zielig?' vroeg Emma.

'Dat van die vissen die opgegeten waren. Cherrie is best wel aardig. Die heeft me een keer een paar oude laarzen van Ger gegeven. Omdat in de mijne een gat zat. Groene laarzen. Die had-ie toch nooit aan, zei ze. Later zag Ger me in die laarzen lopen, moest-ie ze meteen terughebben. Meteen. Hij dacht dat ik ze had gestolen. Moest ik op m'n sokken naar huis.'

'Dat is wel heel onaardig,' vond Emma.

'En toen heeft Cherrie me later geld gegeven voor nieuwe laarzen, omdat ze het stom vond van Ger, maar dat mocht ik tegen niemand zeggen.'

'Maar nu zeg je het wel tegen mij,' fluisterde Emma samenzweerderig.

'Ja, maar u telt niet, Emma. U bent zo aardig voor iedereen.'

'Niet voor iedereen, hoor.' Ze fluisterde opnieuw. 'Niet voor paardenlullen.'

Hermans mond viel open van verbazing.

Er klonken voetstappen over het grindpad.

Er kwamen een man en een vrouw van rond de veertig aangewandeld. Ondanks het mooie weer en het feit dat ze op een tuincomplex liepen, zagen ze er op hun paasbest uit. Hij droeg een bruin pak en een aktetas, zij een lange grijze jurk en een hoedje.

Bij het hekje van Emma's tuin bleven ze staan.

'Niet naartoe gaan,' fluisterde Herman.

'Dat is onbeleefd, Herman,' fluisterde ze terug en ze liep naar haar hekje.

‘Goedemorgen, kan ik u misschien ergens mee helpen?’

‘Goedemorgen, ik ben Bart Goossens en dit is mijn vrouw Marianne. Wij zijn van tuin nummer 38.’

‘Aangenaam, ik ben Emma Quaadvliegh.’

De man vervolgde: ‘Wij vroegen ons af of wij u misschien de goede weg konden wijzen.’

‘Nou, ik hoef eigenlijk nergens heen. Maar u mag eventueel wel helpen graven.’ Emma wees naar Herman bij zijn kuil.

Herman schudde van nee.

‘Nee, wij komen het woord van Jehova verkondigen. Het heilige evangelie van Jezus Christus. De weg naar verlossing.’

Emma kneep even haar ogen samen, haar mond werd een streepje. Ze liet een stilte vallen. Toen zei ze: ‘Ik ben niet zo’n fan van al die goden. Met hun rare regeltjes. Wat je wel en niet mag eten, wat voor kleren je moet dragen, dat je homo’s van het dak moet gooien, dat je je kinderen niet mag inenten, zulk soort dingen. Dan denk ik altijd: heeft zo’n God niks beters te doen dan al die flauwekul bedenken?’

De jehova’s leken niet uit het veld geslagen. ‘Wij brengen de boodschap van Liefde. Wij helpen iedereen de Here te leren kennen en Zijn eeuwig Koninkrijk binnen te gaan.’

Emma dacht even na. ‘Leest u wel eens een krant?’

Het bleef stil.

‘Er is een nieuw zwart gat ontdekt,’ meldde Emma.

Bart opende zijn mond, maar Emma was hem voor.

'Ik heb een vraag,' zei ze. 'Waarom zou jullie God, één van die tientallen allemaal zogenaamd enige echte ware goden, een zwart gat hebben geschapen dat zesenhalf miljard keer zo zwaar is als de zon en op 500 triljoen kilometer afstand ligt van dit minuscule aardbolletje, dit speldenknopje waar hij ook nog eens zonder blikken of blozen zijn bloedeigen zoon aan het kruis liet timmeren?'

Meneer en mevrouw Goossens keken verbaasd. Ze leken het belang van de vraag niet geheel te begrijpen.

'Goedemorgen allemaal.' Daar kwam Roos aangewandeld. 'Ik zag jullie staan praten en ik dacht, ik ga mijn steentje bijdragen aan de discussie over God.'

'Hoe wist u dat het over de Here ging?' vroeg mevrouw Goossens, die tot nu toe zwijgend schuin achter haar man had gestaan.

'Dat zag ik aan de aktetas. De meeste mensen hier hebben een schep vast, of een hark, maar Bart heeft een aktetas. Met boekjes over de Here. Toch?'

Marianne Goossens keek alsof hier sprake was van zwarte magie.

'Het is het woord van...' begon Bart, maar Roos had de smaak te pakken en onderbrak hem. 'Ikzelf geloof sinds kort in Exomna en Hurstra, dat zijn Bataafse godinnen.'

De jehova's keken haar ongelovig aan.

'Nee, over die godinnen is verder niets bekend,' ging Roos onverdroten verder, 'maar dat is juist makkelijk, want dan kan ik mijn godsdienst geheel naar eigen inzicht invullen. En net als de Batavieren omring ik mijn goden niet met muren en daken. Ze moeten kunnen gaan en staan waar ze willen. Dus hoef ik ook niet naar een kerk. En er zijn geen regeltjes. Ja, er is één Bataafse regel: ik mag het nooit, maar dan ook nooit meer over andere goden hebben.'

'Dat vind ik een zeer goede regel, Roos, vind je het goed als ik die overneem?' vroeg Emma.

'Natuurlijk, buurvrouw, natuurlijk.'

Meneer en mevrouw Goossens waren met stomheid geslagen. Langzaam leek het tot hen door te dringen dat er bij deze dames niets te bekeren viel.

'Het woord van de Here valt hier in onvruchtbare aarde,' zei Bart na een lange stilte.

Emma knikte. 'Mooie tuinbeeldspraak, meneer Bart. U kunt een kopje koffie krijgen, maar alleen als u belooft niet over Jehova te praten.'

Nou, dan hoefden ze ook geen koffie.

Ze draaiden zich zwijgend om en liepen verder over het grindpad. Hun zondagse schoenen kraakten.

Roos en Emma gaven elkaar een brede grijns.

'Ik lust wél een kopje koffie, hoor,' zei Roos heel hard.

Een paar meter verderop stond Herman intussen al minutenlang met open mond en met zijn schep in de lucht toe te kijken.

'Wil jij een lekker groot stuk taart, Herman?'

Eindelijk iets wat hij begreep. Hij knikte gretig.

20

Meneer Van Beek was met zijn negenentachtig jaar het oudste lid van Rust en Vreugd. Een gedistingeerd, broos heertje in een rode ribfluwelen broek en dik grijs vest, of het nou vijf of vijfendertig graden was. De tijd had zijn sporen nagelaten bij meneer Van Beek: hij zag slecht en stond wankel op zijn oude benen, waardoor hij nogal eens, als hij zich te diep over de plantjes boog, languit in een perkje of tussen de potten terechtkwam.

Meestal was het zijn tuinvriend Sjoerd die hem weer overeind hielp. Wat meer of minder soepel ging omdat Sjoerd, naarmate de dag vorderde, zelf steeds onvaster ter been werd door de drank. Het was voorgekomen dat ze samen tussen de plantjes lagen. Eenmaal weer rechtop, treurde Van Beek over de geknakte bloemetjes en stelde Sjoerd steevast voor om, onafhankelijk van het uur van de dag, een cognacje te nemen voor de schrik.

Sjoerd ging elke dag even op bezoek bij zijn oude vriend om te kijken hoe het met hem ging en om hem zijn boodschapjes te brengen.

Zijn tuin was Van Beek zijn lust en zijn leven. Hij kweekte al ruim vijftig jaar fuchsia's, sinds er in 1967 in *Ja zuster, nee zuster* een aanstekelijk liedje over was gezongen. Datzelfde liedje neuriede hij nu al een halve eeuw als hij met zijn fuchsia's in de weer was. Hij had in die jaren minstens duizend stekjes uitgedeeld. 'Koning Fuchsia' was zijn bijnaam op Rust en Vreugd. De fuchsia's, in tientallen potten en bakken, werden dagelijks vertroeteld, maar voor de rest van de tuin had Van

Beek geen energie meer over. Het gras stond kniehoog, de struiken en heggen waren verwilderd en de verf van zijn huisje bladderde.

Sjoerd wilde wel helpen, maar hij had bepaald geen groene vingers. Hij was voor het zware werk – snoeien, maaien en schoffelen – totaal ongeschikt, vooral als hij aangeschoten was. Het tuingereedschap had zich al een paar keer tegen hem gekeerd: hij was klassiek op de hark gaan staan, die daarna tegen zijn hoofd sloeg, en hij had zijn eigen vinger er een keer half afgesnoeid. Bij de fuchsia's mocht hij van Van Beek zelfs niet in de buurt komen, sinds hij bij het knippen van de heg per ongeluk een paar fuchsia's had meegenomen.

Sjoerd was van harte welkom in de tuin op voorwaarde dat hij nergens aan kwam.

Op een kwade woensdagmiddag in mei kwamen de gebroeders Bijl langs. Ze liepen ongenood de tuin in en gingen het huisje binnen. Meneer Van Beek deed juist een middagslaapje in een oude leunstoel. Henk Bijl pakte hem onnodig ruw bij de schouder. Van Beek schrok wakker en keek verward naar de twee mannen die daar onverwachts voor zijn neus stonden.

'Wat, eh... Is er iets?' zei hij schor.

'Er is zeker iets, meneer Van Beek,' sprak Steef Bijl op hoge toon, 'uw tuin ligt erbij als een oerwoud. De commissie tuinschouw heeft besloten dat u een officiele laatste waarschuwing krijgt. Uw tuin moet voor 1 juni voldoen aan de regels, anders wordt u geroyeerd.'

'Geroyeerd?'

'Ja, dan moet u eraf.'

'Eraf?'

'Eraf, ja. Vertrekken.'

'Maar ik ben al drieënzestig jaar lid,' mompelde Van Beek niet-begrijpend, 'en ik kan niet alles meer bijhouden, ik ben bijna negentig.'

'Als iemand het niet meer kan bijhouden, moet die eraf. Zo zijn de regels.'

'Waar staat dat dan?' vroeg Van Beek.

'Dat zijn gewoon de regels.'

'Maar waar moet ik dan al mijn fuchsia's neerzetten?' Er klonk paniek in zijn stem.

'Ja, dat is niet de taak van de tuinschouw, om dat te bedenken. Hier is de officiële brief met de aanzegging. Twee weken om alles in orde te maken. Getekend door de voorzitter zelf, meneer Van Velsen.'

'Hé, kunnen jullie wel tegen een oude man.' Sjoerd opende moeizaam het tuinhekje, stapte de tuin in, wankelde even en zocht steun bij de tuintafel.

'Bemoei je er niet mee, Sjoerd. Dit zijn jouw zaken niet.'

'Ik moet de tuin op orde maken, anders sturen ze me weg,' zei meneer Van Beek toonloos.

'Dat kan helemaal zomaar niet, iemand die zo lang... en al die jaren iedereen stekkies gegeven... is toch niet te geloven.' Er was niet zo veel samenhang in het betoog van Sjoerd te ontdekken.

'Regels zijn regels, voor iedereen. Dus zorg nou maar dat alles op orde komt, meneer Van Beek. Op 1 juni komt de tuinschouw weer langs, dan moet het netjes zijn. Goeiedag verder.'

En zonder de beide mannen nog een blik waardig te keuren, vertrokken de broers richting kantine.

'Jij zit er niet eens in, Steef Bijl, in die kloterige tuinschouw van je!' riep Sjoerd de broers nog na. Daarna liet hij zich in een tuinstoel vallen en zuchtte diep.

'Zullen we maar een cognacje nemen voor de schrik?'

Meneer Van Beek antwoordde niet. De tranen stonden in zijn ogen.

21

Twee cognacjes later was Sjoerd opgestaan, had zichzelf een paar keer op de wangen geslagen om zichzelf op te peppen en was de tuin van zijn oude vriend uit gegaan. Bij het hekje had hij zich omgedraaid. 'Ik ga iets voor je regelen, meneer Van Beek, dit laten we niet zomaar gebeuren.'

Sjoerd was daarna naar de tuin van Emma gelopen en was voor het hekje blijven staan.

'Mevrouw, mag ik binnenkomen?'

Emma stak verbaasd haar hoofd om de deur.

'Nee maar, hallo, Sjoerd. Ja, natuurlijk mag je verder komen.'

Schoorvoetend liep Sjoerd over het pad naar het huisje toe.

Emma overwoog of ze Sjoerd zou vragen wat hij wilde drinken, maar ze rook een stevige dranklucht en besloot de keuze te beperken.

'Wil je thee of koffie, Sjoerd?'

'Thee, alstublieft.' Sjoerd dronk eigenlijk nooit thee, maar de aanblik van een plank met zeven theepotten maakte hem zo in de war dat hij per ongeluk 'thee' zei.

'Tutoyeer me maar, hoor. Tuinders onder elkaar, nietwaar. Suiker en melk?'

'Alleen suiker alstublieft... jeblieft.'

Emma koos voor de bloemetjestheepot, schatte in dat een keuze uit haar zes verschillende soorten thee waarschijnlijk voor nog meer stress zou zorgen bij haar gast en zette een pot ceylonthee.

'Waaraan heb ik de eer van je bezoek te danken, Sjoerd?'

'Nou ja, eer, eer...' Sjoerd herpakte zich: 'Ik kom eigenlijk meer voor meneer Van Beek. Die moet eraf als we niks doen.'

'Eraf?'

'Ja, de broers Bijl kwamen hem vertellen dat-ie voor 1 juni zijn tuin netjes moet maken, anders moet-ie zijn tuin inleveren.'

'Nou, zo'n vaart zal dat toch wel niet lopen,' zei Emma verbaasd, 'dat kan toch zomaar niet?'

'Volgens Steef Bijl stond het in de reglementen,' zei Sjoerd somber.

'Zo, zei hij dat. Dan gaan we die reglementen eerst maar eens bestuderen. Waar zijn die te vinden?'

Sjoerd had geen idee.

'En nog iets, mevrouw, ik hoor-'

'Zeg maar Emma, Sjoerd.'

'Ik hoorde laatst per ongeluk een gesprek tussen Van Velsen en Zijlstra. Ze willen ook een maximumleeftijd voor tuinders instellen. Alleen om meneer Van Beek weg te krijgen. Ze noemden hem een ouwe sok.'

'Hmm, ouwe sok hè... Dat laten we niet over onze kant gaan, meneer Van Beek,' zei Emma bedachtzaam.

Een kwartier later liep Sjoerd opgelucht de tuin van Emma uit. Zijn thee stond nog onaangeroerd op het tafeltje. Emma had hem een grote zorg uit handen genomen. Hij was dan wel vaak dronken, maar zijn gevoel voor rechtvaardigheid was er niet minder om. Daarbij had hij een bloedhekel aan de gebroeders Bijl en aan Harm van Velsen. De oude Van Beek zomaar de tuin af zetten omdat zijn tuintje er een beetje rommelig bij lag, was schandalig, maar hij begreep ook dat hij niet de juiste persoon was om als advocaat van zijn buurman op te treden. Vaak kon hij na drie uur 's middags nauwelijks nog op zijn benen staan en al helemaal niet meer uit zijn woorden komen. Dat zou de verdediging niet ten goede komen.

Waarom wist hij niet precies, maar in Emma had hij een groot vertrouwen.

Emma had ook vertrouwen in zichzelf, maar ze wist ook dat twee sterker en slimmer zijn dan één. Daarom was ze na het vertrek van Sjoerd door het gat in de heg gestapt, naar de tuin van haar buurvrouw Roos, en daar hadden de dames onder het genot van een glaasje rosé beraadslaagd aan de keukentafel.

De uitkomst was dat Emma, als eerste stap, bij de voorzitter ging informeren naar de statuten en reglementen van Rust en Vreugd.

Roos en Van Velsen waren als water en vuur, maar Emma was nog van onbesproken gedrag en dus geschikt om langs haar neus weg te vragen naar de geldende regels. Om geen argwaan te wekken en geen verband te leggen met het bezoek van de gebroeders Bijl aan meneer Van Beek, zou Emma nog twee dagen wachten met haar visite aan Harm van Velsen.

Roos ging die middag nog even langs bij meneer Van Beek om hem gerust te stellen. Dat viel nog niet mee.

22

De tuin van de voorzitter van Rust en Vreugd was de grootste van het complex en lag in een hoek met uitzicht over de weilanden. Het huisje zat strak in de verf, het gras was langs een liniaal gemaaid en er was geen sprietje onkruid te bekennen. Tussen de struikjes en de bloemperkjes leek de zwarte aarde met een kammetje aangeharkt.

De bakken met begonia's, petunia's en geraniums stonden keurig in het gelid en alle bruine blaadjes werden dagelijks verwijderd met een klein snoeischaartje.

Hier werd de natuur met strakke hand geregeerd.

De enige frivoliteit die Van Velsen had toegelaten, waren de tuinkabouters van zijn vrouw Fietje. Een stuk of twintig kabouters, in alle soorten en maten, met kruiwagentjes, biertonnetjes, pikhouweeltjes en vishengeltjes, stonden verspreid over de tuin. Ze glommen, want Fietje poetste ze wekelijks.

'Voor mij hoeft het niet, maar Fie vindt het leuk,' liet hij iedereen die naar zijn tuin keek ongevraagd weten. Dit suggereerde dat hij zich iets van zijn vrouw aantrok, maar dat was niet zo. Hij commandeerde óf negeerde haar. Zij was mak als een schaap.

Dat kon je van zijn hond niet zeggen. Van Velsens mastino napoletano, roepnaam Bennie, was een kalf van een hond die voornamelijk uit dikke plooien huid bestond. Het gerucht ging dat Bennie eigenlijk Benito heette en dat zijn baasje hem zo had genoemd uit bewondering voor Mussolini. Maar het gerucht óver dit gerucht was dat het verspreid was door Sjoerd om Van Velsen zwart te maken, in dit geval, vanwege Mussolini, dus dubbelzwart. Sjoerd en Van Velsen waren gezworen vijanden.

Bennie oogde sloom en traag, maar hij had toch al twee mensen op de ehbo doen belanden. De eerste was Charles, die een paar jaar geleden nietsvermoedend het hekje had opengedaan en de tuin van de Van Velsens binnen was gestapt om te informeren naar de datum van de algemene ledenvergadering.

'Niet doen!' had Fietje nog geroepen.

'Wat moet ik niet doen?' had Charles verwonderd gevraagd, maar drie seconden later wist hij het: niet de tuin binnenstappen als Bennie daar vrij rondliep. Maar toen had hij wel al een scheur in zijn corduroy broek en een kleine vleeswond. Fietje had bij Charles wel tien keer haar spijt en medeleven betuigd en het gewonde been liefdevol verbonden. Dankzij die goede zorgen van Fietje had Charles het er verder maar bij gelaten.

Het tweede slachtoffer van Bennie was een DHL-pakketbezorger die óver het hekje was gestapt met een grote doos in zijn handen. De hond sprong tegen hem op, beet in zijn mouw en nam een stukje elleboog mee. De doos kletterde op het tegelpad en de bezorger sprong terug over het hek en wenste vanaf een afstandje de hond en zijn baas een keur aan ernstige ziektes toe. Van Velsen keek niet op of om naar het gewonde slachtoffer, maar opende bezorgd de doos en haalde daar vloekend een onthoofde tuinkabouter uit.

Even had hij overwogen de schade op DHL te verhalen, maar dat leek hem toch te riskant. Dat zou DHL er wel eens toe kunnen aanzetten een aanklacht tegen hem en zijn hond in te dienen.

Om zich in te dekken had hij nog diezelfde middag een bord in de tuin geplaatst met PAS OP VOOR DE HOND, NIET BETREDEN. Hij deed het voorkomen alsof dat bordje er al tijden stond.

'Die bezorger kon zeker geen Nederlands,' foeterde hij tegen wie het maar wilde horen.

23

Er waren maar drie inschrijvingen voor de workshop 'Inrichten van schuilplaatsen voor egels': op de lijst stonden Emma, Fietje en ene meneer Luinge. Toen Emma even voor aanvang van de cursus de kantine binnenkwam, zaten de twee andere deelnemers al te wachten aan een tafel in de hoek. Emma groette Fietje en stelde zich voor aan de derde cursist, een onopvallende heer van middelbare leeftijd die ze wel eens langs had zien lopen.

'Hallo, ik ben Emma. Van tuin 25.'

'Erik Luinge, tuin 63, aangenaam.'

Er viel een stilte.

'Houden jullie van egels?' vroeg Emma om het ijs te breken.

'Heel erg,' antwoordde Fietje.

Meneer Luinge knikte alleen maar.

Fietje boog zich voorover naar Emma en meneer Luinge en fluisterde: 'Maar Harm moet niks van egels hebben, jammer genoeg. Hij vindt dat egels er een rommeltje van maken. Ik mag wel naar de workshop, maar ik mag in onze tuin geen schuilplaats maken.' Fietje zuchtte en keek er intens verdrietig bij.

Emma informeerde of er niet ergens een geheim plekje voor een egel was, achter een schuurtje of zo, uit het zicht.

'Achter het schuurtje wil Harm ook geen rommel,' antwoordde Fietje.

Erik Luinge keek eerst naar Emma en toen naar Fietje en zei vervolgens op zachte toon: 'U mag wel een schuilplaats maken in mijn tuin. Als dat mag van uw man, tenminste. Mijn tuin ligt flink ver van die van u.'

Fie dacht na. Er verschenen diepe zorgrimpels in haar gezicht.

'Ik denk niet dat ik hem dat durf te vragen,' antwoordde ze ten slotte.

'Nou, dan vraag je het toch niet,' moedigde Emma haar aan, 'wat niet weet, wat niet deert, toch? Maak nou maar gewoon zo'n egelhuis, schat, wij kunnen zwijgen als het graf. Toch, eh... Erik?'

Erik beaamde dat.

'Ik heb ook niet zo veel tijd, door alle bardiensten.' Fietje zocht duidelijk naar excuses. Emma bood aan haar af en toe een uurtje te vervangen, dan kon zij in alle rust werken aan haar egelschuilplaats.

'Tenminste, als de mevrouw van de Egelbescherming nog komt opdagen vandaag, anders weten we niet hoe zo'n schuilplaats eruit moet zien,' voegde Emma eraan toe.

Juist op dat moment ging de deur van de kantine open en kwam er een mevrouw binnen met kort grijs haar en een bruine tuinbroek.

'Daar zal je haar hebben,' fluisterde Emma, 'kijk maar, ze heeft een egelkapsel.'

Haar tafelgenoten keken haar verbaasd aan.

'Grapje,' zei Emma.

Erik Luinge begon met terugwerkende kracht beleefd te glimlachen.

Een kwartier later zat de egelmevrouw een schuilplaats voor egels te tekenen in een groot schetsboek en liet plaatjes zien uit een groot egelnaslagwerk. Ze was bijna een uur lang aan het woord, slechts af en toe onderbroken door een vraag van haar cursisten.

Halverwege het egelcollege ging de deur van de kantine open en kwam Harm van Velsen binnen. Zoals meestal zei hij geen woord maar keek hij alleen vorsend rond. Zijn blik bleef hangen bij de tafel waaraan zijn vrouw zat. Hij kuchte. Toen Fietje opkeek, excuseerde zij zich, stond op, ging een kopje koffie voor haar man inschenken en nam, na een knikje van Harm van Velsen, weer plaats aan tafel.

Na een paar minuten vertrok Harm weer, zonder te groeten.

24

Emma zag er een beetje tegen op.

Ze had Sjoerd beloofd om bij Van Velsen langs te gaan om naar de reglementen en statuten te vragen, maar nu ze met Wodan over het grindpad wandelde en ze de tuin van de voorzitter naderden, lag er toch een kleine steen op haar maag.

PAS OP VOOR DE HOND, NIET BETREDEN.

Ze keek eerst naar het bord en daarna naar haar rommelige hondje. Die had zijn staart tussen zijn poten.

'Het was misschien niet zo slim van me om jou mee

te nemen, Wodan.' Emma haalde diep adem. 'Hallo, is er iemand thuis?'

Er klonk een kort geblaf.

'Af! Lig!'

Harm van Velsen kwam naar buiten en keek argwanend richting het hekje.

'O, ben jij het.' Zijn blik werd opeens een stuk vriendelijker. 'Wat kan ik voor je doen?'

'Ik kwam wat vragen.'

Harm trok zijn wenkbrauwen op.

'O...? Jij mag wel verder komen, maar die hond moet buiten blijven. Anders vreet Bennie hem op.'

'En mij vreet hij niet op, mag ik hopen?' Emma zei het als grapje, maar Harm schudde serieus zijn hoofd.

'Vrouwen laat-ie met rust. Hij bijt alleen mannen. Kom maar binnen.'

Emma bond Wodan met zijn riem aan het hekje.

'Even wachten, schatje. Ik ben zo terug.'

Het hondje piepte.

De voorzitter ging Emma voor, het huisje in, en commandeerde zijn enorme hond zijn mand in. Emma hoorde een kort, diep gegrom.

'Sorry, ik kan je niks aanbieden, want Fie is er niet, die staat in de kantine.'

Emma probeerde het gesprek luchtig te houden: 'Dus al die uren dat Fietje dienstbaar is aan anderen, moet jij op een houtje bijten.'

'Nee hoor. Als ik iets wil eten of drinken, ga ik dat in de kantine halen.'

Er viel een stilte. Harm nam Emma op van top tot teen, en terug.

Emma keek ongemakkelijk om zich heen. 'Leuk huisje heb je, Harm. En zo netjes. Ik wou dat ik het zo netjes kon houden.'

'Ik hou van netjes. Dingen moeten hun plek hebben.'

'Bij mij gaan de dingen altijd uit zichzelf zwerven. Leg ik de schaar in de keukenla, is-ie even later uit zichzelf verhuisd naar de vensterbank in de huiskamer.'

Aan zijn misprijzende blik te zien leek het Harm uitgesloten dat een schaar zich niet aan zijn regels zou houden.

'En dat? Dat ziet er gevaarlijk uit.' Emma wees op een ingelijste wapenvergunning aan de muur.

'Ik ben lid van de schietvereniging. Als douanebeambte was ik natuurlijk al gewend om wapens te dragen, en na mijn pensionering ben ik lid geworden van een club om het bij te houden. Ik ben dit jaar tweede geworden bij de veteranen.'

'Knap hoor. Lijkt me moeilijk.' Emma dacht dat een beetje bewondering geen kwaad kon.

'Het is ook moeilijk.'

'Heb je thuis zo'n groot geweer?'

'Nee, ik heb een pistool en dat heb ik veilig opgeborgen op de plek waar ik slaap.'

'Dus nu heb je het hier?'

Harm begon zich kennelijk een beetje ongemakkelijk te voelen bij de belangstelling voor zijn wapen.

'Daar laat ik me niet over uit. Maar, eh... iets anders...

je kwam iets vragen, zei je. Je mag trouwens wel gaan zitten, hoor.' Hij wees een stoel aan.

Emma ging zitten.

Harm legde zijn hand op haar schouder. 'Wil je een glaasje water?' De hand bleef liggen.

'Ja, graag. Ja, eh... Harm, ik vroeg mij af of ik een kopie van de statuten en reglementen kon krijgen.'

Harm trok zijn hand terug. Zijn blik werd van het ene op het andere moment argwanend.

'Waar heb je dat voor nodig?'

'Nergens voor. Tenminste, niet iets specifieks. Ik wil gewoon graag weten waar ik me aan moet houden. Wat er wel en niet mag op ons mooie complex.'

'"Ons" complex?'

'Rust en Vreugd.' Emma glimlachte. 'Ik wil graag mijn best doen om de rust en vreugd hier zo veel mogelijk te bevorderen en daarvoor wil ik de reglementen en statuten eens doorbladeren.'

Emma kreeg het een beetje warm. Ze hoorde hem denken: zit jij mij nu in de zeik te nemen?

Hij keek haar strak aan.

'Ik heb ze niet.'

Emma keek verwonderd.

'Zijlstra heeft ze.' En na een korte stilte voegde hij eraan toe: 'Als het goed is, tenminste. Hij is de secretaris. Hij doet al het papierwerk. Ik bemoei me daar niet mee.'

'Zijn het dezelfde statuten en reglementen die de Bond van Volkstuinders hanteert voor zijn leden? Want dan kan ik ze gewoon even bij de bond ophalen. Of misschien wel downloaden.'

'Met die lui wil ik niks te maken hebben, met al hun regels en gedoe. Wij zijn geen lid van die bond. We zijn een onafhankelijk tuincomplex, met eigen regels. En eigen statuten.'

'Zo is dat, Harm, eigen regels eerst,' besloot Emma er een grapje tegenaan te gooien.

'Inderdaad,' zei Harm volkomen serieus.

'Nou, dan ga ik binnenkort maar eens bij de secretaris langs. Zijlstra, dat is toch Bert, hè?'

Harm knikte. 'Was dat het?'

'Ja, eigenlijk wel. Ik ga maar weer eens.'

Emma overwoog om Harm te bedanken voor het water dat ze niet had gekregen, maar ze besloot dat de sfeer intussen wel ijzig genoeg was. Kennelijk was dit ene bezoekje voldoende geweest om haar credits bij de voorzitter in één klap te verspelen.

'Leuk om je huisje een keer vanbinnen gezien te hebben, Harm.'

Harm knikte.

'Nou... daaaag.'

Hij maakte een kleine beweging met zijn hand die met enige goede wil voor een groet kon doorgaan.

Emma stapte naar buiten. Wodan begon enthousiast te keffen. Binnen reageerde Bennie met een woest geblaf.

'Kop dicht! Lig!' klonk het staccato.

25

Roos stond met haar handen in haar zij naast het kasje in haar tuin. Tegenover haar stond Ger van Velsen, de zoon van de voorzitter, met in zijn hand een duimstok.

'Te hoog is te hoog. Regels zijn regels.'

'Wat is die regel dan?'

'De regel is dat een kas niet hoger mag zijn dan twee meter.' Ger wees op zijn meetlat. 'En ik meet hier toch echt twee meter zeven. Deze kas is illigaal.'

'Deze kas is illégaal,' herhaalde Roos.

'Dus je bent het met me eens?' zei Ger verbaasd.

'Nee, zeker niet, maar je spreekt het woord verkeerd uit. Het is illégaal. Dit is dus niet illígaal.'

Ger was even uit het veld geslagen maar herpakte zich. 'En er zitten ook geen dakgoten op. Dat mag ook niet. Iedere kas moet dakgoten hebben.'

'Beste Ger, en wat zijn dit dan?' Roos wees op een goot beneden aan de kas die afwaterde op de sloot.

'Geen dakgoot.'

'Maar wel een goot.'

'Maar het moeten dákgoten zijn, dat staat in het reglement.'

'Nou, laat me dat reglement van jou maar eens zien dan.'

'Dat heb ik niet. Dat heeft Zijlstra. Die is secretaris.'

'Hallo, allebei.'

Emma stak haar hoofd door het gat in de heg. Ze keek van de een naar de ander en vroeg toen: 'Hebben jullie ruzie?'

'Meneer hier wil dat ik mijn kas afbreek omdat hij zeven centimeter te hoog is. Welnu, jij bent mijn getuige, Emma: beste Ger, deze kas blijft staan en, sorry hoor, maar steek die meetlat van je maar in je reet.'

Emma proestte het uit.

Ger van Velsen keek hen vernietigend aan en liep met grote stappen de tuin uit, het hekje door. Daar spuugde hij op de grond.

'Hekje dicht graag, Ger!' riep Roos.

Ger reageerde niet.

Vijf minuten later zaten Emma en Roos aan de thee.

Ze waren het eens: vader en zoon Van Velsen mochten nooit, maar dan ook nooit, op hun verjaardagen komen.

'En tot overmaat van ramp zit Harm ook nog áán je. Een engerd is het.' Emma trok er een vies gezicht bij.

'Die Ger is misschien een nog grotere eikel dan zijn vader,' betoogde Roos, 'want die ouwe is tenminste nog dom. Te dom om heel berekenend te zijn. Zijn zoon is slim én slecht en dat is de meest beroerde combinatie.'

Emma knikte en nam nog een koekje.

'Maar wat nu te doen, Emma? Het zou best kunnen dat er ergens in dat reglement staat dat een kas inderdaad niet hoger mag zijn dan twee meter en dat er dakgoten op moeten zitten. Ik kan er moeilijk een stukje afzagen aan de bovenkant.'

Emma dacht na en kreeg een idee. 'Maar je kunt er misschien wel aan de ónderkant wat aan doen. Als je de tegels eromheen met acht centimeter ophoogt is je kas nog maar 1 meter 99 hoog.'

Roos' mond viel eerst een stukje open van verbazing en ging daarna wijd open voor een schaterende lach. 'Geniaal, buurvrouw, geniaal. Laten we dat vieren met een klein middagwijntje.'

'Nou, een kleintje dan, buuf.'

Emma vertelde even later bij een glas wijn en een stukje kaas uitgebreid over haar ongemakkelijke bezoek aan Harm van Velsen. 'Ik wil voor meneer Van Beek uitzoeken wat er in de reglementen staat over het onderhoud van een tuin. Morgen ga ik langs bij Bert, in een nieuwe poging de officiële tuinregels te bemachtigen. Als ik ze krijg, kunnen we meteen controleren of er iets in staat over de hoogte van een kas. Of ik krijg geen reglementen omdat die er misschien wel helemaal niet zijn, maar dan kunnen ze je sowieso niets maken,' besloot Emma haar verhaal.

'Wel gek trouwens, dat een voorzitter niet eens de statuten en reglementen kan laten zien,' vond Roos.

'Het zijn eigen reglementen van Rust en Vreugd, hè. Normaal gebruiken ze de voorbeeldreglementen van de Bond van Volkstuinders, maar wij zijn een onafhankelijk complex. Niet aangesloten bij die bond,' legde Emma uit.

'Dus Harm heeft ze misschien zelf geschreven?' vroeg Roos. 'Nou, dat kan nog wat worden dan.'

26

De oude meneer Van Beek verloor Herman geen moment uit het oog. Die laatste was al zeventien jaar tuinder bij Rust en Vreugd maar kon nog steeds geen fuchsia van een rododendron onderscheiden, en dat was nou juist van groot belang voor deze klus: alles in de tuin moest flink gesnoeid worden, maar van de fuchsia's moest Herman afblijven.

Herman was onvermoeibaar en kon werken als een paard, maar was ook even lomp als een paard. Hij was die morgen nog geen twee minuten aan het schoffelen of hij had al een pot met een fuchsia omgestoten. Als een ziekenbroeder ontfermde Van Beek zich over de geknakte bloempjes, terwijl Herman intussen niets had gemerkt en de strijd aanbond met een veldje brandnetels.

'Herman, wil je alsjeblieft wat voorzichtiger zijn?' smeekte Van Beek.

'Nou eh... dit is wel zo'n beetje op mijn allervoorzichtigst,' antwoordde Herman bedremmeld.

Na drie uur snoeien, schoffelen en hakselen vond Van Beek het mooi genoeg.

'Stoppen,' gebood hij Herman, 'en taart eten.'

Hij had van Emma begrepen dat slagroomtaart ongeveer het enige argument was waar Herman gevoelig voor was. En het werkte. Herman legde de snoeischaar neer en keek verliefd naar de enorme taartpunt die voor hem afgesneden was.

'Is die helemaal voor mij?'

Van Beek knikte en terwijl Herman taart at, borg de oude man alle tuingereedschap op in het schuurtje en draaide dat op slot. Naast het schuurtje stonden elf grote zakken boordevol tuinafval.

'Zo, laat die tuininspectie nu maar komen. Herman, je bent mijn redder in nood,' zei Van Beek tevreden.

Herman glom van trots. En van de slagroom.

De tuin zou zeker niet in de prijzen vallen bij de jaarlijkse Wie-heeft-de-mooiste-tuin-wedstrijd, maar dat zou meneer Van Beek worst wezen. Als hij maar niet werd geroyeerd omdat zijn tuin te woest was.

27

'Dag mevrouw, mag ik helpen?'

Emma keek op van de grasmaaier waar ze besluiteloos naar stond te kijken, en zag een jongetje van een jaar of zeven voor haar tuinhekje staan. Ze liep naar hem toe.

'Hallo jongeman, ik ben Emma, hoe heet jij?'

'Ik ben Boris en ik ben zes.'

'Zo, zes, dat is al best wel oud, Boris. En eigenlijk zie je eruit als zeven.'

Boris groeide een stukje.

'Ik kan ook al grasmaaien,' meldde hij trots, 'zal ik het laten zien?'

Emma opende het hekje, liet Boris binnen en leidde hem naar de grasmaaier. 'Nou, laat maar eens zien dan, Boris.'

Na enig trekken en duwen lukte het het mannetje om een baantje te maaien, alleen het keren lukte nog niet zo goed.

'Ik kan met deze niet omdraaien. Met die van thuis wel. Maar als jij de bochten doet, dan doe ik de rechte stukken,' stelde Boris voor.

Dat vond Emma een goed plan.

Tien minuten later was het grasveldje in Emma's tuin gemaaid. Er waren wel hier en daar wat plukjes overgeslagen en per ongeluk waren er ook een paar petunia's meegemaaid, maar dat vonden Boris en Emma niet erg.

'We hebben wel een groot glas limonade verdiend, nietwaar, Boris?'

Even later zaten ze allebei met een groot glas ranja in de hand en een soepkom chips op schoot.

'In welke klas zit je, Boris?'

'In groep 3.'

'O ja, klas is ouderwets. Heb je veel vriendjes en vriendinnetjes op school?'

Boris knikte. 'Sam, Sterre, Lena, Aïsha, Vlinder en Fatima.'

'Tjee, wat veel meisjes. Ben je ook verliefd op iemand? Of is dat een stomme vraag?'

Boris vond het geen stomme vraag. Na enig nadenken antwoordde hij: 'Niet echt verliefd. Maar er zijn wel veel meisjes op mij. En ik denk ook wel twee jongens.'

Emma knikte en vroeg toen wat hij later wilde worden.

Hij aarzelde. 'Ik vergeet steeds wat ik allemaal wil

worden, maar in ieder geval ontdekkingsreiziger. Tussendoor dan, want je kunt niet de hele tijd van alles ontdekken. Dus dan word ik de rest van de tijd vakantieganger. En wat wil jij worden?'

Emma dacht na. Wat wilde ze nog worden in het leven?

'Vakantieganger lijkt mij eigenlijk ook wel wat. En ik wil een goeie tuinvrouw worden, die haar eigen gras kan maaien.'

Dat laatste hoefde niet per se van Boris. 'Ik kan wel komen maaien, hoor,' bood hij aan. 'Ben je ook iemand zijn oma?' vroeg hij vervolgens.

Emma schudde van nee. 'Jammer genoeg niet, want ik heb geen kinderen en dus ook geen kleinkinderen. Die moet je hebben om oma te kunnen zijn.'

Boris knikte begripvol. 'Geeft niks, hoor.'

Hij dronk in één teug zijn glas limonade leeg, liet een boertje en zei: 'Ik denk dat ik nu weer naar huis moet.'

'Wie zijn eigenlijk jouw papa en mama?' wilde Emma weten.

'Mijn mama is Cherrie en mijn papa is Ger. En mijn opa is de baas van alle huisjes, opa Harm.'

Emma viel even stil, maar ze herpakte zich.

'Nou, Boris, je bent een geluksvogel met zo'n familie. Heb je ook broertjes of zusjes?'

'Nee... ik vraag al heel lang om een broertje maar mijn vader wil liever een hond. Hij zei dat hij al twee kinderen heeft en toen werd mijn moeder heel boos.'

Emma moest lachen om dit onverwachte inkijkje in het gezin.

'Doe ze maar de groeten en vertel ze maar hoe goed je hebt geholpen met grasmaaien.'

Dat zou Boris doen.

'Tot de volgende keer, Boris, als het gras weer is gegroeid.'

'Doei.'

Hij draaide zich nog drie keer om om te zwaaien toen hij het pad af liep naar het ouderlijk tuinhuisje.

'Wat wil ik nog worden?' vroeg Emma hardop aan zichzelf toen ze haar huisje binnenging.

28

Bestuursbesluit

In verband met de veiligheid heeft het bestuur besloten dat er een iemand aangestelt moet worden met een dieploma beveiliging om onze tuinen beter te beveiligen na diverse diefstallen en een inbraak. Dat is geworden de heer Boekhorst. Hij word de nieuwe eigenaar van tuin 36 en mag winterbewoning doen om ook tijdens de wintermaanden te kunnen waken over u en onze eigendommen.

Harm van Velsen, voorzitter

Er stond een klein groepje mensen in de kantine rond het mededelingenbord.

'Over welke diefstallen en welke inbraak gaat het eigenlijk?' vroeg Charles zich hardop af.

Iemand herinnerde zich dat er afgelopen januari een huisje opengebroken was en dat er een tijdje een zwerver in had gelogeerd.

'Een keurige zwerver, hoor. Hij had de deur weer netjes dichtgedaan en zelfs een beetje opgeruimd. En vijftig cent neergelegd voor een nieuw pak stroopwafels. Die nog over de datum waren ook.'

'Nou, dat is nog eens een gentleman-zwerver,' glimlachte Emma.

Frija Chatinier, met zoontje Storm aan de hand, vond het wel een prettig idee, iemand die de boel een beetje in de gaten hield.

'Want bij ons is al drie keer een kruiwagen ontvreemd,' meldde ze.

'Had je drie kruiwagens dan?' vroeg Roos.

'Nee, eentje.'

'En die is drie keer gestolen?'

'Ja.'

'Maar ook weer teruggezet, dus?'

'Ja, dat klopt.'

'Dat heet lenen, Frija,' zei Roos. 'Als je bijvoorbeeld even een kruiwagen nodig hebt en er staat er een het hele jaar ongebruikt naast jullie hekje, dan pak je die even en zet je hem daarna weer terug. En dat ben ik geen drie keer, maar twee keer vergeten meteen te doen. Excuus daarvoor.'

Frija keek verbaasd. 'O, was jij het? Als je het even vraagt mag je hem best gebruiken, hoor.'

'Maar jullie wáren er niet om het te vragen,' antwoordde Roos.

'Wie is die Boekhorst eigenlijk?' vroeg iemand.

'Dat is een oud-collega van mijn man. Hij werkte ook bij de douane,' kwam het antwoord uit onverwachte hoek, namelijk vanachter de bar. Fietje schrok er zelf een beetje van toen alle hoofden zich naar haar toe draaiden.

'Hij komt nog wel eens bij ons op visite en hij woont in een flat met alleen een klein balkon. Dus zodoende.' Om de vragende blikken verder te ontwijken besloot Fietje dat de koelkast nodig gesopt moest worden.

'Stond hij wel ingeschreven als aspirant-lid dan?' vroeg Roos verwonderd.

Fietje poetste geconcentreerd verder.

'Ik denk dat ik daar op de ledenvergadering eens een vraag over ga stellen,' besloot Roos.

29

Meneer Van Beek was heel nauwkeurig bezig om met een nagelschaartje de dode bloemetjes uit zijn fuchsia's te knippen. Hij had een elegant strooien hoedje op tegen de zon. Zacht neuriede hij 'Wie wil er een stekkie'. Over het grindpad kwamen Ger en Cherrie van Velsen aangelopen. Ze stopten bij zijn tuinhekje.

'Goeiemorgen, Van Beek, mogen we even binnenkomen,' zei Ger terwijl hij de tuin al in stapte.

Van Beek keek eerst verbaasd en toen argwanend naar de onverwachte visite.

'Wat willen jullie? Mijn tuin is nu toch netjes?'

Ger schraapte zijn keel. 'Het ziet er inderdaad een stuk beter uit. Al heb je dat natuurlijk niet zelf gedaan.'

'Maar dat hoefde ook niet, dat heeft Emma zelf gezegd,' antwoordde Van Beek.

Ger knikte en vervolgde: 'Maar nu is er een ander probleempje, Van Beek. Hoe oud ben je?'

'Wat gaat jullie dat aan?'

'Volgens het inschrijvingsformulier word je volgende week negentig jaar.'

'Als je het weet waarom vraag je het dan?'

'Effe checken, voor de zekerheid. De secretaris heeft mij erop gewezen dat er in de statuten staat dat de maximumleeftijd voor een tuinder negentig jaar is.'

Meneer Van Beek verstarde en trok nog witter weg dan hij al was. Hij schudde langzaam met zijn hoofd. Toen fluisterde hij: 'Dat kunnen jullie niet doen. Jullie kunnen een ouwe man niet het enige afnemen wat hij nog heeft. Dat kan niet.'

'Het is voor uw eigen bestwil, meneer Van Beek, ouwe mensen kunnen makkelijk vallen of een ongeluk krijgen met tuingereedschap of zo,' mengde Cherrie zich in het gesprek. Zij had zichtbaar te doen met Van Beek.

Van Beek hield hulpeloos het kleine schaartje omhoog. 'Een ongeluk... hiermee?'

'Nou ja, daar dan misschien niet mee. Maar wel eh... met een bijl of zo.'

'Ik heb geen bijl.'

Cherrie sloeg een arm om de smalle oude schouder. 'Maar u kan wel vallen. Toch?'

Van Beek staarde roerloos naar zijn bloembakken.

Cherrie verontschuldigde zich. 'Ik vind het echt heel rottig voor u. Wij doen alleen maar de boodschappen.'

'Wij brengen de boodschap, bedoelt ze,' snauwde Ger, 'en laat hem nou maar los, Cher.'

'Waar staat dat dan, dat van die negentig jaar?' vroeg meneer Van Beek met een dun stemmetje.

'Ja, daarvoor moet je niet bij mij zijn. Dat weet ik niet,' blafte Ger.

'Misschien weet Bert het. Die is secretaris,' opperde zijn vrouw.

'Ja, misschien weet Bert het, misschien ook niet. In ieder geval geeft het bestuur je nog tot 1 juli hier op de tuin. Krijg je alweer een paar weken extra. Maar daarna geldt: regels zijn regels. Voor je eigen bestwil.' Ger pakte de arm van zijn vrouw en draaide zich om. 'Kom, we gaan.'

Ze liepen de tuin uit. Bij het hekje keerde Cherrie zich nog even om en zwaaide.

Meneer Van Beek zag het niet. Hij had een witte zakdoek uit zijn zak gehaald en wreef daarmee in zijn ogen.

'Ach, gossie.' Cherrie voelde diep medelijden.

Toen ze twintig meter verder waren vroeg ze: 'Is dat echt zo, Ger? Dat van die negentig jaar?'

'Weet ik veel. Pa kwam ermee en vroeg of ik het wilde

regelen. En dan doe ik dat, want stokouwe mensen horen hier niet.'

'Ik vind het zielig.'

'Jij vindt alles zielig.'

30

'Ik vind dit de leukste tuindag van het jaar.' Frija Chatinier, meestal zuinig met haar enthousiasme, straalde achter het tafeltje in de kantine. Naast haar stonden man Sef en zoon Storm en vóór haar op tafel stond de reden voor zo veel opgewektheid: een spinazie-rabarber-fetataart. Frija was tweevoudig oud-winnares van de jaarlijkse 'Heel Rust en Vreugd Bakt'-taartenwedstrijd en had, na een snel rondje langs de concurrenten, goede hoop dat ze ook dit jaar weer in de prijzen zou vallen.

Er was deze keer weliswaar een recordaantal van zestien deelnemers, maar de oud-kampioene had al gezien dat de taarten van de concurrentie 'niet allemaal even goed gelukt waren', zoals ze luid verkondigde. Daar voegde ze nog schamper aan toe dat er ook flink met de regels was gesjoemeld.

'Wat zijn de regels eigenlijk?' vroeg Fietje, die achter een ouderwetse boterkoek had plaatsgenomen in afwachting van de jury.

'Kijk, dat bedoel ik nou. Als je de regels niet kent, hoe wil je dan winnen?' zei Frija uit de hoogte.

'Ik hoef helemaal niet te winnen,' zei Fie zachtjes, 'liever niet zelfs.'

Er stonden twee rijen van acht tafeltjes met daarop de taarten en daarachter hun bakkers. Meyra had een enorme schaal baklava gemaakt, genoeg voor alle tuinders van het park.

'Het was niet wie het mééste kon bakken, Meyra, maar wie het lekkerste kon bakken,' zei jehova Marianne vilein. Zelf had ze een bescheiden tulband voor zich op tafel staan.

Meyra leek even naar woorden te zoeken en antwoordde toen: 'Wíj houden van lekker én veel en sommige andere mensen houden meer van klein en droog.' Daarbij maakte ze een bijna onmerkbaar hoofdknikje richting de tulband. 'Ieder zijn smaak.'

'Neem me niet kwalijk, Cher, maar het is een beetje een misbaksel geworden,' zei Ger van Velsen spottend tegen zijn vrouw Cherrie, die omwille van haar naam een taart met kersen had gemaakt. Het was de bedoeling geweest dat haar creatie op een heel grote kersenbonbon zou lijken, maar in de oven was er iets misgegaan en daarna had ze haar taart maar 'vulkaanuitbarsting' genoemd.

Ook op enkele andere tafels stonden taarten die niet precies de vorm hadden aangenomen die de bakkers voor ogen hadden gehad. Ze waren ingezakt, uit elkaar gevallen, leeggelopen of zwartgeblakerd.

Maar er waren ook een paar taarten die er héél lekker uitzagen.

De wedstrijd was georganiseerd door Roos, die daarom ook in de jury zat, samen met een mevrouw die een paar jaar geleden zelf bij de laatste acht van de échte *Heel Holland Bakt* was geëindigd. Ze stelde zich dan ook voor als Lieke-van-Heel-Holland-Bakt-uit-Woerden. Ze legde de aanwezigen uit dat er twee prachtige bekers te winnen waren in twee categorieën, te weten hartig en zoet, en dat de taarten niet alleen lekker moesten smaken en er mooi uitzien, maar dat er ten minste één ingrediënt uit eigen tuin moest komen.

Vervolgens schuifelden de beide dames kalmpjes van tafeltje tot tafeltje en namen van elke taart een klein hapje. Ze proefden met ernstige gezichten en met smakgeluidjes en maakten daarna aantekeningen, elk op een eigen blocnote.

Op voorspraak van Emma had Roos een assistent aangenomen: Herman. Hij liep achter Roos aan en maakte geen aantekeningen, maar nam wel steeds een enorme hap taart. Hij had zichtbaar een van de mooiste dagen van zijn leven.

Herman was zeer vriendelijk in zijn oordeel: 'Deze is echt vet lekker,' zei hij bij iedere taart, bij voorkeur met zijn mond vol.

Een aantal taartenbakkers keek misprijzend naar deze uitbreiding van de jury, maar omdat Roos de organisator was van de wedstrijd, mocht zij de spelregels bepalen en de deelnemers waakten er wel voor de jury tegen zich in het harnas te jagen.

Nadat de jury alle taarten had geproefd, trok zij zich voor beraadslagingen terug in de bestuurskamer, die met zichtbare tegenzin ter beschikking was gesteld door Harm van Velsen.

Terwijl iedereen wachtte op de uitslag mochten de deelnemers elkaars taarten proeven. Voor de meeste bakkers was dit het leukste deel van de wedstrijd. Er werd geproefd en geprezen en er werden overal schouderklopjes uitgedeeld en recepten uitgewisseld. Alleen Frija en Marianne kenden weinig genade.

'Deze is echt véél te hoog op smaak,' beweerde Frija over de hartige taart van een gevaarlijke concurrent en Marianne sloeg demonstratief de baklava van Meyra over bij het proeven. 'Hoe baklava smaakt, dat weet ik nou wel.'

Meyra liet zich niet kennen en proefde wel de tulband van Marianne.

'Eigenlijk best lekker,' zei ze, 'en veel minder droog dan hij eruitziet.'

Marianne perste er een stijf lachje uit.

Herman was niet direct betrokken bij het juryoverleg. Hij zou pas bij een gelijke stand de doorslaggevende stem mogen uitbrengen. Daarom liep hij nog een ronde langs de taarten om overal nogmaals een flinke hap te nemen.

'Voor het echt zekers te weten, moet je twee keer proeven,' vond hij en zelfs Frija durfde hem niet tegen te spreken.

Daar kwam de jury weer de kantine binnen.

'Wat hebben we gesmuld!' opende Roos het juryverslag.

'En wat heeft iedereen enorm zijn best gedaan,' vulde Lieke aan.

'En wat was het weer ont-zet-tend moeilijk dit jaar.'

'Maar er kan er maar één winnen...'

Ze lieten een stilte vallen.

Roos keek de kantine rond. 'Een eervolle vermelding in de categorie zoet is er voor... Meyra, die heeft zo veel gebakken dat iedereen een stukje baklava mee naar huis mag nemen. Bravo, Meyra.'

Luid gejuich en één zuur gezicht.

Roos ging verder.

'De winnaar van "Heel Rust en Vreugd Bakt" in de categorie zoet is... Erik Luinge van tuin 63, met zijn sinaasappel-walnotentaart. Applaus.'

De winnaar was zo te zien volkomen verrast. Hij nam verlegen de felicitaties in ontvangst.

Lieke nam daarna het woord. 'Ook in de categorie hartig was het bijna niet te doen, zo veel heerlijke taarten waren er, maar uiteindelijk vonden we toch de taart van... Frija Chatinier de lekkerste.'

Er verscheen een brede triomfantelijke lach op het gezicht van Frija. Het applaus was wat aan de magere kant. Frija lag duidelijk niet zo lekker in de groep.

'Maar... maar...' vervolgde Roos met lichte dreiging in haar stem, 'helaas heeft Frija geen product uit eigen tuin gebruikt en moeten we haar... diskwalificeren.'

Frija keek verbijsterd naar Roos.

'Nee hoor, grapje!' riep Roos heel hard door de kantine. 'Gefeliciteerd!'

31

Geachte leden van Rust en Vreugd

Op zaterdag 16 juni aanstaande vind de algemene ledenvergadering plaats.
Aanvang: 13.00 uur
Plaats: De kantine

De notulen van de vorige vergadering liggen nu in de kantine. ***Niet*** *meer dan 1 meenemen s.v.p. per tuin. Dat geld ook voor het financieele jaarverslag*

Wegens omstandigheden is de agenda voor de vergadering nog niet klaar.

Punten voor de agenda moeten ***voor 12 juni*** *worden ingeleverd bij Bert Zijlstra, secretaris, tuin 57. Voorzien van* ***vijf*** *geldige handtekeningen van andere* ***officieele*** *tuinders.*

Hoogachtend, H. van Velsen, voorzitter.

Emma las nogmaals aandachtig de uitnodiging die Cherrie van Velsen persoonlijk bij elk tuinhuisje had bezorgd. Cherrie had over de 68 tuinen twee dagen gedaan omdat ze overal waar iemand aanwezig was een praatje had gemaakt. Over het groeizame weer. En over de tuin die er zo mooi bij lag.

Emma viel niet over de spelfouten in de uitnodiging, maar wel over het feit dat er geen agenda was. Ze had een paar punten waarvan ze nu niet wist of die in de vergadering aan de orde zouden komen. Om er zeker van te zijn dat deze zaken besproken zouden worden, moest ze die nu op papier zetten en met vijf handtekeningen vóór 12 juni inleveren bij Bert Zijlstra. Dat wilde zeggen: over een week. Het bestuur had, te oordelen naar die korte termijn, blijkbaar weinig behoefte aan ingebrachte agendapunten. Emma besloot nu maar meteen naar Zijlstra te stappen voor het opvragen van de statuten en het reglement en eens voorzichtig te vissen naar de agenda. Daarna zou ze naar haar buurvrouw Roos gaan om te overleggen over de te volgen tactiek.

Ze glimlachte. 'Oude tijden herleven. Op de barricaden!' zei ze tegen zichzelf.

Een paar minuten later stond ze voor de rozenpoort die toegang gaf tot de tuin van Bert en Inge Zijlstra. De vrouw des huizes was in een ligstoel in slaap gevallen. Haar mond stond open en op haar schoot lag de *Groen Geluk*, het maandblad van Rust en Vreugd, zes kopietjes met twee nietjes. Haar man lag naast haar in een tweede ligstoel. Hij had zijn ogen dicht en een koptelefoon op.

'Joehoe. Mag ik verder komen?'

Er kwam geen reactie.

Ze riep nog eens, iets harder.

Opnieuw geen antwoord.

Emma aarzelde, stapte toen de tuin in, liep naar het

stel toe en tikte Bert voorzichtig op zijn schouder. Die reageerde alsof er een emmer ijswater over zijn hoofd werd gegooid. Hij slaakte een kreet, kwam een stukje los van zijn stoel en stak zijn handen omhoog.

Emma schrok er zelf ook een beetje van. 'Ik ben het maar, Emma, en ik heb geen pistool bij me dus je kunt je handen weer laten zakken.' Ze probeerde het luchtig te houden.

Bert deed woest zijn koptelefoon af.

'Godsakke, ik schrik me kapot. Wat moet je?' Zijn schrik was omgeslagen in irritatie.

'Huh?' Zijn vrouw was ook wakker geworden en keek lodderig en schaapachtig om zich heen.

'Sorry als ik een beetje ongelegen kom, maar ik heb een vraag die nogal urgent is. Ik zou graag een exemplaar van de statuten en het reglement van de vereniging willen hebben,' zei Emma vriendelijk.

Bert keek Emma quasi-niet-begrijpend aan. 'Statuten? Reglement?'

Emma constateerde dat Bert een zeer matige toneelspeler was. Ze besloot wat druk te zetten.

'Ja, Bert. Iedere officiële vereniging heeft statuten en een reglement. En Rust en Vreugd dus ook, dat weet ik, want dat heeft de voorzitter mij persoonlijk meegedeeld. En hij zei ook dat jij ze hebt.'

Bert keek ongemakkelijk. 'Hád. Ik had ze.'

'O? Vertel.' Emma knikte er vriendelijk bij.

'De voorzitter heeft ze een paar dagen geleden bij mij opgehaald.'

'Nou, dat is ook toevallig. Ik was pas bij hem op visite

om te vragen of hij ze had. En hij zei dat jij ze had en is ze vlak daarna dus zelf hier op gaan halen.'

Vijf minuten later verliet Emma onverrichter zake de tuin van Bert en Inge.

De secretaris had geprobeerd zich eruit te stotteren en de bijdrage van Inge was geweest daar een beetje onnozel bij te kijken.

Het kwam erop neer dat Van Velsen de statuten en reglementen was komen halen om ze op zijn beurt weer aan iemand van de bond te kunnen geven om ze aan te laten passen.

'Hoezo aanpassen? Waaraan? Daar gaan de leden toch over? En we horen niet eens bij de bond,' had Emma ertegen ingebracht.

'Ja, natuurlijk, natuurlijk,' had Bert toegegeven en daarna was hij stilgevallen.

'Ja, en nu?'

'Ja, nu... eh... ik weet het niet. Misschien nog eens naar Harm?'

Dat vond Emma geen aanlokkelijk vooruitzicht.

32

De ambulance stond met loeiende sirene stil midden op het grindpad. Door een paar dikke laaghangende takken kon hij niet verder. De bijrijder sprong uit de auto en keek om zich heen op zoek naar hulp.

De eerste die zich meldde was Ahmed. De ambulance was om de hoek bij zijn laantje gestrand.

'Voor wie komt u?' vroeg hij paniekerig.

'Wij zijn gebeld door ene Sjoerd en het ging om een oudere man. Ik heb de naam niet doorgekregen.'

Door het lawaai van de sirene had Ahmed alleen de naam Sjoerd verstaan. De chauffeur was inmiddels ook uitgestapt en had een brancard op wieltjes uit zijn auto tevoorschijn gehaald.

Ahmed wenkte en liep op een drafje voor de twee mannen uit. De brancard stuiterde tussen hen in over het grindpad. Aangekomen bij de tuin van Sjoerd was er niemand te bekennen. Niet in de tuin, maar ook niet in het huisje, zo bleek nadat de deur kordaat was opengetrapt door een van de ambulancebroeders.

Na nog een paar keer hard om Sjoerd geroepen te hebben, zette de kleine optocht zich weer in beweging, terug naar de ambulance. Daar was inmiddels een oploopje van nieuwsgierigen: Charles, Roos, Frija en de kleine Storm, de twee jehova's, Cherrie en nog een stuk of wat andere tuinders. Gelijk met de twee teruggekeerde verplegers arriveerde nu ook Harm van Velsen bij de auto. De chauffeur kwam eindelijk tot de conclusie dat de sirene in deze situatie niet meer zo nuttig was en zette hem uit.

'Voor wie komt u?' vroeg Harm, waarbij hij zo veel mogelijk gezag probeerde uit te stralen.

'We zijn gebeld door ene Sjoerd en het is voor een oude meneer.'

'Die Sjoerd is altijd lam, dus ik hoop maar dat jullie

niet voor niks zijn gekomen,' zei Harm onderkoeld.

Roos kwam tussenbeide. 'Het zal voor meneer Van Beek zijn. Die is oud. Kom snel, snel, volg mij maar.'

Op datzelfde moment kwam Sjoerd het pad afgehold. 'Vlug, Van Beek viel zomaar opeens op de grond in zijn huisje. Hij beweegt niet meer. Ik heb wel een soort van gereanimeerd.'

Daar ging de karavaan: voorop Roos en Sjoerd, dan de ziekenbroeders met hun brancard op wielen, daarachter Harm met in zijn kielzog een rijtje ramptoeristen.

Meneer Van Beek lag in de deuropening van zijn huisje tussen de ravage van twee omgevallen bakken met fuchsia's. Zijn strooien hoed lag naast zijn lijkbleke gezicht. Een van de verplegers dirigeerde iedereen achter het tuinhekje, de ander controleerde hartslag en ademhaling en haalde uit een koffertje een aed tevoorschijn. Het keurige witte overhemd van meneer Van Beek werd opengeknipt en er kwam een oud, ingevallen borstkasje bloot. Een verpleger begon onmiddellijk met hartmassage, de ander ging met de aed aan de slag en plakte elektroden.

Roos, Charles en Sjoerd durfden niet meer te kijken. Frija trok Storm weg. Alleen jehova Bart stond ongegeneerd foto's te nemen terwijl zijn vrouw toekeek. Ahmed tikte Bart op zijn schouder en zwaaide even bestraffend met zijn wijsvinger. Toen Bart daarna verderging met fotograferen sloeg Ahmed met een haast elegante armzwaai de telefoon uit zijn hand, die met een wijde boog tussen de struiken terechtkwam.

'Wat doet u nu?' vroeg Bart verbaasd.

'Nee, wat doet ú nu?' antwoordde Ahmed. 'Dat is geen respect!'

De verplegers hadden nu de aed aangesloten en lieten het lichaam op commando los. Er ging een schok door het oude lijf van Van Beek. Even later nog een.

Storm staarde tussen de spijlen van het hek gebiologeerd naar de schokkende man. Zijn moeder zag het niet, want die had haar handen voor haar ogen geslagen.

Het was even onwerkelijk stil. Alleen de vogels trokken zich niets aan van de reanimatie. Toen bewoog de oude meneer Van Beek een arm. En vlak daarna een been.

Tien minuten later werd Van Beek op de brancard de ambulance in geschoven. Hij had een zuurstofmasker op en een infuus in zijn arm en keek lodderig en niet-begrijpend naar alle beroering om hem heen.

'Het komt goed, hoor,' sprak Roos hem bemoedigend toe, 'en ik zorg intussen voor de fuchsia's.' Ze streelde even zijn gerimpelde hand.

Toen de ambulance achteruit het pad af was gereden en de sirene langzaam in het geroezemoes van de achterblijvers oploste, vond de voorzitter dat het moment was gekomen om krachtig op te treden.

'Hoe vaak heb ik niet gezegd dat de tuinders verplicht zijn om de toegang tot de paden vrij te houden voor noodgevallen! Van wie zijn godverdomme deze overhangende takken?'

Het bleef stil.

'Nou, van wie?'

'Dit zijn de takken van de nieuwe coördinator veiligheid, een goede vriend van Harm van Velsen,' klonk het vanachter hem.

Van Velsen draaide zich om en keek in het stoïcijnse gezicht van Roos.

'Ik ben benieuwd naar de strafmaatregelen,' voegde Roos er nog aan toe.

33

Emma wandelde met Wodan via de toegangspoort bij de kantine de volkstuintjes van Rust en Vreugd af, de weilanden in, het begin van haar avondwandeling met de hond. Bij mooi weer liep ze in ruim een uur een grote ronde om het complex, bij slecht weer een klein rondje van een kwartier.

Wodan scharrelde, snuffelde, plaste en rende heen en weer, Emma keek naar de koeien, genoot van het vallen van de avond en dacht na over het leven. Ze miste haar man elke dag, maar de pijn werd zachter. Het hielp als ze tegen hem praatte, zo ook nu.

'Je zou heel blij geweest zijn met onze volkstuin, schat. En ik weet ook dat je het een mooie uitdaging gevonden zou hebben om de alfa-aapjes die hier de dienst uitmaken eens flink op hun nummer te zetten. Nu zal ik het doen, voor jou, en voor mezelf natuurlijk.'

Emma glimlachte tevreden. Ze dacht aan het team dat zich begon te vormen tegen de clan van het bestuur. Een wonderlijk bij elkaar geraapt zooitje: zijzelf natuurlijk, rechtdoorzee-Roos, de stokoude Van Beek, zatlap Sjoerd en simpele Herman. Ze twijfelde of ze op deftige Charles kon rekenen. Daarnaast waren Ahmed, zijn vrouw Meyra en Erik Luinge potentiële medestanders, die misschien nog een zetje in de rug moesten krijgen. De andere tuinders kende ze niet goed genoeg om te weten of ze ten strijde zouden trekken tegen vader en zoon Van Velsen, Bert Zijlstra en de twee Bijlen.

Van dat vijftal schatte ze Zijlstra in als de zwakste schakel. Ze leek hem het type boekhouder dat zonder al te veel morele bezwaren over zou stappen naar de tegenpartij, als hem dat beter uitkwam.

Niet onbelangrijk: in het kamp van de tegenstander zaten twee personen die daar eigenlijk te lief en zachtaardig voor waren, namelijk de echtgenotes van vader en zoon Van Velsen, Fietje en Cherrie. Die konden misschien wel eens van nut zijn.

'Ik weet opeens wat ik nog wil worden,' schoot het door haar heen, 'verzetsstrijder.'

Toen Emma een uurtje later Rust en Vreugd weer binnenwandelde, stond Ger van Velsen haar bij de ingang op te wachten.

'Goedenavond.'

'Hallo, Ger.'

'Er zijn een paar dingen die je toch zo langzamerhand wel moet weten,' zei Ger en hij wees daarbij op een bordje bij de ingang waarop stond dat honden aan de lijn moesten.

'Ja, dat heb ik gezien, maar Wodan loopt op het terrein altijd keurig naast me dus ik dacht dat het wel kon zo.'

'Die regels zijn er natuurlijk niet voor niks. De hond van mijn vader loopt ook altijd aan de lijn.'

Emma merkte op dat die hond twee mensen had gebeten en dat haar hondje zelfs voor een konijntje op de loop ging, maar dat deed er volgens Ger niet toe.

'En dan nog iets... kom eens mee...' Hij liep een tiental meters het grindpad op en wees naar een verse hondendrol. 'Wat is dit?'

'Dat is een drol.'

'Ja, dat is een drol. Maar van wie is die drol?'

'Ik zou het niet weten. Van jou?'

'Haha, wat zijn we weer grappig. Nee, Emma, er zijn mensen die hebben verklaard dat jouw hond hier heeft zitten poepen en dat jij die drol niet hebt opgeruimd.'

'Nou, dan zou ik wel eens willen weten wie die mensen zijn, want het is klinkklare onzin. Heb je gezien hoe groot die drol is? Die is enorm. En heb je gezien hoe groot mijn hond is? Nou? Wil je dit soms even bestuderen?' Emma haalde een plastic zakje uit haar tas en liet dat zien aan Ger. 'Kijk, Ger, dit is een schattig klein drolletje van Wodan. Ik ruim ze namelijk altijd op. Dus je moet jouw verklikkers nog maar eens stevig aan de tand voelen of het niet die enorme hond van je vader was die hier heeft zitten poepen. Want je hebt blijkbaar niks beters te doen dan hier een beetje de poeppolitie uit te hangen. Goedenavond verder, agent Van Velsen.'

Ger was met stomheid geslagen. Woedend en vernederd keek hij haar na.

34

Roos en Emma zaten met hun ogen dicht in een tuinstoel van de zon te genieten, een pot thee binnen handbereik. Het schaaltje koekjes was leeg.

'Verstandig van mij, hè, om maar zes koekjes op het schaaltje te leggen?' zei Roos.

'Heel verstandig, ik eet te veel troostkoekjes. Sinds Thomas dood is ben ik zeker vijf kilo aangekomen.'

'Wat was Thomas voor man?'

Emma dacht na.

'Hoe zal ik het zeggen?' Ze keek peinzend. 'Thomas maakte het leven, ons leven... zonnig en kleurrijk.'

'Mis je hem erg?'

'Elke dag. Maar eh... bijna stiekem.'

'Stiekem?'

'Ik heb hem plechtig moeten beloven om niet bij de pakken neer te zitten en niet in het verleden te blijven hangen. Maar dat valt niet mee. Het was zo'n leuke man.'

Een tijdje hoorde je alleen de vogels.

'En jij, Roos? Qua mannen?' vroeg Emma.

'Ik ben eenentwintig jaar getrouwd geweest.'

'O.'

'En dat was ongeveer vijftien jaar te lang. Laten we zeggen dat hij mijn leven niet zonnig en kleurrijk maakte, maar eerder mistig en grijs.'

'Waarom ging je niet eerder weg?'

'Twee kinderen.'

'Hoe oud zijn ze?'

'Vijfentwintig en zevenentwintig. Toen ze zestien en achttien waren vond ik dat ze zelfstandig genoeg waren en heb ik mijn koffers gepakt. Ik wilde ook niet in het verleden blijven hangen, maar om de tegenovergestelde reden als jij. Het was geen boeman of zo, hoor, maar iemand die...'

Het was even stil.

'Iemand die alles om hem heen... Hij had een soort besmettelijke futloosheid. Hij zoog alle energie weg bij mensen.'

Emma knikte. 'Thomas gaf juist energie.'

'Rob niet. Tenminste, zo'n beetje vanaf de geboorte van de kinderen niet meer. Daarvoor was-ie best leuk, eigenlijk.'

Roos opende haar ogen en schonk hun beiden nog eens thee in.

Daarna vervolgde ze: 'Nou ja, ik was zelf ook niet de leukste thuis, hoor, met mijn eeuwige grote bek.'

'Dat vind ik juist grappig aan je,' zei Emma.

'Ja, als je niet op elkaars lip zit is het misschien wel

grappig, maar op vierhoog met vier mensen in een flat van zeventig vierkante meter...'

'En toen ben je weggegaan?'

'Toen ging ik naar een flatje van vijftig vierkante meter. En heb ik echt heel erg mijn best moeten doen om niet een vervelende zure vrouw te worden.'

'Nou, dat is gelukt.'

'Dank je.'

Er werd even gezwegen.

'En jij, Emma, heb jij kinderen?'

'Nee.'

'Wel gewild?'

Emma knikte, maar dat kon Roos niet zien, want ze had haar ogen weer gesloten.

'Sorry, ik ben weer te nieuwsgierig,' zei Roos na een korte stilte en ze ging overeind zitten.

Emma opende haar ogen en keek haar glimlachend aan. 'Nee hoor, dat mag je best vragen. Ik wilde graag kinderen maar het is niet gelukt. Dankzij Thomas ben ik toen geen vervelende zure vrouw geworden. Hij maakte dat ik voelde dat ik er toch toe deed.'

'We kunnen dus stellen dat we via verschillende wegen allebei geen zure vrouw zijn geworden,' concludeerde Roos.

Emma lachte. 'En nu zitten deze twee leuke vrolijke buurvrouwen op een nogal suf tuincomplex gezellig aan de thee.'

'Is het al tijd voor een wijntje?' vroeg Roos.

'Een kleintje misschien?'

Even later was de theepot ingeruild voor de fles. Ze

toostten en beloofden elkaar plechtig niet zuur te worden.

'En dan nog een dingetje, Emma,' sprak Roos bijna plechtig, 'nu we toch met de goede voornemens bezig zijn: laten we ook ons best doen om Rust en Vreugd een beetje minder suf te maken.'

'En een beetje gezelliger,' voegde Emma eraan toe.

35

Sjoerd zag er als altijd netjes uit – haren gekamd, schoon T-shirt, nette broek – maar het viel Emma op dat hij deze keer niet naar drank rook. Ze besloot te doen alsof haar niets opviel.

'Leuk huisje heb je, Sjoerd. Gezellig... eh... gezellig van alles wat, zal ik maar zeggen.'

'Ik heb speciaal voor u opgeruimd,' zei Sjoerd verlegen.

'Nou, dat kun je wel zien, keurig hoor, voor een man alleen. En zeg maar "je" hoor, tuinders onder elkaar.'

'Wat wil je drinken, Emma, koffie of thee?'

'Doe maar thee,' koos Emma de veilige optie.

Sjoerd had haar al drie keer op visite gevraagd en na de eerste twee keer beleefd geweigerd te hebben, begreep Emma dat ze er toch een keer aan moest geloven. Ze had een beetje opgezien tegen het bezoek omdat ze vreesde dat Sjoerd zich in verband met haar komst van tevoren moed zou indrinken, maar die angst bleek ongegrond. Er lagen weliswaar her en der slecht weggestopte lege drankflessen, maar Sjoerd was nuchter.

'Waar zal ik gaan zitten, Sjoerd?'

De gastheer haastte zich de beste stoel aan te schuiven en ging water opzetten. Vervolgens zette hij een schoenendoos vol met theezakjes neer.

'Kies maar, er zit van alles in.'

Even later kwam hij met een grote koektrommel aanzetten, tot de rand gevuld met koekjes.

'Of wil je liever een gevulde koek? Of een stukje kaas? Of chips?'

'Heb je dat allemaal speciaal voor mij in huis gehaald?' vroeg Emma.

Sjoerd knikte. 'Het was geen moeite, hoor. En nou heb ik voor mezelf voorlopig genoeg in huis met alles wat overblijft.'

Emma was vertederd door zijn pogingen het haar naar de zin te maken.

Ze pakte een koekje, nam een slokje van haar thee en keek rond.

'Hoe lang zit je eigenlijk al op Rust en Vreugd, Sjoerd?' vroeg ze.

'Vanaf 1980 of zo. Ik weet die dingen niet zo precies meer.'

'Dus dat is al zo'n veertig jaar?'

'Zou best kunnen. Toen was de ouwe Van Velsen nog de baas, dus dat is best lang geleden.'

'Is de functie van voorzitter van Rust en Vreugd soms erfelijk?' vroeg Emma.

Sjoerd keek haar niet-begrijpend aan.

'Grapje. Laat maar. Was de vader van Harm net zo'n type als hijzelf?'

'Precies even erg. Het is dat ik me niet laat wegpesten, maar wat een stelletje oplichters is die familie. Wat een zooitje teringlijers.'

Emma trok een verbaasd gezicht.

'Is het zo erg?'

'Nee, nog veel erger.'

De volgende twintig minuten was Sjoerd aan één stuk door zijn gal aan het spuien over de terreur van de opeenvolgende voorzitters Van Velsen. Het was één lange opsomming van intimidaties, valse beschuldigingen, louche handeltjes en pesterijen. Iedereen die het niet met de familie eens was, had vroeg of laat problemen gekregen.

'Het is gewoon een soort maffia,' besloot hij zuchtend, 'ik word er gek van. Maar ik laat me niet wegpesten, nooit van mijn leven.'

Emma was er stil van. Al veertig jaar lang werd Sjoerd op alle mogelijke manieren het leven zuur gemaakt op Rust en Vreugd. Ze begreep nu iets beter dat hij troost zocht in de drank.

'En ik ben niet de enige, hoor,' ging Sjoerd verder, 'ze hebben Wim en Anneke eraf gepest, en de Hofmeijers en grote Kees en die twee ouwe mensen en nog een paar anderen. Ik ben de enige die ze niet weg hebben gekregen.'

Emma had Harm van Velsen tot nu toe enigszins het voordeel van de twijfel gegeven. Ze had gehoopt dat onder die lompe, harde buitenkant nog een blanke pit zat, maar als van alle verhalen van Sjoerd ook maar een kwart waar was, dan was ook die pit door en door verrot.

Ze kreeg het er benauwd van.

'Arme Sjoerd,' zei ze, 'als er iets is wat ik voor je kan doen, dan moet je het zeggen, hoor. Ik ga in ieder geval mijn uiterste best doen om die ouwe dictator weg te krijgen, of in ieder geval flink tegen te werken. Beloofd!'

Sjoerd keek haar verbaasd aan.

'Jij, zo'n nette mevrouw?'

'Ja, Sjoerd, deze nette mevrouw gaat die Van Velsenkliek eens flink aanpakken. Niet in mijn eentje, hoor, samen met nog een stuk of wat anderen.'

Sjoerd keek eerst stomverbaasd, toen brak er een brede schots en scheve lach door. Dit was het beste nieuws dat hij in jaren had gehoord.

36

Roos inspecteerde haar aardbeien. Of eigenlijk wat er van over was nadat insecten en slakken zich eraan tegoed hadden gedaan tijdens haar afwezigheid van drie dagen.

'Klotebeesten,' foeterde ze, 'mijn hele oogst naar de haaien.' Van haar negen aardbeien resteerden alleen een paar aangevreten restjes. 'Godsamme, ik had ze ook eerder moeten plukken.'

Er werd gekucht bij haar hekje. Daar stond Bart Goossens, met zijn vrouw Marianne als altijd schuin achter hem.

'En wat moeten jullie?' blafte Roos naar het jehovastel, 'ik heb even helemaal geen behoefte aan God of wie dan ook.'

'We komen vragen of u een petitie wilt tekenen. En ik wil u dringend vragen de naam van God niet te misbruiken als wij in uw nabijheid zijn.'

'Blijf dan voor de zekerheid maar uit mijn nabijheid, want er ontsnapt wel eens een vloekje, bijvoorbeeld als mijn hele aardbeienoogst opgevreten is, godve...' Roos hield zich net op tijd in. Ze wilde niet al te onbeschoft zijn. Ze liep naar het hekje, pakte de brief aan, vouwde hem ter plekke open en las.

Bart en Marianne hadden al aanstalten gemaakt om weg te gaan, maar nu waren ze te laat.

'Wat krijgen we nou? Wie heeft dit bedacht?' Woedend keek ze het echtpaar aan.

'Het bestuur,' zei Bart iets te ferm.

'Ja, me kont. Dit hebben jullie bekokstoofd met Van Velsen. Hoe komen jullie erop: geen elektrisch tuingereedschap gebruiken op zondag! Zijn jullie nou helemaal van God los?'

Bart bleef onbewogen. 'Nee, dat juist niet. Zondag is de dag des Heren. Een dag van rust en stilte.'

Marianne wipte ongemakkelijk van de ene voet op de andere.

Roos ontplofte bijna. 'Ik doe hier niet aan mee. Doe de groeten aan Van Velsen en doe trouwens ook maar de groeten aan God. Zeg maar dat ík pas op zondag uit ga rusten als Hij hier op zaterdag het gras komt maaien. Ajuus.'

'Van Velsen?'

'Van Velsen of God, het kan me niet schelen wie het gras komt maaien.'

37

Emma had zich wederom moeten vermannen. Ze liep naar de tuin van de voorzitter en was niet zo zelfverzekerd als ze eruit probeerde te zien. Wodan had ze thuisgelaten, ze moest het alleen opnemen tegen Harm van Velsen en zijn mastino napoletano.

Ze hield halt bij het hek. Bij het tuinhuis stond Fie op een klein trapje de ramen te lappen.

'Hallo Fie, is Harm thuis?'

Emma had bewust niet hard gesproken, want Fie schrok altijd van elk onverwacht geluid, maar toch viel ze nog bijna van schrik achterover.

'O, Emma, ben jij het? Harm is een rondje maken langs de tuinen. Hij zal zo wel komen.'

'Mag ik even op hem wachten?'

'Ja, natuurlijk. Maar dan doe ik wel even Bennie aan de lijn.'

'Graag, Fie, hij mag me geloof ik niet zo.'

'Hij ruikt jouw hond.'

Even later zaten ze op het bankje voor het tuinhuis.

'Mooie kabouters heb je, Fie.'

'O, vind je? De meeste mensen vinden het kinderachtig, maar ik hou van kabouters.'

'Heb je Harm nog gevraagd of je een egelschuilplaats achter de schuur mag maken?'

Fietje keek weg.

'Nee, dat heeft geen zin. Praat er maar niet over als Harm er is. Hij kan nogal snel boos worden.'

'Over een egelplekje?'

'Over alles.'

Ze zwegen even.

Toen zei Fie zacht: 'Als Harm een hekel heeft aan iets of iemand, gaat-ie... nogal... eh... tekeer... zal ik maar zeggen.'

'Heeft hij aan mij ook een hekel?' informeerde Emma vriendelijk.

Fie dacht even na. 'Ik geloof van niet.'

Ze keek om zich heen of niemand haar kon horen en fluisterde toen: 'Hij heeft het niet zo op Roos. En op Sjoerd en Herman. En hij vindt meneer Van Beek te oud voor de tuin. Maar over jou heb ik hem nog niet gehoord.'

'O,' was alles wat Emma kon antwoorden.

'Allemaal mensen die ik juist aardig vind. Maar als ik dat zeg ben ik een domme doos.'

'Nou, ik vind jou én niet dom én geen doos. Eerder een cadeautje.'

'Een cadeautje?'

'Ja, een leuk mens. Een cadeautje voor andere mensen.'

Fie bloosde.

'Zal ik de kabouters laten zien?' opperde ze.

Even later gingen beiden zo op in de rondgang langs de kabouters van Fie dat ze Harm niet hoorden aankomen.

'Val toch niet altijd iedereen lastig met die kabouters, hoe vaak heb ik dat niet gezegd.'

Fie en Emma schrokken beiden van zijn harde stem.

'Ze valt me niet lastig, hoor, ik vind het leuk,' nam Emma het voor Fie op.

'Ik heb het tegen mijn vrouw, als je het niet erg vindt.'

'Ik heb het haar gevraagd en ze vindt ze leuk,' zei Fie zachtjes.

'Dat zeggen mensen uit beleefdheid, Fie,' gromde Harm, en hij vervolgde tegen Emma: 'En wat kan ik voor jou doen?'

Emma had even tijd nodig zich te herpakken. Intussen staarde de voorzitter haar indringend aan.

'O ja, nu weet ik het weer,' zei Emma, 'ik ben op jouw aanraden bij Bert geweest om de statuten en het huishoudelijk reglement in te kunnen zien, maar hij vertelde dat hij ze weer aan jou had teruggegeven. Dus... daar ben ik weer.'

'Daar ben je weer, ja,' Harm keek haar nog steeds strak aan, 'maar ik heb ze niet. Ik heb ze aan een kennis van mij bij de bond gegeven om ze na te laten kijken. Of alles nog klopt. In verband met de jaarvergadering.'

'Je moest toch niks hebben van de bond, met al zijn regels?'

'Dat zijn mijn zaken.'

'En er is maar één exemplaar?'
'Ja, er is maar één exemplaar.'
'En dat is er dus niet.'
'Dat is er wel, maar niet hier.'
'Wanneer is het weer wel hier?'
'Binnenkort.'
'Vóór de jaarvergadering?'
'Als het goed is wel.'
'Zou je dan voor mij een kopie kunnen maken?'
'Ik ben geen copyrette. Als ik ze heb kun je ze inzien.'
Emma zweeg. Fietje had al die tijd doodstil tegen het huisje gestaan.
'Dat was het?' vroeg Harm.
Emma haalde diep adem. 'Dat was het.'
Zonder iets te zeggen liep ze naar het hekje. Daar draaide ze zich om: 'Dag, Fie, bedankt voor de kaboutertour.'

38

Het was een zondagmiddag, begin juni, mooi weer en Emma en Roos zaten in de tuin van Roos op twee klapstoelen aan een campingtafeltje op het terras tussen de bloemperken. Over zes dagen was de jaarvergadering van Rust en Vreugd en de twee dames hielden een voorbespreking. Het was eigenlijk al rosétijd, maar op tafel stond een pot thee en ernaast lag een rol koekjes. De actievoerders wilden het hoofd helder houden. Emma had een blocnote voor zich liggen. Daarop stond een lijstje:

1. Maximumleeftijd tuinders
2. Hoogte dakgoten
3. Elektrisch gereedschap op zondag ja/nee
4. (indien nog nodig) Inzage in statuten en huishoudelijk reglement
5. Vergaderstukken voortaan twee weken van tevoren
6. Veiligheidscoördinator al lid?

'Ik ga morgen met deze agendapunten langs bij een paar mensen van wie ik denk dat ze wel willen tekenen, en als ik vijf handtekeningen heb breng ik ze naar Zijlstra, dan kan die ze op de agenda van de jaarvergadering zetten,' zei Roos.

'Als iedere tuinder zo veel punten heeft om te bespreken, dan duurt die jaarvergadering een week,' lachte Emma.

'We nemen eten en drinken mee, want op de koffie en gevulde koeken uit de kantine houd je het geen uur vol.'

De buurvrouwen hadden schik, maar tegelijkertijd werden ze ook een beetje zenuwachtig van hun eigen lijst.

'Het gaat vast een gedenkwaardige vergadering worden, Em.'

'Ik kwam hier eigenlijk voor mijn rust,' spotte Emma, 'maar die gaan we niet krijgen. En dat is maar beter ook.

“Rust roest,” zei Thomas altijd. Hij zou trots op me geweest zijn. Op ons. Als hij ons hier zag zitten samenzweren. Ik doe dit ook een beetje voor hem.’

Roos moest even slikken en stelde toen voor om toch maar een wijntje te nemen. Op zijn nagedachtenis.

39

De tuin van Frija en Sef stond vol paprika’s, sla, bonen, tomaten en er was een speciale hoek voor vergeten groenten. Het echtpaar was van het ecologisch tuinieren. Om te verhinderen dat de oogst voortijdig werd opgegeten, werden slakken en torretjes handmatig verwijderd en in een weiland verderop weer uitgezet.

In de aangrenzende tuin van Henk en Irma Bijl was gekozen voor een andere aanpak. Om hun rozenperkjes vrij van vraatzuchtige beestjes te houden, ging Henk op gezette tijden rond met een plantenspuit waar niet alleen water uit kwam.

‘Het biodynamisch evenwicht wordt enorm verstoord, Henk, door jouw vergif,’ klaagde Sef op zekere dag bij zijn buurman.

‘Wat wordt gestoord?’ vroeg Henk verbaasd.

‘Het biodynamisch evenwicht.’

‘Sorry hoor, maar als mijn rozen vol biodynamische luizen zitten moet ik toch wat.’

‘Is dat Roundup?’ vroeg Sef, en hij wees op een groene bus waar Henk zojuist wat van in de plantenspuit had gedaan. Henk keek op het etiket en knikte. Het stond erop: Roundup.

'Dat is hééł slecht,' zei Sef.

Henk was het met hem eens: 'Hééł slecht voor onkruid en beestjes.'

'Roundup is alleen een onkruidverdelger, dus tegen je luizen helpt het niets. Bovendien is het verboden,' meldde Sef, 'en als jullie dat spul rondspuiten loopt het ook mijn tuin in.'

Henk keek verbaasd. Verboden? Hij besloot zijn vrouw erbij te roepen.

'Irm, kom-es.'

Er werd een geblondeerd hoofd uit het raam van het tuinhuisje gestoken.

'Hoe kom je aan dit spul, Irm? Sef zegt dat het verboden is.'

'Nee hoor, gewoon in de winkel gekocht. Dus dan kan het niet verboden zijn.'

'Er worden hele processen over Roundup gevoerd. Het is gevaarlijke rommel,' bracht Sef ertegen in, 'en wat jullie spuiten komt ook in mijn tuin terecht. Dat stopt niet bij de heg. Loopt er zo onderdoor, mijn kruidentuin in. Die kan ik dan niet meer eten.'

'Je mag voortaan wel mijn kruiden lenen, hoor,' stelde Irma voor, 'ik heb een kruidenrekje.'

'Daar gaat het niet om.'

'Waar gaat het dan wel om?' vroeg Henk argwanend.

De spanning begon op te lopen.

Frija, de vrouw van Sef, was er nu ook bij komen staan om haar steentje bij te dragen. 'Dan moeten jullie maar een soort van damwand slaan om de Roundup tegen te houden,' zei ze.

'Zal effe lekker worden, Frija,' vond Irma, 'als jullie het tegen willen houden, slaan jullie maar zelf een damwand.'

'Maar jullie vergiftigen andermans tuin,' sputterde Sef.

'Ik doe in mijn tuin wat ik wil en jullie doen in jullie tuin wat jullie willen, zo simpel is dat.' Henk draaide zich om. 'En nu lust ik wel een pilsje, Irm.'

De nagels van Sef stonden diep in zijn handpalmen.

40

Erik Luinge had Emma uitgenodigd om thee te komen drinken en zijn prijswinnende taart te proeven. Emma had even geaarzeld. Ze kon niet zo goed hoogte krijgen van Erik.

'Vind je het goed als ik het taartmonster meeneem?' had ze toen gevraagd.

Erik had vreemd opgekeken. 'Het taartmonster?'

'Herman.'

'Goed idee, dan blijf ik in ieder geval niet met restjes taart zitten.'

Herman was zo blij als een kind toen Emma hem uitnodigde. Twintig minuten voor de afgesproken tijd stond hij al te wiebelen voor haar tuinhekje.

Nee, hij wilde niet binnenkomen, want hij was te vroeg.

Even na drie uur wandelden ze samen naar Eriks tuin.

'Hallo, hallo, we zijn er!' riep Herman veel te hard, toen ze voor het tuinhek stonden. Erik kwam haastig naar buiten.

'Heb je kouwe handen?' vroeg Herman verbaasd.

Emma moest lachen. Erik keek naar zijn handen. Hij had zijn ovenhandschoenen nog aan.

'Deze taart is vet lekker,' zei Herman een kwartiertje later.

'Doet het geen zeer meer, Herman?' vroeg Emma bezorgd.

'Nee hoor, alleen een beetje als ik taart eet.'

Erik had nog willen waarschuwen dat de taart nog even af moest koelen toen Herman tien minuten daarvoor een enorme hap nam, maar toen was het kwaad al geschied. Daarna zat hij vijf minuten met zijn tong in een glas koud water. Emma moest er steeds naar kijken. Om haar aandacht op iets anders te kunnen vestigen, begon ze over de jaarvergadering.

'Maar is er nou intussen eindelijk een agenda?' vroeg Erik aan Emma.

'Ik geloof het niet. Ik heb niets gekregen en ook niets op het mededelingenbord zien hangen. Roos heeft wel ons lijstje met agendapunten ingeleverd bij Zijlstra, de secretaris.'

'Ja, dat weet ik. Ze heeft mij gevraagd mede te ondertekenen.'

Emma had Erik al verteld van haar mislukte pogingen om de statuten en het huishoudelijk reglement van de vereniging te krijgen en Erik begreep dat ze liever niet nogmaals bij een van de twee heren van het bestuur op bezoek wilde om de agenda te vragen.

'Maar dat is toch raar. De vergadering is morgen. Dan hoort er al lang een agenda te zijn. Zal ik eens informeren?' vroeg hij.

'Nou, als je dat wilt doen, graag, Erik.'

'Ik ga straks naar Zijlstra, dan vraag ik om de statuten en het reglement en ook meteen om de agenda. Ik hou je op de hoogte,' zei Erik.

Herman stak voorzichtig het laatste stukje taart in zijn mond.

'Jullie zijn toppers,' zei hij met zijn mond vol en hij stak beide duimen in de lucht.

Emma vroeg zich af of het over de taart ging of over hun bemoeienissen met de jaarvergadering.

41

Er hing een briefje op het prikbord in de kantine:

Ik heb op het paadje voor mijn tuin de resten aangetroffen van een kleine bonte specht. Tenminste dat denk ik.
Dat moet een kat geweest zijn. Of heel misschien een vos.

Willen de kattenbezitters hun kat een bel om doen want zo houden we geen vogels meer over op ons mooie park.

Een vogelvriend.

Daaronder had iemand geschreven:

Beste katten: graag wel die vieze schijtduiven doodmaken.

Zoals in bijna elke kwestie waren ook nu de tuinders verdeeld in twee kampen.

De eerste groep was van mening dat het nou eenmaal de natuur was van katten om vogels te vangen en de tweede groep vond katten geen natuur.

Sommigen wilden katten zelfs helemaal verbieden op Rust en Vreugd. Anderen vonden het de eigen verantwoordelijkheid van de vogels om zich niet te laten vangen.

Eén bewoner dreigde met de Rijdende Rechter omdat zijn buurvrouw haar kat een bel om had gedaan.

'Ik ben overgevoelig voor geluid, ik word gek van dat getingel.'

'Als je die rechter erbij haalt, neem ik een haan, zodra die rechter de hoek om is,' had de kattenbezitter in kwestie, tevens vogelliefhebber, geantwoord.

'Ik ruik een geanimeerde discussie over deze zaak,' zei Emma tegen Roos, toen ze samen voor het prikbord stonden om te kijken of de agenda voor de jaarvergadering inmiddels opgehangen was.

‘Katten zijn eigenwijs,’ vervolgde Emma, ‘en dat ben ik zelf ook, dat botst. Dus heb ik liever een hondje.’
‘Gelijk heb je, meid. En het is een schatje, jouw Wodan.’
‘En veel te dom om vogels te vangen.’

42

Erik Luinge was bij Bert Zijlstra, de secretaris van het bestuur, langs geweest om de agenda van de vergadering te krijgen.
‘Het spijt me, maar die is geheim,’ had Bert gestotterd.
‘Geheim? Hoe kan je nou een vergadering houden als de agenda geheim is?’ zei Erik verbaasd.
‘Ik bedoel, hij is nog niet af. Harm komt hem zo snel mogelijk brengen.’
‘Maar jij bent toch de secretaris?’
‘Ja, dat is wel zo, maar, eh...’
‘Maar wat?’
‘Nou ja, je weet hoe hij is. Hij houdt het graag in eigen hand.’

Kort daarna stond Erik bij het hekje van de tuin van de voorzitter.
‘Hallo? Van Velsen?’
Er klonk eerst een woedend geblaf en kort daarna kwam Harm van Velsen zijn tuinhuisje uit.

'O, ben jij het. Wat wil je, Erik?'

'Ik wil graag de agenda van de jaarvergadering.'

'Daarvoor moet je bij de secretaris zijn.'

'Daar kom ik net vandaan. Hij zegt dat jij hem hebt.'

'Luister. De secretaris is verantwoordelijk voor de agenda. Dus die legt hem morgenochtend klaar in de kantine.'

'Maar de vergadering is morgenmiddag.'

'Dan is-ie dus mooi op tijd.'

Erik haalde diep adem, groette kortaf, draaide zich om en liep weg.

'Je gaat zeker weer naar die Emma?' klonk het achter hem.

Erik deed alsof hij niets hoorde.

43

Er lag een stapeltje kopietjes op een tafeltje naast de ingang van de kantine.

Agenda jaarvergadering

1 Opening en agenda
2 Mededelingen
3 Notulen vorige vergadering
4 Verslag secretaris
5 Verslag penningmeester
6 Verslag kascommissie

7 Verslag commissie tuinschouw
8 Verslag activiteitencommissie
9 Verslag commissie onderhoud
10 Verslag kantinecommissie
11 Veiligheid op de tuin
12 Wifi
13 Rondvraag en sluiting

'Hoe kan dat nou? Onze punten staan er niet op.'

Roos en Emma waren al vroeg in de ochtend samen naar de kantine gewandeld om de beloofde agenda op te halen en stonden nu verontwaardigd naar het A4'tje te staren.

'Dat is een streek van Harm om ons murw te maken,' opperde Emma.

'Murw... gek woord eigenlijk. Maar, buuf, wij laten ons mooi niet murw maken door die *Oberführer*, die punten komen op de agenda.'

'Zo is het. Ik stel voor dat we bij deze de actiegroep "Niet Murw" oprichten.'

Roos en Emma keken elkaar strijdbaar aan en moesten toen lachen.

44

Achter vijf aan elkaar geschoven formicatafeltjes hadden drie mannen plaatsgenomen: Harm van Velsen, Bert Zijlstra en Henk Bijl. Voor hen op tafel stonden dubbelgevouwen kartonnetjes met daarop hun functie: VOORZITTER, SECRETARIS en DIVERSE COMMISSIES.

Twee stoelen achter de tafels waren leeg. Er zat niemand achter het bordje PENNINGMEESTER en niemand achter het bordje LID – VACATURE.

Harm keek nors voor zich uit, Bert deed alsof hij zijn papieren aan het ordenen was en Henk nam afwisselend een slokje koffie en een hapje van zijn gevulde koek en keek de zaal rond.

Tegenover de bestuurstafel stonden een stuk of veertig stoelen. Langzaam werden die bezet door leden van tuinvereniging Rust en Vreugd. Op de tweede rij zaten naast elkaar Emma, Roos en Erik. Verder zaten in de zaal Sef en Frija, Ahmed en Meyra, Charles, Steef, Bart en Marianne en nog een stuk of twintig andere leden. Tegen de achterwand van de kantine stonden Sjoerd en Herman.

Achter de bar schonken Fietje en Cherrie de koffie in. Die was vandaag gratis.

Harm keek op zijn horloge: twee minuten voor een. Hij draaide zich half om, knipte met zijn vingers naar zijn vrouw en gebaarde dat ze moest komen. Fietje stopte met het afdrogen van de kopjes, haastte zich achter de bar vandaan en nam plaats achter het bordje PENNINGMEESTER.

Harm keek nogmaals op zijn horloge, schraapte overdreven zijn keel en sloeg een paar keer stevig met een houten voorzittershamer op tafel. De koffiekopjes rinkelden en bij Bert gutste de koffie over de rand. Hij pakte snel zijn kopje op. Harm keek verstoord opzij.

'Nu gaat hij "*Order, order*" roepen,' fluisterde Roos in Emma's oor.

'Het is één uur precies, de vergadering is geopend,' sprak Harm hard en toonloos.

Het geroezemoes verstomde.

'Agendapunt 1: de agenda. Die is bij deze vastgesteld. Agendapunt 2, mededе-'

'Ho ho ho, meneer de voorzitter,' Roos was opgestaan, 'ik heb afgelopen week een lijstje met zes punten voor de agenda hoogstpersoonlijk afgegeven bij de secretaris en ze staan nu niet op de agenda. Hoe kan dat?'

'Dan zijn ze zeker te laat ingeleverd,' zei Harm.

Roos hield een papiertje omhoog. 'Ik heb hier anders een briefje met daarop de handtekening van de secretaris, dat hij de nieuwe agendapunten in goede orde heeft ontvangen. Op 11 juni, een dag vóór het verstrijken van de termijn.'

Harm viel even stil, boog zich opzij naar zijn secretaris en fluisterde iets in zijn oor. Bert kreeg een rood hoofd, zocht zenuwachtig in zijn papieren en gaf Harm het papier dat Roos hem had gegeven. De voorzitter deed alsof hij het bestudeerde en richtte zich daarna tot de zaal.

'Ik zie hier dat er niet genoeg geldige handtekeningen onder staan, dus kan ik het voorstel niet accepteren.'

'Hoezo, niet genoeg?' riep Roos verontwaardigd door de kantine. 'Er moesten vijf handtekeningen onder en er stáán toch vijf handtekeningen onder!'

'Géldige handtekeningen.' Harm keek triomfantelijk.

'Hoezo? Wat is er niet geldig aan?' brieste Roos.

Harm hield het papier omhoog en wees op een naam. 'Hier staat de handtekening van de heer H. Versteeg. De heer Versteeg heeft echter zijn contributie niet betaald en is geroyeerd als lid. Daar komen we zo nog op. Dus is er één handtekening te weinig.'

Er klonk verontwaardigd geroezemoes en bijna iedereen draaide zich nu om naar Herman, die als verstijfd tegen de achterwand van de kantine geplakt stond.

'Dat brengt mij meteen bij de mededelingen,' hernam Harm met harde stem, 'en de eerste mededeling is dat de heer Versteeg is geroyeerd vanwege wanbetaling.'

De zaal viel stil.

Emma stond op en draaide zich om naar Herman. Ze sprak rustig en vriendelijk. 'Herman, je kunt me vertrouwen, hè, dat weet je. Mag ik je wat vragen?'

Herman knikte.

'Heb jij de contributie betaald, voor zover jij weet?'

'Ik weet het zeker zover,' zijn stem sloeg over, 'ik heb het geld in een envelop gedaan en bij Harm onder de deur door geschoven.'

Iedereen draaide zich weer naar Harm.

Die schudde onverschillig zijn hoofd. 'Niks gevonden.'

'Vuile leugenaar! Ik heb het zelf langs gebracht. Nummer 1.' Herman trilde van woede.

'En trouwens,' vervolgde Harm, 'je mag niet cash betalen, dat staat in de reglementen.'

Roos stond opnieuw op en richtte zich met luide stem tot Harm. 'Nu we het daar toch over hebben, waar zijn die reglementen? Niemand kan controleren wat er in de statuten en reglementen staat als die er niet zijn.'

'Niemand hoeft dat ook te controleren. Het staat er gewoon. Omdat ik het zeg.'

'Je bent een teringlijer, Harm!' schreeuwde Sjoerd van achteruit de zaal en hij beende naar de uitgang. Daar draaide hij zich nog een keer om en schreeuwde nog harder: 'Een hele gróte teringlijer.' Met een knal gooide hij de deur achter zich dicht.

Een seconde was het doodstil, toen begon iedereen door elkaar te praten.

Harm sloeg hard met de hamer op tafel. 'Stilte, stilte.' Hij sloeg opnieuw, nog harder, maar deze keer zonder te kijken, en de hamer landde vol op de kop-en-schotel die Bert net naast zijn papieren had geschoven om vlekken te voorkomen. De scherven en de koffie spatten alle kanten op.

Fietje, die tot die tijd bleek en doodstil met haar handen op de papieren voor zich op tafel had gezeten, gaf een gil en greep naar haar arm.

'Au!'

Kreten van ontzetting.

Er viel een druppel bloed op het financieel jaarverslag.

'Ik schors de vergadering!' brulde Harm boven alles uit. Hij aarzelde, maar durfde niet nogmaals met zijn voorzittershamer te slaan.

Toen pas keek hij opzij en schrok. 'Fietje, kind, wat heb je?'

Hij stond op, boog zich over zijn vrouw en riep om de verbanddoos. Die kwam iemand hem snel aangeven en hij verleende persoonlijk eerste hulp: met een pincet peuterde hij een splinter van het stukgeslagen kopje uit de rechterarm van zijn vrouw en deed er een verbandje om. Daarna ondersteunde hij Fietje bij het opstaan en samen liepen ze, zonder verder iets te zeggen, de kantine uit richting hun tuinhuisje.

De twee overgebleven leden van het bestuur bleven ontredderd achter.

'Gaan we nog verder?' riep iemand vanuit de zaal.

Henk Bijl en Bert Zijlstra keken elkaar vragend aan. Bert haalde angstig zijn schouders op.

'We weten het niet.'

Na tien besluiteloze minuten stond Henk op met de mededeling dat hij het ging vragen, en vertrok.

Al heel snel was hij terug. 'De vergadering blijft voor vandaag verder geschorst. Het bestuur gaat een nieuwe datum vaststellen,' meldde hij zenuwachtig.

'Wat zegt-ie? Wat zegt-ie?'

'Het is klaar voor vandaag. We stoppen ermee,' zei Henk nu met stemverheffing.

Een enorm gekakel barstte los.

45

Het was de dag na de jaarvergadering en het regende pijpenstelen. Roos en Emma hielden beraad in het huisje van Emma. Ze hadden allebei hun eigen theepot met hun favoriete thee voor zich staan.

‘Ik geloof niet dat ik ooit zo’n chaotische vergadering heb meegemaakt,’ grinnikte Roos, ‘en ook nog nooit een met zo’n onverwacht einde. De hele handel heeft misschien vijf minuten geduurd.’

‘Eén ding moet ik Harm wel nageven: hij leek echt een beetje van zijn stuk toen Fietje gewond raakte,’ zei Emma.

‘Ja, omdat hij dat zelf had veroorzaakt met zijn driftige getimmer met die hamer,’ smaalde Roos.

Het was even stil.

‘En wat doen we nu?’ vroeg Emma.

Het antwoord kwam niet omdat buiten luid werd geroepen: ‘Mevrouw Emma, mevrouw Emma!’

Roos keek door het raam en daar stond een drijfnatte Herman voor het hekje te wachten.

Emma opende de deur een klein stukje en riep: ‘Blijf daar niet staan, Herman, doe verdorie gewoon het hekje open en kom binnen.’

Even later zat een doorweekte Herman op een stoel en vormde zich onder hem langzaam een plasje. Omdat Emma geen taart in de aanbieding had, had ze Herman een pak spritsen gegeven. Daarvan had hij er nu twee op en hij nam een grote hap van de derde.

‘Ik heb écht, écht, écht die envelop bij hem onder de deur door geschoven. Met 620 gulden erin.’ Er vlogen een paar stukjes sprits in de rondte.

‘Gulden?’

‘Euro’s, bedoel ik. Een briefje van 20, en twaalf van 50.’

‘Wanneer heb je dat gedaan, Herman?’ vroeg Roos.

‘Best wel lang geleden. Een maand of zo. Of twee.’

‘En was er iemand thuis?’

‘Ja.’

‘Wie dan?’

‘De hond. Hij blafte keihard en sprong tegen de deur. Gelukkig zat die op slot.’

‘En waarom heb je die envelop niet in de brievenbus bij het hekje gedaan?’

‘Ik dacht... dan kan iemand het jatten, want daar kan je alles gewoon weer uithalen.’

‘Had je je naam op de envelop gezet?’

Herman dacht diep na en haalde daarna langzaam zijn schouders op. Hij wist het niet meer.

Roos gaf hem een schouderklopje. ‘Je hebt het goed gedaan, hoor, en niemand gaat je van de tuin af zetten. Wel altijd je naam op een envelop met geld zetten, oké?’

Herman knikte en nam zuchtend nog een sprits.

‘Wat we gaan doen,’ zei Emma, ‘is het volgende: we gaan nogmaals je contributie betalen, maar deze keer storten we het netjes op de rekening van de vereniging.’

‘Maar ik heb toch al betaald,’ sputterde Herman.

Roos legde uit dat hij weliswaar had betaald, maar dat dat niet te bewijzen viel en dat het dus nog een keer moest, nu op de officiële manier, via een bank.

‘Heb je wel een bank?’ vroeg Emma.

Ja, die had hij wel, maar hij gebruikte liever ‘gewoon’ geld, want hij vertrouwde banken niet erg.

Herman werd naar huis gestuurd om zijn bankspullen op te halen. Een half uurtje later was hij terug met een dikke bankmap van de ING met daarin de papieren afschriften van de laatste vijfentwintig jaar, een nieuw bankpasje, drie boekjes met overschrijvingskaarten en een setje girobetaalkaarten uit 1997.

Hij had bijna 10.000 euro op zijn rekening staan, want hij hield elke maand over van zijn bijstandsuitkering.

Een paar minuten later was het geregeld en was Herman op weg naar de brievenbus.

'Zo... waar waren we?' zei Roos.

46

De zeer korte maar heftige ledenvergadering was het gesprek van de dag op Rust en Vreugd. Zoals bij alles wat er speelde op de tuin waren de leden ook wat betreft het royement van Herman verdeeld in twee kampen. Een kleine minderheid vond: regels zijn regels. Anders wordt het een zooitje.

Maar de meerderheid was toch vergevingsgezinder en vond dat Herman niet weg hoefde als hij zijn contributie alsnog betaalde. Ahmed ging alle tuinen langs met een handtekeningenlijst. 'Herman mag blijven' stond erboven. Hij had al zesendertig handtekeningen verzameld. Alleen de gebroeders Bijl, Irma Bijl, Ger van Velsen, Frija en Sef Chatinier en de jehova's hadden geweigerd te tekenen. Frija en Sef verklaarden dat ze graag neutraal wilden blijven.

'Zolang we niet alle ins en outs van deze zaak kennen kunnen we er niet over oordelen.'

De jehova's zeiden tegen Ahmed dat ze van hun geloof geen petities mochten tekenen. Ahmed vermoedde dat hij de wraak van Bart over zich had afgeroepen toen hij hem zijn telefoon uit handen had geslagen omdat hij de oude Van Beek fotografeerde terwijl die werd gereanimeerd.

'Ik geloof er niets van,' had Ahmed dan ook gezegd, 'al weet je het met jullie geloof nooit.'

Ger van Velsen had nog flink ruzie gekregen met zijn vrouw Cherrie omdat die zonder aarzelen haar handtekening onder het gratieverzoek voor Herman had gezet.

'Natuurlijk mag Herman blijven. Een schatje is het,' had ze tegen Ahmed gezegd.

'Godverdomme, Cher, je weet toch hoe het bestuur hierover denkt,' had Ger tegen zijn vrouw geblaft.

'Nou moet jij eens even goed luisteren, Ger van Velsen, ik heb een eigen mening en ik vind Herman aardig. Hij hoort hier op de tuin. Klaar uit!'

Daarna had Ger de rest van dag niet meer tegen zijn vrouw gesproken, maar dat vond Cherrie eigenlijk wel zo rustig.

Na twee uur handtekeningen verzamelen vond Ahmed het welletjes en ging hij langs bij Harm om de lijst af te geven. Hij bleef voor het hekje staan en riep: 'Hallo, is daar iemand?' Er klonk geblaf, de deur ging open en Harm kwam naar buiten.

'Wat moet je?'

'Ik heb hier een lijst met handtekeningen van mensen die vinden dat Herman lid moet blijven van Rust en Vreugd.'

'De mensen kunnen zoveel vinden maar we hebben ons gewoon aan de regels te houden, Ahmed, dat weet jij ook.'

'Harm, dat geld in die envelop is wonderlijk genoeg verdwenen, dat kun je die simpele ziel niet verwijten, en de contributie is inmiddels overgemaakt, heb ik begrepen, dus het zou beter zijn voor iedereen als de zaak hiermee afgedaan is.'

De voorzitter dacht na. Hij leek zijn knopen te tellen.

'Ik moet die lijst niet. Die moet naar de secretaris. Dan zal het bestuur daarna een beslissing nemen,' zei hij met een extra nors gezicht.

Ahmed voelde dat Harm eieren voor zijn geld had gekozen maar vermeed het triomfantelijk te doen.

'Dat is verstandig, Harm, dan wachten we dat besluit rustig af.'

'Als je maar niet denkt dat die handtekening van Herman alsnog geldig is.'

'Handtekening?'

'Ja, onder het voorstel voor de aanvullingen op de agenda.'

'Ik zal het doorgeven, Harm. Dan kunnen ze een extra handtekening erbij zoeken.'

Even fronste Harm. Waarschijnlijk realiseerde hij zich dat hij dit beter niet had kunnen zeggen. Zonder te groeten en binnensmonds vloekend draaide hij zich om en liep hij zijn tuinhuis in.

47

Emma had op de uitkijk gestaan tot ze Harm langs had zien komen met zijn bakbeest van een hond en was meteen daarna op pad gegaan. In haar hand had ze een bosje fresia's. Dat leken haar bloemen die bij Fietje pasten.

De hond was niet thuis, dus Emma kon zonder angst het hekje openen en aankloppen bij het tuinhuisje van Harm en Fietje.

'Fie, ben je thuis?'

De deur ging open en Fietje keek haar blij verrast aan.

'Hallo.' Ze aarzelde. 'Harm is er niet.'

'Dat komt dan mooi uit, want ik kom voor jou, Fie. Ik kom kijken hoe het met je gaat. Gezellig even vrouwen onder elkaar, daar hebben we Harm niet bij nodig, toch? Kijk, ik heb een bloemetje voor je meegebracht.'

Fie keek hemels.

'Ooo, wat aardig. Fresia's, dat zijn mijn lievelingsbloemen. Eén van mijn lievelingsbloemen.'

'Ik weet niet waarom, maar dat dacht ik al. Hoe is het met je hand?' Emma wees op het verband om Fietjes rechterarm.

'O, goed hoor, ik kon eigenlijk wel weer werken in de kantine, maar dat vond Harm niet zo'n goed idee.'

'Waarom niet?'

Fie legde uit dat Harm dacht dat de mensen dan zouden denken dat het niet zo erg was.

'Maar het is ook niet zo erg, dus... nou ja,' besloot ze.

Emma vroeg: 'Zal ik maar gaan zitten?'

'O jee, ja, ja, ga zitten, Emma, wil je thee? Of koffie? Voor koffie moet ik even naar de kantine maar thee heb ik hier.'

Emma vond thee prima.

Fie was zenuwachtig druk met tegelijk theezetten, koekjes op een schaaltje leggen en fresia's in een vaasje schikken.

'Zo leuk, bloemen. Ik heb al zeker in geen tien jaar meer bloemen gehad.'

'Krijg je nooit een bloemetje van Harm? Of van je zoon?'

'Nee, Harm zegt altijd dat als ik bloemen wil zien dat ik dan maar uit het raam moet kijken en Ger neemt alleen soms chocola mee. Dat lust-ie zelf heel graag.'

Even later zaten ze aan de thee met een speculaasje.

'Ik ben blij dat het goed gaat met je arm. We waren allemaal best wel geschrokken,' zei Emma.

'Ik was zelf ook best wel geschrokken. Maar ik vind het eigenlijk voor Herman veel erger dan wat er met mijn arm is. Dat-ie van de tuin af moet.'

'Nou, ik geloof dat het wel mee zal vallen. Herman heeft gisteren alsnog zijn contributie betaald. Voor de tweede keer dus.'

Fie boog zich een beetje schichtig voorover naar Emma, alsof er andere mensen in het huisje waren die haar konden horen.

'Niet tegen Harm zeggen dat ik het gezegd heb, maar je moet hier geen brieven onder de deur door schuiven, tenminste niet als Bennie er is.'

'O? Hoezo?'

'Bennie scheurt alles aan stukken en vreet ook nog het meeste op.'

'Zou Bennie 620 euro opgegeten hebben?' vroeg Emma verbaasd.

Fie knikte. 'Het zou kunnen. Hij kan ook een hele krant op.'

Daarna zei ze op fluistertoon dat Harm een paar weken geleden uren aan het puzzelen was geweest met kleine snippers papier maar ten slotte alles luid vloekend in de prullenmand had gegooid en gefoeterd: '"Niks compleet, godverdegodver. Klotehond, morgen schijt hij gewoon voor een paar honderd euro stront uit." Ik vroeg nog wat er aan de hand was, maar hij gaf geen antwoord.'

Er viel een korte stilte.

'Lekkere thee,' zei Emma, 'wat is het?'

'Gewone Engelse thee, die vind ik het lekkerst.'

'Ik ook. Ik zag trouwens dat je een nieuwe kabouter hebt. Een met een pikhouweeltje.'

'Nee, die had ik al, maar ik zet ze elke week op een andere plaats. Zien ze ook eens wat anders.' Fie moest er zelf om glimlachen.

Buiten klonk geblaf.

'Daar is Harm.'

De deur ging open en Bennie stormde voor zijn baasje uit naar binnen. Hij blafte opnieuw en trok aan de riem.

'Af. Niet zo trekken, verdomme,' klonk het en Harm stapte het huisje binnen. Verbaasd en ontstemd keek hij naar de visite.

'Wat doe jij hier?'

'Ik kwam even kijken hoe het met het slachtoffer gaat en heb haar een bloemetje gebracht.'

'O.'

'En ik wou juist weer eens opstappen.'

Harm deed zwijgend een stapje opzij om de weg naar de deur vrij te maken.

'Bedankt voor de thee, Fie, en ik hoop je gauw weer in de kantine te zien.'

'Dat kan nog wel even duren,' bromde Harm.

'Heel erg bedankt voor de bloemen, Emma. Zooo leuk.'

Harm keek misprijzend naar de fresia's maar zei niets.

'Dag, Harm.'

'Ook goeiedag.'

48

Roos stond glimlachend met een meetlat bij haar kasje met sla, tomaten en aardbeien.

'Hartstikke goed, Herman, 197 centimeter.'

Herman glom van trots. Hij was twee uur bezig geweest de stoeptegels rond de kas op te hogen. Hij had er met kruiwagen en schep een kuub zand onder gegooid. Je kon Herman niet blijer maken dan met zwaar werk, met als beloning een stuk taart.

De hele operatie had Roos twee tientjes gekost.

Ze verheugde zich enorm op het moment dat Ger van Velsen weer langs zou komen om te vertellen dat de kas afgebroken moest worden omdat hij te hoog was.

'Meet het voor de zekerheid nog even na, Ger,' zou ze minzaam zeggen en hem de duimstok aanreiken.

O, dat chagrijnige smoelwerk, ze moest er een foto van maken. Voor de zekerheid zou ze straks Herman vragen om de goten zodanig te verhogen dat het ook daadwerkelijk dakgoten waren, om Ger niet alsnog de overwinning te gunnen.

'Hoe vind je de dakgoten nu?' zou ze hem vragen.

49

Te koop: 8 grindtegels. (2 beschadigd)
Moeten gewassen worden. Enigszins vies.
6 euro. Zelf ophalen. (zwaar) Tuin 28

Gratis: fuchsiastekjes.
H.J. van Beek

2 planken met hier en daar een spijker.
En twee ijzeren staven. 1 meter 80.
Huisje 18

Daaronder stond met rode viltstift geschreven: *Te beroerd om naar de stort te gaan?*

En in het midden van het mededelingenbord bij de kantine hing een vel papier met in dikke zwarte letters:

De datum voor de nieuwe jaarvergadering is vast gesteld op zaterdag 7 juli 13.00 uur.

'Dan hebben we nog ruim twee weken om de statuten en het reglement te bemachtigen en te bestuderen,' zei Emma. 'Dat moet lukken.' Ze stond met Roos voor het bord bij de kantine.

'Emma, meid, koe bij de hoorns!' antwoordde Roos. 'We gaan nu meteen naar Zijlstra. Samen gaan we die slappe draaikont eens onder druk zetten.'

Resoluut draaiden beide dames zich om en liepen naar de tuin van Bert Zijlstra en zijn vrouw.

'Bert, ben je thuis?' riep Roos heel luid, en zonder antwoord af te wachten deed ze het hekje open en marcheerde zijn tuin in.

Er bewoog een gordijntje. Even waren er een paar grijze krullen zichtbaar.

Roos klopte hard op de deur.

Er gebeurde niets.

Roos klopte nogmaals, nog harder.

'Hallo daar, we hebben beweging gezien, kom eens uit jullie holletje.'

Even later ging de deur op een kier en stak Inge Zijlstra haar hoofd om de hoek.

‘Bert is niet zo lekker. Of jullie later terug willen komen,’ zei ze zachtjes.

‘Nou, we hebben hem maar één minuutje nodig, daarna kan hij weer niet lekker zijn zo veel hij wil,’ zei Roos, die de deur openduwde en langs Inge naar binnen stapte.

‘Ha, die Bert, jongen. Wat scheelt eraan?’

Emma moest zich voor de deur omdraaien om niet te laten zien dat ze stikte van het lachen.

Bert zat aan tafel en keek ongelukkig. Hij mompelde dat hij verhoging had. De tafel lag vol met rummikubstenen.

‘Zo, hebben jullie gezellig zitten rummikuppen, Bert? Ben je daar niet lekker van geworden? Nou, geef ons dan maar snel even de statuten en reglementen, dan zijn we meteen weer weg.’

Bert aarzelde. ‘Ik denk niet dat dat mag.’

‘Van wie niet, dan?’ Emma had zich herpakt en was erbij komen staan.

‘Van Harm.’

‘O nee, dat berust op een misverstand,’ zei Emma, ‘wij komen net bij Harm vandaan en die zei dat de reglementen en statuten natuurlijk voor iedereen ter inzage moeten liggen. Hij vroeg of wij ze zelf even bij jou op wilden halen, want hij had het druk.’

‘Maar dit is het enige exemplaar, dat kan ik niet meegeven,’ pruttelde Bert.

‘Daarom juist. Harm heeft ons gevraagd of wij er even drie kopietjes van wilden maken. Een voor Harm zelf, een die ter inzage in de kantine komt te liggen en een reserve. Dan krijg jij daarna het origineel weer terug voor in je archief.' Emma glimlachte hem vriendelijk toe.

Nu moest Roos weer haar uiterste best doen om niet te lachen.

Bert aarzelde en keek naar zijn vrouw. Inge keek vragend terug en haalde haar schouders op. 'Ik denk dat het wel goed is,' zei ze.

'Dank je, Inge,' zei Emma. Ze knikte Berts vrouw goedkeurend toe en vervolgde tegen Bert: 'We brengen ze met een uurtje weer terug, hoor. Beloofd.'

Bert leek nog niet helemaal overtuigd maar liep toch naar een klein bureautje. Uit een laatje pakte hij twee dunne stapeltjes papier, elk met een nietje erdoorheen.

'Is dat alles?' zei Roos verbaasd.

Bert knikte. 'Dit zijn de statuten en dit is het reglement. Het staat erop.'

Emma pakte ze aan.

'We zijn zo weer terug. Gaan jullie maar weer lekker rummikuppen. Of lekker... nou ja, in ieder geval sterkte met je verhoging,' zei Roos.

'Tot straks.' Emma zwaaide er vrolijk bij.

Bert en Inge mompelden gedag.

Pas honderd meter verderop sloegen Emma en Roos elkaar op de schouders van plezier.

50

'Het lijkt wel petitietijd,' zei Frija.

'Hoezo?' vroeg Ger van Velsen.

'Nou, eerst een petitie om Herman op de tuin te houden en nu deze weer.'

'Die van Herman ken ik niet en wat betreft deze: teken nou maar, want je wilt toch niet de hele dag allemaal pottenkijkers op de tuin hebben, en mensen die hier niets te zoeken hebben en je privacy lopen te schenden.'

Nee, dat wilde Frija natuurlijk niet.

'En dan dreigt er ook nog een huizenhoge contributieverhoging. Ze pakken de gewone man gewoon zijn tuintje af,' foeterde Ger verder.

'Wie zijn "ze"?' wilde Frija weten.

'De elite, die zogenaamd linkse mensen, die dus niks voor je doen. Integendeel. Ze pakken je hobby af. Nog effe en ze gaan ook nog vluchtelingen in onze huisjes zetten.'

Frija had altijd gedacht dat haar man Sef en zijzelf bij die zogenaamd linkse mensen hoorden, maar het leek haar nu niet het juiste moment om daarover te beginnen. Ze vulde haar naam in op de lijst en ondertekende.

'Nu Sef nog even tekenen,' gebood Ger.

'Sef is er niet. Die is met Storm naar kleutermuziek.'

'O... nou, dan moet jij maar even zijn handtekening zetten.'

'Maar eh... ik weet niet precies hoe die handtekening eruitziet.'

Daar zat Ger niet mee. 'Maakt niet uit. Doe maar iets.'
Frija aarzelde. Ging ze nou iets strafbaars doen?
'Kan echt geen kwaad, doe nou maar,' spoorde Ger haar aan.
Frija krabbelde er iets onder dat leek op de handtekening van een tienjarige die hem net voor de eerste keer had geoefend.
Ger was tevreden. Hij liet een A4'tje achter met daarop de tekst van de petitie.

Aan de gemeenteraad.

Ik maak ernstig bezwaar tegen de plannen van de gemeenteraad met tuinhuiscomplex Rust en Vreugd.
1. Om ons tuinpark open te stellen voor publiek. Dat gaat ongetwijfeld lijden tot overlast voor onze leden en is een ernstige inbreuk op onze privatie.
Wij maken de gemeenteraad er op attent dat wij al twee open dagen per jaar hebben. Zodat buurtbewoners en belangstellenden voldoende gelegenheid hebben om kennis te maken met ons park. Tijdens die open dagen hebben zich trouwens al verschillende incidenten van overlast voorgedaan. De gemeenteraad was tijdens die open dagen in geen velden of wegen te bekennen om enig toezicht te houden.
Tevens was er op de open dagen sprake van parkeeroverlast en ernstige verstoring van de kwetsbare natuur en de rust.
Permannente openstelling voor publiek zal lijden tot chaos en overlast.

2. Om de huurprijs van de grond in drie jaar te verhogen tot een marktkomform niveau.
Dat betekent dat wij de gemeente over drie jaar 70.000 euro in plaats van de huidige 15.000 euro moeten betalen. Dat zou voor onze leden een contributie verhoging met zich mee brengen van ruim 250%. (van 715 euro naar 1800 euro per jaar).
Veel van onze tuinders met een kleine beurs zullen dan gedwongen zijn hun lidmaatschap op te zeggen en hun huisje te verkopen. Dan zijn tuinhuizen alleen nog voor rijke mensen.

3. De gemeente heeft zijn plannen bekend gemaakt zonder enig overleg of inspraak met het bestuur van Rust en Vreugd. Dat is zeer slecht voor het draagvlak.

Ik verzoek de gemeenteraad de plannen voor ons tuinpark onmiddelijk in te trekken.

Frija las het door en maakte zich daarna een beetje zorgen. Ze had een petitie getekend met wel erg veel taal- en stijlfouten.

51

'Verdomme, Bert, ik had toch gezegd dat we die statuten en dat reglement nog een beetje moesten veranderen.

En dan geef jij ze mee aan de twee grootste bemoeials van ons park. Sukkel.' Harm liep rood aan.

'Ze zeiden dat jij toestemming had gegeven om er een paar kopieën van te maken,' verweerde de secretaris zich.

'Ze zeiden, ze zeiden... ze kunnen godverdegodver wel van alles zeggen. Dan ga je dat toch eerst effe bij mij checken.'

'Sorry, daar heb ik niet aan gedacht. Hoe kon ik nou weten dat het niet waar was. En ze waren ook met zijn tweeën.'

'Je bent een boe...' Harm van Velsen hield zich in en haalde diep adem.

'En ze hebben wél netjes het origineel teruggebracht, mét een extra kopie,' voegde Bert er voorzichtig aan toe.

'Hoe denk je dat ik weet dat ze die stukken hadden, Bert? Hè? Omdat ze mij ook een kopie kwamen brengen. Met hun uitgestreken smoelen. Zie je dan niet wat er aan de hand is? Deze twee wijven zijn bezig onze mooie tuinvereniging naar de ratsmodee te helpen met hun gekonkel en gedoe. Wat wij van het bestuur in jaren opgebouwd hebben, breken ze in no time weer af als ze de kans krijgen. En jij hebt ze die kans gegeven.'

'Nou... ik heb ze alleen de statuten en het reglement gegeven. Die moeten toch openbaar zijn?'

'Begin jij nou ook al?'

Bert veegde met een zakdoek zijn klamme handen af.

Harm viel even stil en dacht na. Daarna sprak hij op vertrouwelijke toon: 'Luister, Bert, we moeten één front vormen. Om te beginnen: wat staat er eigenlijk precies in die papieren?'

'Eh... ik ga even een boodschapje doen,' klonk het timide uit een hoekje van de kamer. Inge had daar al die tijd doodstil op een stoel gezeten.

Harm keek verbaasd op. 'Ja, doe dat maar.'

'Ja, doe dat maar,' echode Bert.

Even later schoof Bert voorzichtig de rummikubstenen aan de kant en legde de A4'tjes van het reglement op tafel.

Harm verontschuldigde zich. 'Ik heb het natuurlijk wel gelezen, hoor, maar dat is alweer jaren geleden. En ik heb geen tijd voor al dat papierwerk, daar ben jij veel beter in. Bovendien heb ik mijn leesbril niet bij me.'

Bert begreep opgelucht dat de verhoudingen weer een klein beetje in zijn voordeel waren veranderd en begon met het voorlezen van de statuten.

'Nee, Bert, alleen even de belangrijkste punten met me doornemen. Hoe zit het bijvoorbeeld met royeren en met maximumleeftijd.'

52

'Is het gras alweer gegroeid?'

Emma hoorde een kinderstem en keek op van haar boek. Voor het hek stond Boris.

'Hé, Boris, leuk dat je er weer bent. Kom je op visite?'

'Ik kom werken. Als het gras hoog genoeg is.'

Emma liep naar Boris toe, opende het hekje en samen liepen ze naar het kleine grasveldje in haar tuin. Zij aan zij keken ze naar het gras.

'Wat denk jij ervan, Boris?'

'Nou... het is best wel hoog.'

'Dat vind ik ook. Ik ga de grasmaaier voor je pakken.'

Even later zwoegde Boris heen en weer met de maaier terwijl Emma hem over haar boek heen liefdevol bekeek.

'Goeie bocht, Boris,' riep ze enthousiast, 'je beste bocht tot nu toe. En dan te bedenken dat je dat vorige week nog helemaal niet kon in je eentje.'

Boris glom van trots, lette even niet op en knalde tegen een bloembak aan.

'Die hoef je niet te maaien, die wil ik graag zo houden,' lachte Emma.

Niet veel later zaten ze aan de limonade met een koekje.

'Hoe gaat het op school?'

'Goed.'

'Is er nog iets leuks gebeurd?'

'Op school niet, maar wel met mijn vriendje. Iets grappigs ergs.'

Iets grappigs ergs, daar was Emma natuurlijk zeer benieuwd naar.

Nou het zat zo, vertelde Boris: 'Mijn vriendje Toby zijn zus had zijn bal lek gemaakt. Expres. Omdat die tegen haar kop was gekomen. Toen heeft ze er met een schaar in zitten poeren. En het was zijn liefste bal, hè.

En toen heeft Toby 's nachts met die schaar haar haar afgeknipt toen ze sliep. Niet alles, hoor, maar wel best veel.'

'Dat vond dat zusje zeker niet zo leuk?'

Nee, dat had dat zusje niet zo leuk gevonden, maar Boris was van mening dat ze dan ook maar beter geen bal lek kon steken.

'Vind je het proportioneel?' vroeg Emma met een serieus gezicht.

'Huh?'

'Grapje. Vind je de lekke bal net zo erg als het afgeknipte haar?'

Na enig nadenken vond Boris de lekke bal toch net íétsje erger.

'Maar zijn vader en moeder waren heel boos en nu mag hij drie dagen niet buiten spelen. Daarom ben ik maar hierheen gekomen,' vervolgde Boris.

'Nou, dan ben ik de geluksvogel, dus,' lachte Emma.

Boris knikte.

Ze namen er nog een koekje op.

53

Emma en Roos zaten aan tafel in het huisje van Roos, leesbrilletjes op de neus. Voor hen op tafel lagen vijf stapeltjes papier: twee dunne stapeltjes van elk vier blaadjes: de statuten en het reglement van tuindersvereniging Rust en Vreugd. Daarnaast twee dikke stapels:

de statuten en het reglement van de Bond van Volkstuinders, in totaal tweeënzestig A4'tjes waarvan twaalf pagina's tuchtreglement. Het vijfde stapeltje was het aparte bondsreglement 'Bouwvoorschriften'.

'Nou ja... als je zo veel regels nodig hebt om je tuinders in toom te houden, dan is er iets goed mis bij je bond. Dan heb je niet veel vertrouwen in de eigen verantwoordelijkheid van je leden,' vond Roos.

Emma knikte instemmend. 'Al denk ik niet dat iemand ooit dat hele woud van regels is doorgewandeld. Want dan ben je niet goed snik.'

Daarbij vergeleken waren de in totaal acht A4'tjes van Rust en Vreugd aan de magere kant.

'En dan staan er ook nog grote stukken wit tussen. Het had makkelijk op nog minder blaadjes gekund. Bert heeft nog zijn best gedaan er iets van te maken,' merkte Roos op.

Maar het meest verontrustend vonden ze de zin die, in dikke letters, het reglement afsloot: **In gevallen waarin dit reglement niet voorziet, beslist het bestuur.**

Bij de statuten eenzelfde laatste zin: **In gevallen waarin deze statuten niet voorzien, beslist het bestuur.**

'Dat is kras,' zei Roos diep verontwaardigd, 'zo kunnen ze alles doen waar ze zin in hebben.'

'Misschien moeten we toch maar in het bestuur plaatsnemen,' opperde Emma.

'Gadverdamme, daar heb ik echt totaal geen zin in.' Roos trok er een vies gezicht bij.

'Ik ook niet, maar ik heb ook geen zin om me klein te laten krijgen door vader en zoon Van Velsen.'

Emma legde uit dat ze zich kandidaat konden stellen voor de vacante functie van 'lid' én voor de functie 'diverse commissies' omdat Henk Bijl aftredend en herkiesbaar was. Dat laatste had ze opgemaakt uit het schema van aftreden dat de secretaris achter op een van de A4'tjes had geschreven.

'Als we dan óf Fietje óf slapjanus Zijlstra aan onze kant kunnen krijgen, hebben we een meerderheid in het bestuur,' legde Emma uit.

Roos zuchtte heel diep.

'Ik kan het niet, lieve schat. De gedachte alleen al dat ik met Harm van Velsen langer dan vijf minuten aan één tafel moet zitten maakt me misselijk. Dat gaat me mijn gezondheid kosten en dat heb ik er niet voor over. Laat mij nou maar een beetje schreeuwen vanaf de zijlijn.'

Emma zag aan het gezicht van haar vriendin dat ze gelijk had. Roos zou van opgekropte woede en ergernis geen leven meer hebben. Ze was nuttiger als guerrillastrijder dan als bestuurder.

'Wie zouden we dan kunnen vragen?'

Ze dachten na.

'Ik zie twee echte en een grappige kandidaat,' zei Emma na een korte stilte.

'En dat zijn?'

'Erik, Ahmed en Herman.'

Roos schoot in de lach.

'Geweldig, Herman tegenover Harm. Dat wordt feest.'

'En elke vergadering slagroomtaart.'

'Even serieus, Em, hoe krijgen we Erik of Ahmed verkozen boven Henk Bijl? En wil Erik of Ahmed?'

'Geen idee, maar we kunnen het proberen. Niks te verliezen, toch?'

'Ik verheug me zeer op het gezicht van Harm als Ahmed de plaats inneemt van Henk. Maar je moet je goed realiseren, Em, dat als Henk blijft, je dan helemaal alleen in dat wespennest zit. Trek je dat?'

Emma dacht na.

'Ik doe het voor Thomas. Die zou apetrots op me geweest zijn. Daar haal ik de energie uit. En ik heb mijn vriendin Fietje nog in het bestuur. Ik ga het doen.'

Roos beloofde plechtig dat ze alles zou doen om Emma te steunen, waar ze maar kon.

'Begin dan maar eens met een glaasje wijn voor me in te schenken,' stelde Emma voor.

Even later proostten ze.

'Op Rust en Vreugd!'

54

'Wat is dat voor man, papa?' Storm wees met zijn vingertje naar een man van een jaar of vijftig die zonder op of om te kijken langs de tuin van Frija en Sef liep. Ondanks het warme weer had hij een lange jas aan en een hoed op. Hij trok een boodschappentas op wieltjes achter zich aan over het grindpad.

‘Dat is een soort kluizenaar,’ zei Sef zachtjes.
‘Wat is een kluizenaar?’ vroeg Storm met zijn schelle kinderstem.
‘Sssst, niet zo hard, anders hoort die meneer het.’
‘Mag die meneer niet weten dat hij een kluizenaar is?’ vroeg Storm op fluistertoon.
Zijn vader had even geen antwoord paraat.
‘Wat is een kluizenaar, pap?’ hield Storm vol.
‘Een kluizenaar is een soort, eh... is iemand die het liefst alleen gelaten wil worden.’
‘Hij krijgt dus nooit visite. Wat zielig.’
‘Dat wil hij zelf.’
‘Dan is het zielig dat hij dat zelf wil. Je kan beter iets leuks willen.’
Samen keken ze de man met de lange jas en het boodschappenkarretje na tot hij bij zijn tuin was aangekomen, drie huisjes verder. Hij opende zijn hekje en keek, voor hij zijn tuin in stapte, even schichtig achterom in de richting van Storm en zijn vader.
Storm zwaaide naar hem.
De man keerde zich abrupt om, bleef even zo staan, draaide zich toen weer om en stak heel even zijn hand op.
‘Kijk pap, de kluizenaar zwaaide terug. Misschien telt het niet voor kinderen.’
‘Wat niet?’
‘Dat-ie alleen gelaten wil worden.’
‘Hij wil door iedereen alleen gelaten worden, ook door kinderen, dus ik wil niet dat je daar op visite gaat of zo. Heb je dat begrepen?’ viel Sef opeens tamelijk fel uit.

Storm schrok er een beetje van. Hij knikte gedwee, maar intussen was zijn nieuwsgierigheid gewekt.

55

Erik schonk Emma een kopje thee in en serveerde er een koekje bij.

'Zelfgebakken,' zei hij met bescheiden trots.

Emma proefde.

'Lekker. Dat je daar de tijd voor vindt.'

'Als je zoekt vind je voor veel dingen tijd. Om Johan Cruijff te citeren: "Om gelukkig te worden moet je dingen doen waar je gelukkig van wordt."'

'Mooi gezegd,' knikte Emma.

'Johan Cruijff was wijs en tegelijkertijd dom. Als hij iets zei moest je goed opletten of het wijs was of gewoon onzin. Veel mensen dachten dat alles wat hij zei hout sneed, maar dat was echt niet zo.'

Emma knikte, al wist ze weinig van Cruijff.

'Het grote gevaar van persoonsverheerlijking is dat je blind wordt voor iemands zwaktes,' ging Erik verder. 'Omgekeerd zien mensen in hun vijanden vaak alleen maar slechte dingen.'

'Ik probeer wel positief te denken maar het valt niet altijd mee.' Emma's gedachten gingen uit naar Harm van Velsen. 'Jij maakt altijd zo'n rustige en tevreden indruk, Erik,' vervolgde Emma.

Even was het stil.

'Dat is de buitenkant, Emma. Vanbinnen ben ik vaak leeg en boos. Weet je...' hij aarzelde, '... ik heb alle drie mijn kinderen overleefd, en mijn vrouw.'

Emma schrok van deze volkomen onverwachte bekentenis.

'Ik, eh... ik weet niets anders te zeggen dan dat ik het heel erg voor je vind. Hoe, eh... Wat is er gebeurd? Of wil je er niet over praten?'

'Ik kán er niet over praten. Ziekte, een ongeluk. Gewoon heel veel pech.'

'Wat verschrikkelijk.'

'Dat vind ik zelf ook. Iets te vaak. En dan ga ik soms maar koekjes bakken,' zei Erik met een droevig glimlachje. 'Maar genoeg gesomberd nu. Waaraan heb ik de eer en het genoegen van jouw bezoek te danken?'

Emma moest zich even herpakken.

'Ja, dat betreft iets heel anders. Roos en ik hebben bedacht dat we een beetje tegengas moeten geven aan de Van Velsen-terreur hier op de tuinen. Ik denk dat ik me ga kandideren voor het bestuur en ik wilde jou eigenlijk vragen hetzelfde te doen. Samen staan we sterker. En misschien kunnen we met behulp van Fietje of Bert Zijlstra toch wat dingen ten goede veranderen.'

Het bleef lang stil. Erik dacht na.

'Ik vind het een eer dat je mij daarvoor vraagt, echt waar.' Opnieuw stilte.

'Maar?' vroeg Emma ten slotte.

'Maar ik ga het niet doen. Uit zelfbescherming. Ik ben bang dat alle woede en verdriet die in mij zit naar boven komt als ik tegenover zo iemand als Harm van Velsen aan tafel kom te zitten. Ik kan voor mijn eigen bestwil beter koekjes en taarten bakken, plantjes water geven en schoffelen.'

'Jammer, heel jammer. Maar ik geloof dat ik je begrijp, al doe ik zelf het omgekeerde. Ik zet mijn verdriet over mijn overleden man om in actie.'

'Ik zou willen dat ik het kon, Emma. Echt waar. Maar ik beloof wel plechtig om je met raad en daad bij te staan.'

'Dat waardeer ik zeer.'

'Wil Roos niet?' vroeg Erik.

'Roos is bang dat ze Harm tijdens de bestuursvergaderingen aanvalt met een schaar of een bloemenvaas of iets anders wat toevallig in haar buurt ligt. We gaan nu Ahmed vragen.'

'Dat lijkt me een goede kandidaat. Een allochtoon in het bestuur... echt iets voor Harm.'

Samen glimlachten ze bij dat vooruitzicht.

56

Roos had toegezegd Ahmed te vragen zich kandidaat te stellen voor de vacante post 'gewoon bestuurslid'.

Het plan was dat Emma dan de strijd met de herkiesbare Henk Bijl zou aangaan voor de post 'diverse commissies'. Ze dachten dat Emma meer kans had tegen Bijl dan Ahmed.

'Wat denk je ervan, buurman?'

'Zal ik eerlijk zeggen wat ik denk, Roos? Ik denk dat ze geen Turk in het bestuur willen.'

'Daarom juist. Ik ben het met je eens dat Van Velsen en Bijl geen Turk erbij willen, maar van Zijlstra weet ik het zo net nog niet en Fietje is de vriendelijkheid zelve, die discrimineert niet. Als Emma de plek van Henk Bijl kan overnemen en jij krijgt de post "lid" omdat er geen andere kandidaten zijn, dan staat Harm voor een voldongen feit. Als we dan Fietje of Zijlstra mee kunnen krijgen, hebben we een meerderheid in het bestuur. Dan vindt er een geweldloze revolutie plaats.'

Ahmed had nog een bedenking. Wat als Emma de verkiezing verloor van Henk Bijl, dan zat hij alleen in een bestuur met drie mensen die waarschijnlijk niks van Turken moesten hebben.

'Dan trek je je alsnog om medische redenen terug,' stelde Roos voor.

'Ik hou niet van liegen,' zei Ahmed.

'Om persoonlijke redenen, wat dacht je daarvan? Geen woord aan gelogen.'

Ahmed keek naar Meyra. Die knikte. Dat gaf de doorslag.

'Ik doe het,' besloot Ahmed.

57

Met grote passen kwam Harm van Velsen aangebeend. Hij stapte de kantine binnen en gooide de deur met een knal achter zich dicht. Alle aanwezigen, een stuk of vijftien tuinders, keken verschrikt op.

'Wie heeft de gore moed gehad om op mijn tuinkabouters HITLERSNORRETJES te tekenen!' bulderde hij door de kantine.

Er ontstond geroezemoes.

'Wát te tekenen?' vroeg iemand schaapachtig.

'Je hoort toch wel wat ik zeg: hitlersnorretjes!'

Uit een hoek van de kantine klonk een vrolijk gelach: Roos schaterde het uit.

'En jij vindt dat grappig, Kapper?' zei de voorzitter woedend.

'Ja, Harm, dat vind ik grappig.'

'Krijg toch de ty...' Harm wilde haar een serie ziektes toe gaan wensen, maar verslikte zich al in de eerste en kreeg een enorme hoestbui.

Iedereen viel stil en keek toe. Het werd een beetje beangstigend om te zien hoe rood Harm aanliep. Hij wankelde. Ahmed stond op, liep naar hem toe, ondersteunde hem en gaf een paar stevige klappen op zijn rug.

'Glaasje water, Fie, snel.'

Fietje kwam achter de bar vandaan met een glas water, maar Harm was nog niet in staat te drinken. Langzaam kwam hij zijn hoestaanval te boven.

'Ik maak ze wel weer schoon, Harm, de kabouters,'

probeerde Fietje haar man op te monteren terwijl hij voorovergebogen nog wat narochelde.

Uiteindelijk kwam Harm langzaam weer overeind, nam een slokje water, keek vernietigend naar Roos, bedankte Ahmed met een miniem knikje en liep zonder nog iets te zeggen moeizaam de kantine uit.

Roos en Emma keken elkaar aan.

'Misschien een mooi moment voor ramptoerisme? Even bij de kabouters gaan kijken?' stelde Roos voor.

'Nee, niet doen, Roos. Niet provoceren.'

Sef was intussen al onderweg naar de tuin van de voorzitter. Zogenaamd om te vragen of hij ergens mee kon helpen, maar in werkelijkheid omdat hij nieuwsgierig was naar de nazikabouters. Hij trof Harm aan, die net met een emmertje sop naar buiten kwam.

'Wat moet je?' vroeg hij bars.

'Kan ik je misschien ergens mee helpen?'

'Nee, niemand nodig.'

Sef zag zo gauw drie kabouters met een snorretje over hun witte baarden heen en een vierde met een half snorretje. Blijkbaar was de dader in zijn werk gestoord.

'Sterkte, Harm,' slijmde Sef.

Harm keurde hem geen blik waardig.

Sef vertrok om van een afstandje, half verborgen achter een boom, te gaan staan kijken naar de woedende voorzitter met zijn emmertje en sponsje. Hij zag dat Harm bij de eerste kabouter van het kleine snorretje een enorme zwarte vlek had gemaakt; de verf was blijkbaar nog nat geweest. Hij hoorde Harm aan één stuk door vloeken.

58

Herman keek Emma met grote verbaasde ogen aan. Snorretjes?

'Ik heb geen snorretjes getekend. Heus niet.'

'Je kan het tegen mij wel zeggen, hoor, ik vertel het aan niemand,' drong Emma aan.

'Ik zweer het, ik heb niks gedaan, echt niet.' En om zijn woorden te ondersteunen spuugde Herman een grote klodder spuug tussen wijs- en middelvinger door naar de grond. Op zijn eigen schoen.

'Gadverdamme, Herman.' Emma trok een vies gezicht.

'Dat moet, spugen, als je iets zweert.'

'Ja ja. Ik geloof je ook wel zonder spugen. Ga maar weer lekker verder met schoffelen.'

Emma liep de tuin van Herman uit, deed het hekje achter zich dicht, stond even stil om na te denken en liep toen naar de tuin van Sjoerd.

Daar aangekomen zag ze Sjoerd voorovergebogen over een paar tomatenplantjes staan. Hij keek op toen hij het hekje hoorde piepen.

'Hallo, Emma, ik sta net mijn tomaten te inspecteren. Het is niet veel soeps.'

'Weet jij iets van die tuinkabouters?' vroeg Emma en ze keek hem strak aan.

'Welke tuinkabouters?' Hij werd een beetje rood.

'Je bent een zeer matige leugenaar, Sjoerd, dat weet je, hè?'

'Ik, eh... nou ja... iemand moet iets doen. Toch?'

'Sukkel.'
Ongeduldig legde Emma hem uit dat het een bijzonder domme actie was en ze raadde hem aan het potje verf dat ze verderop onder het bankje zag staan en waar het kwastje nog in stond, snel te verstoppen.

'En misschien wat minder drinken? De drank haalt niet bepaald het beste in je naar boven.'

Sjoerd durfde haar niet aan te kijken en mompelde dat hij het zou proberen.

'Wij vinden Harm ook bepaald geen goede voorzitter,' sprak Emma indringend, 'laat staan een aardige man, en we zijn bezig om daar wat aan te doen. Hitlersnorretjes helpen daar niet bij.'

Sjoerd knikte gedwee.

Het leek Emma niet verstandig te melden dat ze eerder om de snorretjes had moeten grinniken.

'Ik zou me maar een paar dagen gedeisd houden, Sjoerd. Als ík meteen vermoed wie de dader zou kunnen zijn, konden anderen wel eens op dezelfde gedachte komen.'

Sjoerd knikte opnieuw.

'Verder even goeie vrienden, hoor. Goeiedag.'

Sjoerd fleurde een beetje op van die laatste opmerking.

'Dag. En eh... bedankt.'

Tevreden liep Emma terug naar haar eigen huisje. Ze hield er niet van om deze strenge schooljuf-act op te voeren, maar soms was het wel effectief.

59

Emma, Roos, Ahmed en Erik zaten onder een grote parasol aan een campingtafeltje in de tuin van Erik. De laatste hield een stapeltje papieren omhoog.

'Hier staat echt bijna niks in.'

Erik legde het reglement van Rust en Vreugd neer.

'Niks over maximumleeftijd, niks over de hoogte van een kas, niks over winterbewoning, over bewaking... noem maar op. Niet in de statuten en niet in het reglement.'

'Dat betekent dat in al deze zaken reglement en statuten niet voorzien en dat dan in voorkomende gevallen het bestuur beslist,' concludeerde Emma.

'Tenzij ter vergadering met meerderheid van stemmen een wijziging in statuten en reglement wordt aangebracht. Dat hebben ze vergeten dicht te timmeren, dus daar kunnen we gebruik van maken.'

'Misschien een beetje dom, maar wat is eigenlijk het verschil tussen het reglement en de statuten?' vroeg Roos.

'Misschien ook een beetje dom, maar ik heb geen idee,' zei Emma. Zij en Roos keken verwachtingsvol naar Erik en Ahmed.

Erik kuchte even.

'Ik had het toevallig even opgezocht. De statuten zijn de grondregels. Die moeten in principe goedgekeurd zijn door een notaris. Met het huishoudelijk reglement regel je vervolgens alle dagelijkse zaken. Daar mogen geen dingen in staan die tegenstrijdig zijn met de statuten. Ik kan me alleen niet zo goed voorstellen dat deze statuten goedgekeurd zijn door een notaris, tenzij die dronken was of dement. Het is een beetje een vaag vodje. En het huishoudelijk reglement is al niet veel beter. Vol taalfouten en onduidelijkheden.'

De dames lieten dit even op zich inwerken.

'En wat gaan we met deze kennis doen?' vroeg Emma.

'Nou, wat dacht je van dat hele illegale bestuur een kopje kleiner maken?' stelde Roos enthousiast voor.

Bedachtzaam schudde Erik zijn hoofd.

'Kalm aan, Roos. Misschien is het beter om het zware geschut niet meteen te gebruiken en ons kruit droog te houden. Met de ongeldigheid van statuten en reglement kunnen we aankomen als andere middelen gefaald hebben.'

'Of...' Emma's ogen begonnen te glimmen, 'we gebruiken het om Harm een beetje onder druk te zetten.'

Roos keek teleurgesteld. Zij had toch liever een bloedbad op de volgende algemene ledenvergadering.

Over één ding waren ze het wel eens: ze moesten de Van Velsens in ieder geval niet onderschatten. Harm van Velsen kon wel eens wild om zich heen gaan slaan als zijn positie in gevaar zou komen. Hij was toch een beetje de Trump van Rust en Vreugd.

'Die sleept liever de hele vereniging met zich mee de afgrond in dan dat hij zijn positie hier opgeeft,' zei Erik. 'En dan hebben we ook nog zijn sluwe zoon en de twee botte Bijlen, vergeef me de slechte woordspeling. Al met al een gevaarlijk kwartet.'

'Pfff, waar beginnen we aan,' zuchtte Emma, maar meteen sprak ze zichzelf vermanend toe: 'Niet piepen, Em, we beginnen aan een spannend avontuur.'

Toen ze een uurtje later uit elkaar gingen hadden ze een plan de campagne.

Bij de uitgestelde ledenvergadering zou eerst Ahmed zich kandidaat stellen voor de vacature van gewoon lid en daarna zou Emma proberen de post van Henk Bijl over te nemen.

Er stond in de statuten en het reglement wonderlijk genoeg niets over termijnen voor kandidaatstellingen, alleen dat er vijf handtekeningen onder moesten staan. Die ging Erik regelen, zonder er verder ruchtbaarheid aan te geven. Het moest een onverwachte en ongewapende overval worden.

60

Agenda uitgestelde jaarvergadering
Zaterdag 7 juli – 13.00 uur

1 Opening en agenda
2 Mededelingen
3 Notulen vorige vergadering
4 Verslag secretaris
5 Verslag penningmeester
6 Verslag kascommissie

7 Verslag commissie tuinschouw
8 Verslag activiteitencommissie
9 Verslag commissie onderhoud
10 Verslag kantinecommissie
11 Benoeming coördinator veiligheid op de tuin
12 Hoogte dakgoten
13 Verbod elektrisch gereedschap op zon- en feestdagen
14 Termijn indienen vergaderstukken
15 Maximumleeftijd tuinders
16 Wifi
17 Rondvraag en sluiting

Roos en Emma stonden voor het mededelingenbord bij de kantine en stelden tevreden vast dat Harm van Velsen voorlopig eieren voor zijn geld had gekozen: hun punten stonden op de agenda van de komende vergadering. Mocht het bestuur gebruikmaken van haar macht om iets te besluiten 'in alle gevallen waarin statuten en reglement niet voorzien', dan konden ze, met verwijzing naar de statuten, ter plekke een voorstel indienen waarover dan gestemd moest worden. Dat zou bijvoorbeeld kunnen gaan over de maximumleeftijd van tuinders, de hoogte van dakgoten en het zondagsverbod op elektrisch lawaai.

En ze wisten: Erik was al druk bezig om voor elke mogelijke controverse een voorstel te schrijven. Moesten ze natuurlijk nog wel de meerderheid van de aanwezige leden meekrijgen.

'Hé, weet je wat er niet op de agenda staat? De herverkiezing van Henk Bijl en de invulling van de vacature in het bestuur,' merkte Emma op.

'Verhip, je hebt gelijk. Moeten we daar iets mee?' vroeg Roos.

'Beter geen slapende honden wakker maken. We komen er pas op de vergadering zelf mee. En deze keer met ruim voldoende handtekeningen. Dan zijn ze volkomen verrast.' Emma begon er plezier in te krijgen.

61

Storm gluurde door een kier in het hekje van tuin 30. Hij dacht onzichtbaar te zijn, maar zijn rode kaplaarsjes kwamen onder het hekje uit.

'Waar sta je naar te kijken, Storm?'

Het mannetje schrok zich een ongeluk. Achter hem stond Erik Luinge.

'Ben je soms een echte spion geworden?' vroeg hij zacht maar vriendelijk.

Storm knikte.

'En wie ben je aan het bespioneren?' fluisterde Erik, terwijl hij speurend om zich heen keek.

'De kluizenaar,' fluisterde Storm terug. 'Hij zit binnen iets te doen wat niemand mag weten. Denk ik.'

'Zullen we samen aankloppen? Kijken of hij opendoet?'

'Maar mijn vader zegt dat hij het liefst alleen wil zijn.'

'Dat kunnen we toch even aan hem vragen? En als hij geen visite wil gaan we meteen weer weg.'

Daar zat wat in, zag je Storm denken, en hij knikte van ja.

'Je bent toch niet bang, Storm?'

Nee, Storm was niet bang, hij was tenslotte al vier, maar hij pakte wel voor de zekerheid Eriks hand.

Die opende het hekje en samen stapten ze de tuin binnen.

'We maken een beetje extra lawaai om hem niet te laten schrikken, goed?'

Dat vond Storm een goed idee en hij begon 'Olifantje in het bos' te zingen. Erik sleepte met zijn schoenen extra hard over het grindpad.

Bij de deur gekomen keken ze elkaar aan.

'Klop jij maar,' zei Storm.

Dat deed Erik. Vervolgens deden ze een stapje achteruit en wachtten.

Het duurde lang, maar toen ging de deur op een kier en keken twee wantrouwige ogen naar de bezoekers voor de deur.

Erik nam het woord. 'Dag meneer, wij zijn Storm en Erik en wij wilden u wat vragen. Mag dat?'

De deur ging wat verder open en een heer van een jaar of vijftig, met een oude bruine ribfluwelen broek, een donkerbruin colbertje en een hoed, die hij blijkbaar ook binnen ophield, stond in de deuropening.

'Zegt u het maar.'

Erik stootte Storm aan. 'Vraag het dan.'

'Houdt u van visite?' vroeg het jongetje met een benepen stemmetje.

Daar moest de meneer even over nadenken.

'Nou... niet echt. Maar soms vind ik het niet erg. Zoals nu.'

'Bent u een kluizenaar?'

'Een beetje wel, ja. Maar daar val ik gelukkig niemand mee lastig. Je mag wel even binnen kijken.'

Heel voorzichtig stak Storm zijn hoofd twee seconden om de hoek.

'Best wel leuk.'

Erik stak zijn hand uit. 'Mijn naam is Erik Luinge, ik ben de bewoner van huisje 63.'

De man aarzelde even en schudde toen Eriks hand. 'Gorter.'

Erik vervolgde: 'Zaterdag over een week is de uitgestelde algemene ledenvergadering. Daar wordt een aantal belangrijke zaken besproken en ik wilde u uitnodigen te komen. We willen graag zo veel mogelijk leden betrekken bij het wel en wee van de tuin.'

Meneer Gorter keek, langs Storm en Erik heen, zijn tuin in.

'Nee, ik zou wel willen, maar het is me te druk. Ik kan niet tegen drukte.'

'Ik snap het,' antwoordde Erik. Vervolgens gaf hij de man een papier met daarop de agenda van de vergadering. 'Hebt u toch een beetje een idee waar het over gaat.'

Gorter knikte.

'Nou, wat denk je ervan, Storm, zullen we maar weer eens gaan?'

Dat leek Storm een goed idee.

'Dag, meneer,' zei hij beleefd.

Gorter stak zijn hand op, draaide zich om en verdween naar binnen.

Weer buiten het hekje vroeg Erik wat Storm dacht van deze buurman tuinder.

'Wel een beetje... anders,' vond Storm, 'maar niet eng of zo.'

Bij het afscheid vroeg Storm aan Erik of die niets tegen zijn vader wilde zeggen.

62

'Mijn opa had hier een tuin, mijn vader heeft hier een tuin en ik heb hier een tuin. Wij hebben toch echt wel wat meer rechten dan de eerste de beste nieuwkomer. Of niet dan?'

Henk Bijl boog bij die laatste woorden zijn hoofd wat dichter naar het hoofd van Sef Chatinier, die een stapje terug deed.

'In principe heeft iedereen evenveel rechten. Anciënniteit telt niet, bij mijn weten,' zei Sef met een iets te hoge stem.

'Steek die moeilijke woorden maar in je reet, Sef. We gaan heus niet buigen voor al die nieuwerwetsigheid van chique tuinders.' Bij die woorden keek Bijl minachtend naar de peperdure elektrische bakfiets die Sef voor de veiligheid tussen Henk en zichzelf geparkeerd hield.

Sef deed nog een voorzichtige poging. 'Maar zeg nou eerlijk, Henk, goeie wifi is toch in ieders belang?'

'Ja ja. Dan zit iedereen straks de godganse dag op zijn telefoon te kijken, of op zijn computer,' vond Henk Bijl. 'Ja toch? Wat vind jij ervan, Irm?' vroeg hij zijn vrouw, die erbij was komen staan.

Irma was het roerend met hem eens: 'We hebben hier toch al zo veel groenkijkers die allenig maar in hun eigen tuin zitten. Vroeger ging iedereen bij mekaar op de koffie. Een bakkie doen en gezellig kletsen. Dat heb je bijna niet meer.'

Sef overwoog heel even of hij zou zeggen dat hij en Frija sowieso niet bij Irma en Henk op de koffie zouden gaan omdat ze geen biologische decaf met havermelk serveerden, maar dat leek hem niet handig. In plaats daarvan zei hij dat sommige tuinders goeie wifi nodig hadden voor hun werk.

'Dat is het nou juist, buurman, je bent hier niet voor je werk maar voor je rust,' blafte Henk.

'En voor de gezelligheid,' vulde Irma aan.

Sef begreep dat hij bij zijn buren geen steun zou vinden voor zijn voorstel om wifi op Rust en Vreugd te laten aanleggen.

'Jammer dat we nu niet tot een consensus komen, maar vroeg of laat komt er vast wifi,' besloot Sef het gesprek.

'Dan maar liefst zo laat mogelijk, jongen,' zei Irma. 'Wil je een ouderwets bakkie koffie?'

Nee, Sef moest verder met zijn petitie.

63

Boris was, voor zijn zes jaar, zeer plichtsgetrouw: hij kwam minstens drie keer in de week bij Emma langs om te vragen of het gras alweer gemaaid moest worden. Als dat niet het geval was, ging hij toch tenminste met een koekje of een chocolaatje weer weg, dus tevergeefs was zijn bezoek nooit.

Deze keer was het gras hoog genoeg en duwde het ventje de grote grasmaaier voor zich uit.

'Je kan het wel even alleen, hè?' had Emma gevraagd, 'dan ga ik limonade voor ons inschenken.'

Boris knikte, natuurlijk kon hij het alleen.

Na drie keurige banen werd Boris' aandacht getrokken door twee vlinders die om elkaar heen dansten. Hij vergat daardoor de bocht om te gaan en volgde gebiologeerd de vlinders schuin boven zijn hoofd.

Binnen legde Emma de koekjes en de glazen limonade op een dienblad. Ze wilde net met haar voet de deur openduwen toen ze een flinke plons hoorde. Ze schrok en er kletterden twee bekers limo op de grond. Door het raampje zag ze dat Boris met grasmaaier en al de vijver in was gereden.

Emma liet alles uit haar handen vallen en holde naar het vijvertje. Daar kwam het hoofd van Boris net weer boven water. Gelukkig was de vijver nog geen halve meter diep en hij krabbelde al overeind. Heel even stond zijn gezicht op totale verbazing, maar daarna barstte hij in huilen uit.

Emma tilde Boris op en sloot hem in haar armen.

'Rustig maar, manneke, het is niet erg. Alleen een beetje water. Denk maar dat het een zwembadje was.'

Boris was niet helemaal overtuigd en brulde nog even door.

Sjoerd was de eerste die op het lawaai afkwam. In zijn zenuwen kreeg hij het hekje niet open, stapte er toen maar overheen, viel half en stond daarna een beetje wankel naast Emma.

'Kan ik iets doen, buurvrouw?' vroeg hij.

'Misschien kun je even de grasmaaier uit de vijver vissen, Sjoerd, dan bekommer ik me intussen om mijn kleine vriend.'

Blij dat hij zich nuttig kon maken, begon Sjoerd meteen aan het stuk van de grasmaaier te sjorren dat boven het water uitstak. Het was echter al wat later op de middag, wat betekende dat hij gewoontegetrouw al een paar borreltjes ophad en niet meer zo vast ter been was. Twee tellen later gleed hij uit en lag hij naast de grasmaaier in de vijver.

'Kijk nou eens, Boris, wat die gekke Sjoerd doet. Die gaat grasmaaien ín de vijver,' wees Emma luid lachend naar Sjoerd.

Het gezicht van Boris ging van de huilstand in één seconde naar een brede lach. En uit de heg klonk nog meer geschater: Roos had haar hoofd door het gat in de heg gestoken om te kijken waar al dat lawaai vandaan kwam en lag nu half in de heg van het lachen.

Sjoerd kwam intussen midden in de vijver overeind, hikte eerst wat water naar buiten en was toen sportief genoeg om mee te grinniken.

Tien minuten later had zowel Boris als Sjoerd een T-shirt van Emma aan en pakte Roos de broek van Boris om hem uit te wringen.

'Heb je eigenlijk wel gevoeld of er geen vissen in je broekzakken zitten? Of kikkers?' vroeg ze het jochie.

Nee, dat had hij nog niet gedaan, dat ging hij meteen doen.

Boris en Roos keerden eerst de zakken en daarna de kletsnatte broek in zijn geheel omstandig binnenstebuiten om hem te controleren op vissen en kikkers.

'Niks,' zei Boris een beetje teleurgesteld.

'Wil iedereen limonade?'

Sjoerd wilde liever jenever, maar dat hield hij voor zich.

64

Harm van Velsen paradeerde langs de tuinen. Naast hem liep Jan Boekhorst, beoogd coördinator veiligheid. Af en toe wees Harm zijn oud-collega bij de douane iets aan.

'Kijk, raam open! Terwijl die mensen er al de hele week niet zijn.'

'Vragen om problemen.' Jan was van de korte zinnen. Liefst geblaft. Bij de douane was dat jarenlang zijn opvatting geweest van gezag uitstralen.

Hier en daar gingen ze onuitgenodigd een tuin binnen.

Bij het keurige huisje van de familie Goossens gluurden ze naar binnen.

'Camera op tafel. Voor het grijpen,' constateerde Boekhorst. 'Verdomd veel werk aan de winkel hier.'

'Goedemiddag, heren.' Bart Goossens stapte zijn tuin binnen. 'Kan ik u ergens mee helpen?'

'Nou, u kunt uzelf helpen door geen camera's open en bloot op tafel te leggen,' zei Boekhorst streng.

'En wie bent u, als ik vragen mag?'

Harm nam het over. 'Dit is Jan Boekhorst, de nieuwe coördinator veiligheid. Hij gaat ons mooie tuincomplex nu, maar vooral in de winter, een stuk veiliger maken. Hij gaat in huisje 36 wonen en hij heeft een diploma beveiliging.'

Bart Goossens gaf Boekhorst een hand. Daarna wenkte hij zijn vrouw Marianne, die al die tijd bij het hekje was blijven staan. 'Marianne, deze heer gaat voor meer veiligheid op de tuin zorgen, geen overbodige luxe.'

Marianne gaf een verlegen knikje.

'We maken een ronde langs de tuinen om te inventariseren waar de problemen liggen,' vervolgde Harm. 'Hebben jullie klachten? Ik hoorde dat jullie kruiwagen gestolen was.'

'Nou, gestolen, gestolen. Hij was meer zonder toestemming geleend en niet teruggezet.'

'Dat gaat toch al aardig de kant van diefstal uit,' vond Boekhorst. 'Wie was dat?'

'Ach, dat doet er niet meer toe. We hebben het uitgepraat,' zei Bart.

'Het was Roos Kapper,' zei Harm tegen zijn ex-collega. 'Daar hebben we veel mee te stellen.'

'Roos is misschien wel eens wat... uitgesproken, maar we hebben eigenlijk weinig last van haar,' bemoeide Marianne zich ermee, wat haar op een verstoorde blik van haar man kwam te staan.

'En er was van de winter ingebroken in uw huisje door een Pool of zo?' vroeg Boekhorst.

'Nee, gelukkig niet. Dat was het huisje aan het eind van het pad rechts. Daar heeft iemand een paar dagen in geslapen, naar het schijnt. Wel netjes achtergelaten, heb ik gehoord.'

'Dat doet er niet toe, inbraak is inbraak,' blafte Boekhorst.

'Bepaald geen overbodige luxe, Jan, jouw winterbewoning,' besloot Harm het gesprek.

Hij zei nog iets onverstaanbaars bij wijze van groet, draaide zich om en liep de tuin uit. Boekhorst knikte afgemeten en liep de voorzitter achterna. Bart en Marianne keken hen zwijgend na.

'Heb je eigenlijk een uniform voor me, Harm?' hoorden ze Boekhorst nog zeggen.

65

Emma liep met Boris aan de hand naar zijn ouderlijk tuinhuis. Het jongetje bibberde over zijn hele lijf.

'Heb je het zo koud, Boris?'

'Nee, het gaat wel.'

‘Maar je bibbert en rilt helemaal.’

‘Dat komt doordat mijn broek nog nat is,’ zei hij.

‘Of ben je soms bang dat je op je donder krijgt van je vader?’

Boris knikte kleintjes.

Ger van Velsen zat met zijn ogen dicht in een tuinstoel.

‘Hallo, Boris zijn papa. Niet schrikken hoor, maar ik breng je zoon een beetje verfrommeld terug. Het was mijn schuld, want ik...’

‘Wat krijgen we nou? Wat heb jij uitgevreten?’ Ger was opgevlogen nadat hij een blik op zijn zoon had geworpen, met zijn natte haar waar nog wat kroos in zat en het veel te grote T-shirt van Emma dat tot de knie over zijn natte broek hing. ‘Godverdomme, er is ook altijd wat met jou!’

‘Het was mijn schuld, want ik lette niet goed op. Ik had erbij moeten blijven.’

Ger negeerde Emma en blafte tegen zijn zoontje: ‘Wat is er gebeurd?’

‘Ik ben in de vijver gevallen,’ antwoordde die met een trillend bovenlipje.

‘In de vijver gevallen?’ echode zijn vader. ‘Ben je blind soms?’

‘Kindje toch, schatje, wat is er gebeurd?’ Cherrie, gealarmeerd door de harde stem van haar man, was het huisje uitgekomen, rende naar haar zoontje en sloot hem in haar armen. ‘Jochie toch, och gossie, je kon er vast niks aan doen. Een ongelukje kan gebeuren, hè.’

'Ga jij het ook nog effe goedpraten, daar zitten we op te wachten. Zo maak je een weekdier van dat kind.'

'Hou je bek, Ger,' was het subtiele antwoord van zijn vrouw.

Ger richtte zich nu tot Emma. 'Ik wil niet meer dat hij bij jou op de tuin komt, heb je dat begrepen?'

Emma haalde diep adem, aarzelde of ze iets ging zeggen, draaide zich toen om en liep, zonder iets te zeggen, woedend de tuin uit.

Nog steeds boos om zo veel botheid schonk ze zichzelf, eenmaal thuisgekomen, een flink glas wijn in. Wodan vlijde zich, bij wijze van troost, aan haar voeten.

'Jij hebt meer gevoel in je staart dan die bullebak in dat hele vadsige lijf van hem,' zei ze en ze aaide haar hond over zijn kop.

Tien minuten later piepte het tuinhekje. Het was Cherrie, die aarzelend binnenkwam.

'Sorry, schat. Hij mag gewoon komen spelen hoor, of grasmaaien of wat dan ook.'

Emma begreep het even niet en keek verbaasd.

'Boris. Niet Ger natuurlijk. Boris mag gewoon op visite blijven komen,' verduidelijkte Cherrie.

'O ja, natuurlijk. Daar ben ik blij om, want het is een enig mannetje.'

'Helemaal mee eens. En godzijdank lijkt-ie niet op zijn vader. Wat kan die man bot zijn,' verzuchtte Cherrie. 'En daar ben ik mee getrouwd.'

'Waarschijnlijk was Ger erg geschrokken en meent hij het niet zo kwaad,' suggereerde Emma.

Maar Cherrie had daar toch een andere mening over. 'Hij heb gewoon liever een hond dan een kind. Kan-ie de hele dag tegen blaffen.'

'Wil je een glaasje wijn, Cherrie?'

Dat wilde ze heel graag.

Toen de fles leeg was, was de boosheid gezakt.

'Nou, ik ga weer op huis aan, Em. Trek het je niet aan, hè. Was gezellig.'

'Je bent een schat, Cher, bedankt en eh... sterkte met de boeman.'

'Geen zorgen, die mag de rest van de week op de bank slapen.'

66

'Hallo, Charles, wat brengt jou naar, eh... mijn heksenhuisje?' Roos ging voor de grap op de stok van de bezem zitten waarmee ze haar terrasje stond te vegen.

Charles leek niet in de stemming voor grapjes. Hij keek even om zich heen. 'Iets waar ik het even met jou over wil hebben, onder vier ogen. Binnen.'

'Je maakt me nieuwsgierig, buurman.'

Roos en Charles gingen het tuinhuisje in. Charles sloot de deur, keek of de ramen niet openstonden en boog zich naar Roos.

'Harm van Velsen loopt hier rond met een of andere ex-collega van hem, ene Boekhorst, en tettert tegen iedereen dat dat de nieuwe coördinator veiligheid is. En dat hij in de winter op het complex mag wonen. Huisje 36 heeft hij hem toegezegd. Dat kan toch allemaal niet?'

Roos fronste.

'Dat kan inderdaad niet. Daar moeten de bewoners nog over beslissen op de komende jaarvergadering. Die pannenkoek van een Van Velsen denkt dat hij de baas van het park is, geloof ik.'

Charles knikte zijn hoofd er bijna af. 'He-le-maal eens.'

'Heb je dat ook tegen hem gezegd? Dat-ie fout bezig is?' vroeg Roos.

'Nee, eh... dat niet. Ik wilde het eerst even met jou en Emma overleggen. Daarvoor ben ik hier.'

'Ja, ja, jij dacht: laten de dames de kastanjes maar uit het vuur halen.'

Charles bezwoer dat dat niet het geval was. 'Overleg brengt ons verder dan provocerend gedrag, Roos. Ik ben van het poldermodel.'

'Harm zelf is anders helemaal niet van het poldermodel. Die is meer van roeien en ruiten. Maar evengoed bedankt, Charles, we zullen er ons voordeel mee doen.'

Charles draalde een beetje, alsof hij hoopte op een uitnodiging voor koffie.

'Had je nog iets, Charles? Anders ga ik weer verder met klussen.'

'Nee, dat was het, geloof ik.' Hij droop af.

Roos keek hem na.

'Slijmbal,' mompelde ze.

67

Het was een prachtige zomernamiddag en Emma, Roos, Herman en Erik hadden afgesproken in Eriks tuin voor een barbecue.

De dames hadden voor salades, stokbroden en fruit gezorgd, Erik had een grote schaal vlees en vis klaargezet en een appeltaart gebakken en Herman maakte vuur in de barbecue maar kon daarbij zijn ogen niet van de appeltaart afhouden.

'Au, godverdomme!' gilde Herman opeens. Hij had de kooltjes iets te wild opgerakeld waardoor er een gloeiend stukje houtskool in zijn mouw was gesprongen. Hij stond woest met zijn arm te schudden en maakte daarbij vreemde hoge geluiden. Erik was alert en gooide een halve kan water in zijn mouw, waarbij ook een flinke sloot over het vuur ging.

Herman wreef zachtjes over de brandplek op zijn arm en keek beduusd naar de grote rookwolk die nu van de barbecue afkwam.

'Een beetje rook is niet erg,' zei Emma. 'Zo meteen brandt het weer prima.'

'Sorry dat ik stoor, maar kunnen jullie hier misschien mee stoppen?' Sef stond aan de andere kant van het hekje en wees op de barbecue.

'Mee stoppen? Hoezo?' vroeg Emma verbaasd.

'Met rook maken.'

'Waar vuur is, is rook, Sef. Oud indiaans spreekwoord. Of moet je tegenwoordig zeggen: oud native American spreekwoord? Jij lijkt me wel iemand die geen indiaan meer mag zeggen,' zei Roos en ze keek Sef hierbij stralend aan.

Hij was even uit het veld geslagen.

'Frija heeft bronchitis. Die heeft enorm veel last van de rook, dus of jullie willen stoppen met barbecueën,' herpakte Sef zich.

'Ach, wat naar... Nou, die rook kwam door een klein ongelukje, die is over een paar minuten weer weg, dus dan kan Frija tot die tijd maar beter even naar binnen gaan,' stelde Emma voor.

'Ze zit al binnen.'

'Dan moet ze misschien juist naar buiten,' opperde Roos, 'een stukje wandelen voor wat frisse lucht. Wel tegen de wind in, dus eh...' ze keek waar de rook naartoe ging, 'richting kantine.'

'Wat is bronchitis?' vroeg Herman.

'Beste buurman,' mengde Erik zich in het gesprek, 'we vinden het natuurlijk heel vervelend voor uw vrouw. We zullen ons best doen om de rookoverlast te beperken, maar we gaan wel door met barbecueën. Sorry.'

'Ik vind het asociaal.'

Roos werd boos. 'Ik vind het asociaal om voor vier mensen de hele avond te verknallen vanwege een beetje bronchitis van je vrouw. En trouwens: ze zitten nog zeker in vijf andere tuinen vlees te braden, dus ga daar eerst maar eens langs.'

Sef meldde op hoge toon dat hij een barbecuereglement ging opstellen om dat op de komende vergadering in stemming te brengen.

'Moet je vooral doen, Sef,' zei Roos. 'Doei.'

'Wat is bronchitis?' vroeg Herman.

'Hier is het laatste woord nog niet over gezegd,' beet Sef het gezelschap toe en hij beende weg.

'Tjonge jonge, ze kunnen bij Rust en Vreugd werkelijk óveral een punt van maken,' zuchtte Emma. 'Als ik dat had geweten, had ik misschien geen tuin genomen.'

'Kop op, Emma. Zie het maar een beetje als onderdeel van één groot gezelschapsspel, dan is het best vol te houden,' zei Erik en hij gaf Emma een bemoedigend klopje op haar schouder.

'Maar wat is nou bronchitis?' vroeg Herman voor de derde keer.

'Geen idee,' antwoordde Roos.

68

D-day naderde: over drie dagen was de uitgestelde jaarvergadering.

Emma was een beetje zenuwachtig. Ze had een hekel aan ruzie en conflicten maar ze had ook een groot gevoel voor rechtvaardigheid en deze twee zaken dreigden te botsen.

Ze was nu ruim drie maanden tuinder en genoot van haar huisje en werkte zelfs af en toe met plezier in haar tuin, al liet ze het zware werk graag aan Herman over.

Maar misschien belangrijker: ze had in korte tijd zes nieuwe vrienden gemaakt: Roos, Herman, Erik, Fietje, Ahmed en Boris. En er een stuk of vijf goede bekenden bij gekregen: Cherrie, Sjoerd, meneer Van Beek, Meyra en Charles. Een veel bonter gezelschap was moeilijk te verzamelen.

Daar stonden ook mensen tegenover waar ze weinig of geen sympathie voor voelde: vader en zoon Van Velsen, Steef en Henk Bijl, en de jehova's Bart en Marianne. Veiligheidsman Boekhorst had ze nog niet ontmoet, maar die had grote kans in het rijtje 'onsympathiek' te komen.

'Als je vrienden dubbel telt, en dat mag natuurlijk, sta ik dik in de plus,' zei Emma tegen haar hondje, 'maar voor jou telt natuurlijk vooral bijtgrage Bennie, die rothond van Harm van Velsen, dus jij staat in de min, Wootje.'

Al met al keek Emma tevreden terug op haar komst naar Rust en Vreugd. De Rust viel wat tegen maar Vreugd was zeker haar deel geweest. En afleiding; ze had het regelmatig te druk gehad voor verdriet om haar overleden man. En als ze toch aan hem dacht was dat vaak met de constatering dat hij trots op haar zou zijn geweest.

Morgen was er nog een laatste geheim overleg van Klavertje Vier, de codenaam van de vier samenzweerders tegen het bestuur: Roos, Ahmed, Erik en Emma. De plannen waren gesmeed, alle voorbereidingen getroffen en nu maar hopen op voldoende steun van de andere tuinders.

69

WELKOM TERUG MENEER VAN BEEK stond er op het ene spandoek, LANG LEVE KONING FUCHSIA op het andere.

Voor zijn tuinhekje had een aantal bewoners een kleine erehaag gevormd.

Daar schuifelde meneer Van Beek heel langzaam met zijn rollator doorheen. Hij knikte afwisselend naar links en naar rechts en was zichtbaar ontroerd. Aan het eind van de rij stond Roos. Ze gaf de oude man heel voorzichtig een knuffel.

'Als ze te hard knijpt breekt-ie in tweeën,' bromde Henk Bijl tegen Ger van Velsen. Samen stonden ze op een afstandje te kijken naar de feestvreugde.

'En het ergste is dat mijn eigen vrouw het verdomme heeft georganiseerd.' Ger spuugde nijdig op de grond.

Juist op dat moment nam zijn vrouw Cherrie het woord.

'Lieve meneer Van Beek, we zijn superblij dat we de oudste tuinder van Rust en Vreugd weer terug kunnen verwelkomen, na die nare hartaanval. U moet nog wat kleur op de wangen krijgen, maar dat komt vast weer goed. Toen u in het ziekenhuis lag hebben Meyra, Roos en ik voor de fuchsia's gezorgd en ze staan er mooi bij, al zeg ik het zelf. Natuurlijk niet zo mooi als dat u zelf gedaan zou hebben, maar daarvoor bent u dan ook onze enige echte fuchsiakoning. Welkom thuis.'

Voorzichtig zetten Roos en Meyra meneer Van Beek in zijn versierde tuinstoel.

Iemand begon 'Lang zal hij leven' te zingen en iedereen viel in.

De zon viel op de bijna doorzichtige wangen van de oude heer en over die wangen liepen tranen.

Even verderop draaide Ger van Velsen zich om.

'Ik ga tegen mijn ouweheer zeggen dat-ie het royement van Van Beek maar beter van de agenda van de vergadering af kan halen, want dat gaat nooit lukken.'

Henk Bijl knikte. 'Dat geeft alleen maar hommeles, Ger. En het duurt vast niet lang meer, dan gaat-ie vanzelf dood.'

70

Inge Zijlstra, die haar activiteiten meestal beperkte tot rummikuppen met haar man Bert of liggen in een tuinstoel, was een eenpersoonsactiegroep begonnen tot behoud van de bloemschikclub. Het aantal leden van die club was teruggelopen tot vier, waarvan er één langdurig ziek was en één bijna nooit op de tuin. Het kwam erop neer dat Inge en een vriendin elke woensdagmiddag op kosten van Rust en Vreugd een bloemstuk in elkaar knutselden.

'Twee mensen is geen club, Inge,' had Bert gezegd. Hij had de bloemschikclub, in zijn functie als secretaris, een ultimatum moeten stellen: vóór 1 augustus vier nieuwe leden erbij of de club werd opgeheven.

'Ik kan er ook niks aan doen, het staat in het reglement: een club moet minstens acht leden hebben om in aanmerking te komen voor subsidie van het bestuur.'

'Sinds wanneer houd jij je aan het reglement?' vroeg Inge fel.

'Sinds een paar tuinders, door mijn eigen schuld, dat reglement in handen hebben gekregen. Tot voor kort kraaide er geen haan naar.'

'Dan zet je er toch een paar namen bij. Wat maakt dat uit.'

'Ik kan geen mensen lid maken van een club zonder dat ze het zelf weten. Ik word op mijn vingers gekeken, Inge. En dan heb ik het niet alleen over Harm, die kijkt iedereen op zijn vingers en koeioneert ook iedereen.'

'Je láát je koeioneren, Bert Zijlstra. Door die bullebak.'

'Dankzij wie hebben we dit mooie huisje hier? Nou?'

Het bleef stil.

'Dankzij diezelfde bullebak,' ging Bert verder. 'Die heeft ons minstens twintig plaatsen opgeschoven op de wachtlijst, dat scheelt zomaar twee jaar.'

'Ja, omdat jij hem vijfhonderd euro hebt toegeschoven.'

'Met jouw toestemming.'

Ze bleven een tijdje mokkend zwijgen in het besef dat ze aan Harm van Velsen vastzaten en hij aan hen. Als de waarheid boven tafel kwam moest Harm misschien opstappen en waren ze zelf hun tuinhuisje kwijt.

En dus stond Inge nu voor de tuin van Roos, met een lijst in haar hand. 'Bloemschikken moet blijven. Nieuwe leden' stond erboven. Ze aarzelde.

'Kom op, niet kinderachtig zijn, Inge Zijlstra,' sprak ze zichzelf toe.

'Hoi Roos, heb je even?'

Roos zat voor haar huis een boekje te lezen en keek een beetje verstoord op. Zonder op te staan riep ze naar Inge, die achter het hekje was blijven staan: 'Zeg het maar, Inge.'

'Wil je misschien lid worden van de bloemschikclub?' riep Inge terug.

Roos keek verbaasd. 'Zie ik eruit als iemand die voor zijn lol bloemen in een stuk schuimplastic gaat staan duwen?'

'Eh, ja. Best wel.'

'Nou, ik dacht het niet. Maar ik gun iedereen zijn hobby, hoor. Dus veel succes met je wervingsactie.'

'Oké, doei,' zei Inge met een flauw lachje en ze draaide zich om. Terwijl ze naar de volgende tuin liep foeterde ze tegen zichzelf: 'Wat een arrogante trut is het toch. Ik had het haar nooit moeten vragen.'

Ze keek op haar lijstje. Ze had tot nu toe één nieuw lid: Cherrie van Velsen. Die had als voorwaarde voor haar lidmaatschap van de bloemschikclub gesteld dat ze niet hoefde te bloemschikken.

'Ik wil wel lid worden, maar alleen voor de gezelligheid.'

71

De eerste overwinning van Klavertje Vier was binnen. Toen Emma en Roos de dag voor de vergadering de agenda in de kantine hadden opgehaald, bleek dat het instellen van een maximumleeftijd voor tuinders door het bestuur van de agenda was gehaald.

De dames waren samen naar meneer Van Beek toe gegaan om hem het heuglijke nieuws te melden.

'U mag blijven hoor, meneer Van Beek. Er komt geen maximumleeftijd.'

Hij had het tweetal eerst ongelovig aangekeken. 'Echt?'

'Ja, echt!' hadden ze in koor geantwoord.

Zijn kleine ogen tussen een wirwar van rimpeltjes werden glazig. Hij maakte een kleine buiging naar Roos en Emma. 'Heel, heel erg bedankt. Ik zou niet weten wat ik zonder mijn tuin met mijn leven moest doen.'

Emma moest even slikken. Roos gaf hem heel voorzichtig een klopje op zijn schouder.

'Laten we het vieren,' zei ze.

Dat vond Van Beek een goed idee. Hij schuifelde naar de keuken en haalde een fles wijn uit het keukenkastje.

'Een mooie Duitse zoete witte wijn,' zei hij trots.

Even later zaten ze met een glaasje in het zonnetje. Meneer Van Beek gaf een college fuchsia's en Roos en Emma probeerden onopvallend hun wijnglas te legen in de struikjes naast hun stoel.

72

Het was een prachtige dag, het zonnetje scheen en het was een graad of drie-, vierentwintig. De deuren en de ramen van de kantine stonden wijd open.

Binnen zuchtte Inge Zijlstra diep. 'Weet je wat het is,' klaagde ze, 'het is in Nederland altijd meteen zo benauwd. In Spanje, in de Algarve bijvoorbeeld, heb je een heel andere warmte, veel minder drukkend.'

'Het is drogere warmte,' wist Bart Goossens te melden, 'dat voelt frisser.'

'Nou, niet echt frisser, meer minder klam,' sprak Marianne hem tegen.

'Nou ja, in elk geval minder benauwd,' herhaalde Inge.

'Veel minder zweterig.' Marianne hield graag het laatste woord.

Klavertje Vier had zich niet al te opvallend in de kantine geposteerd. Roos en Ahmed zaten naast elkaar op de tweede rij en schuin daarachter zaten Emma en Erik.

'Oxalis tetraphylla,' fluisterde Erik tegen Emma, die hem niet-begrijpend aankeek. 'De Latijnse naam van Klavertje Vier: Oxalis tetraphylla,' verduidelijkte Erik.

'Klinkt mooi,' fluisterde Emma terug. 'Leve Oxalis.'

Het was niet al te druk. Een stuk of vijfentwintig tuinders waren naar de kantine gekomen, iets minder dan op de vorige afgebroken vergadering.

De opstelling was dezelfde als de laatste keer.

Er stonden weer vijf formicatafeltjes naast elkaar met daarachter vijf stoelen. Harm zat als een generaal op de middelste stoel en keek stuurs uit over het voetvolk, voor zich op tafel het kartonnen bordje VOORZITTER. Rechts naast hem zat Bert Zijlstra, achter het kaartje SECRETARIS, in zijn papieren te rommelen. Naast Zijlstra zat Henk Bijl van DIVERSE COMMISSIES een gevulde koek te eten.

Links naast Harm zat Fietje, de penningmeester, en daarnaast stond een lege stoel achter het kartonnetje met LID – VACATURE.

Klokslag 13.00 uur nam de voorzitter het woord. De hamer liet hij vooralsnog liggen.

'Voordat ik de vergadering open wil ik graag even onze nieuwe coördinator veiligheid voorstellen, de heer Jan Boekhorst.'

Hij wees naar zijn ex-collega bij de douane, die aan een apart tafeltje een paar meter naast de bestuurstafel had plaatsgenomen. Boekhorst ging staan, trok zijn jasje recht zodat de grote zilveren v op zijn borst goed zou uitkomen en knikte stuurs naar de zaal met een blik van 'met mij valt niet te spotten'.

Harm vervolgde: 'Mocht u nu al vragen hebben over veiligheid, of voorstellen, dan kunt u de heer Boekhorst vinden in huisje 36.'

'Wat is precies de taak van de coördinator veiligheid?' vroeg iemand vanuit de zaal.

'Daar kom ik later op terug,' antwoordde de voorzitter, 'nu open ik de vergadering. Agenda? Niemand iets?

Erik stak zijn hand op. 'Jazeker. Ik mis op de agenda de verkiezing nieuw bestuurslid en de verkiezing bestuurslid diverse commissies.'

De voorzitter vertrok geen spier. ‘Daar hebben zich geen kandidaten voor gemeld.’

Erik was erbij gaan staan. ‘Ik kan me niet herinneren dat het bestuur heeft gevraagd of er kandidaten zijn. Sterker nog: er staat in geen enkel verslag vermeld dat de heer Bijl aftredend is en of hij herkiesbaar is.’

‘De heer Bijl is herkiesbaar,’ zei Harm nors. Henk Bijl zat naast hem te knikken.

Erik zei kalm: ‘Mooi, dat weten we dan. Ik stel voor verder te gaan met de vraag of iemand zich kandidaat wil stellen voor de vacante plek in het bestuur.’

‘Daar is niemand voor,’ zei Harm zelfverzekerd.

‘Nou, toch wel. Ik stel me graag kandidaat.’ Ahmed was opgestaan. ‘Mijn naam is Ahmed Yildiz, van huisje 15. Ik ben al vijf jaar tuinder op Rust en Vreugd en ik wil graag mijn steentje bijdragen aan onze mooie vereniging.’ Bedeesd ging Ahmed weer zitten.

De heren achter de bestuurstafel keken onaangenaam verrast. Alleen Bert Zijlstra’s gezicht bleef neutraal en Fietje zei spontaan: ‘Goh, wat leuk.’

‘Nieuwe kandidaten hadden van tevoren aangemeld moeten worden,’ blufte Harm na een korte stilte.

‘Mag ik dan even citeren uit de statuten, voorzitter,’ stelde Erik voor en zonder antwoord af te wachten las hij voor dat kandidaten voor een bestuursfunctie zich ter vergadering konden melden.

Harm keek Erik vuil aan en boog zich naar zijn secretaris voor overleg. Bert Zijlstra zat angstig ja te knikken en nee te schudden op de gefluisterde vragen van de voorzitter.

Na een paar minuten delibereren richtte Harm zich weer tot de zaal. 'Het bestuur heeft overlegd en de kandidatuur van meneer Yilderiz kan in stemming gebracht worden. Wie ervoor is moet zijn hand opsteken.'

Op een paar na gingen alle handen omhoog. Achter de bestuurstafel stak alleen Fietje spontaan haar hand op. Harm keek boos opzij maar realiseerde zich dat iedereen naar hem keek en liet het erbij.

'Dan is Yilderiz gekozen in het bestuur,' zei hij vlak.

Iemand begon spontaan te applaudisseren en iedereen klapte mee. Ahmed stond weer op, legde zijn rechterhand op zijn hart en glimlachte om zich heen. Erik wees hem erop dat hij meteen zijn plaats achter de bestuurstafel mocht innemen.

Verlegen ging Ahmed op de lege stoel achter de tafel zitten en nam het woord.

'Heel hartelijk dank voor het in mij gestelde vertrouwen. Ik beloof dat ik naar eer en geweten de belangen van alle tuinders zal proberen te dienen. En hoewel niet zo belangrijk: ik heet Yildiz en niet Yilderiz, maar *what's in a name*.'

Harm van Velsen was totaal overdonderd door de gang van zaken en wist niets beters te doen dan strak voor zich uit kijken.

'Dan gaan we verder naar de mededelingen,' zei hij ten slotte.

'Ogenblikje nog, voorzitter.' Erik was weer opgestaan. 'U moet volgens de statuten ook nog vragen of er kandidaten zijn voor de functie van het aftredend lid van het bestuur, de heer Bijl.'

'Nogmaals, ik ben gewoon herkiesbaar, hoor!' zei Henk Bijl overdreven luid.

'Jazeker, dat zei u al, en dat waarderen we zeer, maar misschien zijn er nog meer kandidaten. In dat geval moeten we stemmen.' Erik keek de zaal rond.

Emma's hart klopte sneller dan normaal toen ze opstond.

'Ik stel me graag kandidaat voor deze bestuursfunctie,' zei ze kalm.

De verbijstering bij de heren achter de bestuurstafel was nu totaal en ze deden geen moeite dat te verbergen.

'Hoezo kandidaat?' riep Harm terwijl hij zonder enige reden met de voorzittershamer op tafel sloeg. 'Wat is er mis met Henk?'

Emma bleef kalm. 'Niks, er is niks mis met de heer Bijl, maar hij verdient het om het wat rustiger aan te kunnen doen. Daarnaast denk ik dat het voor iedere vereniging goed is als er zo nu en dan enige doorstroming in het bestuur plaatsvindt. Ik neem daarvoor graag mijn verantwoordelijkheid.'

'Ik wil het helemaal niet rustiger aan doen!' riep Henk Bijl naar Emma.

Harm sloeg driftig een paar keer met zijn hamer op tafel. 'Ik schors tijdelijk de vergadering.'

'Waarom?' riep iemand uit de zaal. 'Er moet gewoon gestemd worden, toch?'

'Ik schors de vergadering, nú,' sprak de voorzitter nogmaals en hij stond op en beende naar de bestuurskamer. Als geslagen honden liepen Bijl en Zijlstra erachteraan. Fietje bleef verbaasd nog even achter de bestuurstafel zitten en liep toen naar de bar om koffie te serveren.

Tien minuten lang gebeurde er weinig. De aanwezige tuinders stonden zich in kleine groepjes te verbazen over deze onverwachte gang van zaken. De afgelopen jaarvergaderingen was er altijd wel een beetje opwinding geweest, maar dat ging dan over het verschil tussen sproeien en water geven, hoeveel kippen je mocht houden of waar de bagger uit de sloten naartoe moest. Nooit was er serieuze oppositie geweest tegen Harm van Velsen en zijn medebestuursleden, en dan nu deze onverwachte coup.

Toen de deur van de bestuurskamer weer openging viel er een stilte. Iedereen schuifelde terug naar zijn stoel en het bestuur nam weer plaats achter de tafel.

Fietje kwam snel aan gedribbeld vanachter de bar.

Harm bleef erbij staan en sloeg weer met zijn hamer op tafel.

'Het bestuur heeft alle vertrouwen in de heer Bijl. Hij heeft de laatste jaren goed werk gedaan voor onze vereniging en van mevrouw Quaadvliegh moeten we dat nog maar zien. Ik ontraad iedereen dan ook heel erg om op haar te stemmen.'

Erik was ook opgestaan.

'Na dit ongebruikelijke stemadvies van de voorzitter wil ik graag een lans breken voor Emma Quaadvliegh. Ik heb haar leren kennen als een intelligente en betrokken tuinder met de open blik van een nieuwkomer. En hoewel ze niet meer zo piepjong is, sorry Emma, heeft ze toch een moderne, fantasievolle kijk op hoe we Rust en Vreugd nog mooier en gezelliger kunnen maken dan het nu al is.'

Erik ging zitten.

Er viel een stilte.

Iedereen keek naar de voorzitter, die stokstijf achter de bestuurstafel stond met de hamer in zijn hand.

'Zullen we dan maar stemmen?' vroeg Erik.

Harm bewoog nog steeds niet, alsof hij in trance was.

'Wie stemt er voor meneer Henk Bijl?'

'Ho ho ho,' greep Harm nu toch in. 'Het bestuur regelt de stemmingen.'

'U hebt volkomen gelijk, voorzitter, neem me niet kwalijk,' excuseerde Erik zich, 'ga uw gang.'

Harm van Velsen keek naast zich of daar nog hulp te verwachten was, maar Bert Zijlstra en Henk Bijl keken wezenloos voor zich uit.

'Wie is voor onze kandidaat Henk Bijl? Handen omhoog graag.'

Hardop telde Harm de opgestoken handen. Hij kwam tot elf stemmen, inclusief de stemmen van Bijl, Zijlstra en hemzelf.

'Wie is er voor mevrouw Quaadvliegh?' vervolgde hij.

Opnieuw telde hij de opgestoken handen in de zaal.

'Een, twee, drie... ik tel zeven stemmen voor Quaadvliegh.' Hij keek triomfantelijk het zaaltje in. 'Dat betekent dat de heer...'

'U vergeet de twee stemmen naast u,' riep iemand uit de zaal.

Harm keek opzij. Naast hem hadden Fietje en Ahmed hun hand opgestoken.

Woedend keek hij zijn vrouw aan. Hij vloekte binnensmonds. Daarna herpakte hij zich.

'Dat zijn negen stemmen en dat betekent dat de heer...'

'Ogenblikje, meneer de voorzitter.'

Erik was opnieuw opgestaan en liep naar voren naar de bestuurstafel. Uit zijn binnenzak haalde hij een envelop die hij overhandigde aan de secretaris. Daarna richtte hij zich tot de verzamelde leden.

'Ik heb de secretaris zojuist vijf officiële volmachtstemmen gegeven van vijf leden van onze vereniging. Die hebben ze mij gegeven. Bert, wil je deze vijf stemmen meenemen in de einduitslag?'

Bert keek hulpeloos omhoog naar Harm, die nog steeds achter de tafel stond. Die brieste: 'Hoe kan je nou volmachtstemmen hebben? Niemand wist dat Henk herkozen moest worden.'

'Jawel hoor, ik heb dat aan deze mensen verteld,' zei Erik onverstoorbaar. 'Tel ze maar even, Bert.'

Bert pakte vijf briefjes uit de envelop. Hij las de eerste voor: 'Emma Quaadvliegh.'

De tweede stem was weer voor Emma. Vijf keer riep hij de naam Emma Quaadvliegh.

Harm werd bij elke stem roder.

'Dit kan niet. Dit mag niet. Zo veel volmachten.'

'Zal ik even voorlezen uit de statuten, voorzitter?' vroeg Erik.

Van Velsen gaf nog een woedende klap met de hamer op tafel en liep daarna briesend weg naar de bestuurskamer. Zijlstra en Bijl liepen er schoorvoetend achteraan. Fietje en het gloednieuwe bestuurslid Ahmed bleven achter de tafel zitten. Fietje keek verbaasd om zich heen, bij Ahmed speelde een klein lachje om zijn mond.

Tien minuten later kwam Harm, nog steeds woedend, de bestuurskamer weer uit en vertrok zonder een woord te zeggen naar zijn huisje.

Fietje bracht hem daar tien minuten later koffie en twee broodjes kaas. Toen ze kort daarna wat bleekjes terugkwam durfde niemand te vragen hoe het met haar man ging.

73

Klavertje Vier was na de afgebroken vergadering naar het huisje van Roos gegaan om de overwinning te vieren en te beraadslagen.

'Waarom heb je ons niks verteld, Erik? Drie van de vier Klavertjes Vier wisten niks van die volmachten.' Roos was blij en tegelijk een beetje beledigd.

'Ik heb ze pas gisteren opgehaald. Ik wilde jullie ermee verrassen.'

Erik vertelde dat hij een paar dagen geleden van de oude meneer Van Beek had gehoord dat Harm vele jaren geleden zelf voor de eerste keer als voorzitter gekozen was doordat zijn vader opeens met een pak volmachten kwam aanzetten.

‘Een koekje van eigen deeg dus,’ zei Erik, ‘want toen ben ik bij Sjoerd, bij de kluizenaar en bij mijn twee buren langsgegaan voor een volmacht. Met de volmacht van Van Beek zelf maakte dat vijf en dat was ruim voldoende.’

‘Laten we maar een flink stuk taart nemen op onze twee kersverse bestuursleden: Emma en Ahmed,’ riep Roos, ‘hiep, hiep, hoera!’

‘Dit is pas de eerste stap, hè,’ temperde Emma de feestvreugde, ‘we hebben nog een lange weg te gaan om deze tuinvereniging weer mensvriendelijk te maken.’

‘Benieuwd wat onze voorzitter nu gaat doen,’ zei Erik. ‘Ik stel voor voorlopig zelf niets te doen en af te wachten. Hij moet toch op enig moment een bestuursvergadering beleggen en jullie uitnodigen. En daarna moet er wéér een algemene jaarvergadering worden uitgeschreven.’

‘Goh Erik, je lijkt wel een spindoctor,’ lachte Ahmed, ‘glasnost en perestrojka voor Rust en Vreugd.’

Emma zat wel een beetje met Fietje in haar maag. ‘Dat arme mens komt wel heel erg tussen twee vuren te zitten: aan de ene kant die bullebak van een echtgenoot en aan de andere kant wij, de schatjes van de egelschuilplaatsclub. We moeten wel voorzichtig met haar zijn.’

Erik dacht dat het verstandig zou zijn in het begin vooral hun pijlen op Bert Zijlstra te richten. Die zat weliswaar flink onder de plak van Harm, maar het was een slapjanus die met stroop, complimentjes en wat morele druk misschien losgeweekt kon worden.

Het duurde niet lang of er ging een fles wijn open en niet veel later nog een. Naarmate de avond vorderde werden de plannen voor Rust en Vreugd woester en woester, maar de volgende ochtend kon niemand zich daar nog veel van herinneren.

74

'Tante Emma, ben je daar?' Boris stond in zijn Ajax-shirtje ongeduldig heen en weer te wippen bij het hekje van Emma's tuin.

'Tante Emma!' riep hij nogmaals, nu harder.

Emma stak haar hoofd om de hoek van de deur.

'Hé Boris, ben jij het?'

Dat vond Boris zichtbaar een domme vraag. Natuurlijk was hij het. Dat kon je toch zo zien.

'Moet het gras alweer gemaaid, tante Emma?'

'Je hebt het pas nog gemaaid, Boris. Dat gras doet zijn best maar zo hard kan het echt niet groeien.'

Boris keek teleurgesteld. Hij wees op de schep die tegen het muurtje stond.

'Moet ik iets scheppen dan?'

Emma schudde haar hoofd. Boris keek nog sipper. Emma dacht na.

'Kun jij al een hond uitlaten?' vroeg ze.

Boris knikte heel hard van ja.

'Heb je het al eens gedaan dan?'

Boris aarzelde en mompelde toen zachtjes: 'Best wel.'

'Je zit een piepklein beetje te jokken, hè?'
Boris knikte bijna onmerkbaar.
'Nou... een keer moet de eerste keer zijn. Toch?'
Hij begon van oor tot oor te stralen.
Samen gingen ze het huisje binnen en even later kwam eerst Wodan naar buiten met aan zijn riem Boris. Daarachter een tevreden Emma.
'Tot nu toe gaat het heel goed, Boris.'
Ze liepen het hekje door en stopten toen.
'Weet je wat rechts is?' vroeg Emma.
Dat wist hij niet.
Emma ging weer naar binnen en kwam terug met een viltstift. Ze zette een rode streep op Boris' rechterhand en legde daarna uit dat hij drie keer achter elkaar de eerste weg naar de kant van de hand met de streep moest nemen. 'Als Wodan even wil snuffelen mag dat, maar niet te lang, dan trek je hem even mee aan de riem. En als je weer hier terug bent gaan we limo drinken.' Boris knikte.
Daar vertrokken ze, Boris trots als een pauw. Wodan keek even om en liep toen kwispelend mee.
Vier minuten later waren ze alweer terug.
'Ik denk dat ik nog niet genoeg heb geoefend, tante. Ik denk dat ik nog een rondje moet.'
Daar was Emma het mee eens.
Drie rondjes later vonden hond, baasje en uitlater het mooi geweest. Tevreden zaten ze aan de limonade en Wodan dronk een half bakje water achter elkaar leeg.
'Je bent een geweldige hondenuitlater, zeg,' complimenteerde Emma haar kleine vriend.

Boris was het duidelijk met haar eens.

'Heeft-ie eigenlijk gepoept?' vroeg Emma zich opeens licht geschrokken af.

'Twee kleine drolletjes,' antwoordde Boris.

'Oei, en ik heb vergeten je een poepzakje mee te geven.'

Nou, dat probleem had Boris zelf opgelost. 'Ik heb ze onder de heg van een tuin geschopt. Je kon ze bijna niet meer zien.'

'Goed gedaan, vriend. Je krijgt een extra koekje. En help me onthouden dat ik je volgende keer een zakje meegeef.'

'Ik schop ze liever,' zei Boris terwijl hij met zijn ene schoen een streepje poep van zijn andere schoen af probeerde te vegen.

75

'Hoe dom denk je dat ik ben, Ger?' sprak Ahmed kalm maar gedecideerd.

Ger trok zijn schouders op. 'Het interesseert me geen reet hoe dom of slim je bent, het enige wat telt is dat ik heel toevallig zie dat deze tuinkabouter in jouw tuin staat. En dat het dezelfde tuinkabouter is die gisteravond uit mijn vaders tuin is gejat.'

'Dus jij denkt dat ik een tuinkabouter steel en hem daarna, voor iedereen zichtbaar, midden in mijn eigen tuin zet?'

‘Zo ziet het er wel uit, ja.’

‘Nou, dat is níét zo. Ik heb geen tuinkabouter gestolen maar iemand heeft die tuinkabouter vanmorgen vroeg in mijn tuin gezet. Ik haat tuinkabouters.’

‘En waarom zou iemand dat doen?’ vroeg Ger van Velsen met toegeknepen ogen.

‘Om mij zwart te maken. Trouwens... jij komt hier nooit en nu, héél toevallig, wandel jij om acht uur ’s morgens langs en ziet de kabouter van je vader in mijn tuin staan. Had je niet beter een paar uurtjes kunnen wachten? Of was je bang dat ik hem dan alweer teruggebracht zou hebben?’

‘Je kan hoog of laag springen, maar die gestolen kabouter staat in jouw tuin.’

Op het lawaai afgekomen, kwam Sjoerd over het pad aangelopen.

‘Wat is hier aan de hand?’

‘Ger beschuldigt mij van diefstal van een tuinkabouter van zijn vader,’ legde Ahmed uit.

‘Hij staat waar-ie staat, in jouw tuin, en daar hoort-ie niet,’ stelde Ger.

‘Iemand heeft hem daar neergezet, zeg ik toch. Ik heb een enorme hekel aan tuinkabouters.’

‘Ja, dat zeg je nu. Je moet gewoon met je poten van andermans spullen afblijven.’

Ahmed liep rood aan van woede. ‘Ik ben geen dief!’

Sjoerd kwam tussenbeide. ‘Ik kan zo kijken hoe het zit, Van Velsen.’

Ger boog zich dreigend naar Sjoerd. 'Volgens mij heb ik jou helemaal niks gevraagd, zatlap.'

Sjoerd deed een stapje naar achteren maar gaf geen krimp. 'Ik ben broodnuchter. En toevallig woon ik hier recht tegenover.'

'Ja, nou én?' brieste Ger.

'Nou én? Weet je wat nou én? Ik heb wel toevallig een camera boven mijn deur hangen. Misschien staat daar wel iemand op die langsloopt met een kabouter in zijn handen. Wat dacht je daarvan?'

Ger keek eerst ongelovig naar het huisje van Sjoerd, waar hij boven de deur inderdaad een camera zag hangen, en liep daarna rood aan. 'Dat mag helemaal niet, klojo, dat is tegen mijn privacy.'

'Maar het is vóór mijn privacy. Dat mensen niet zomaar dingen in mijn tuin kunnen zetten,' antwoordde Sjoerd.

'Bijvoorbeeld kabouters,' voegde Ahmed er droogjes aan toe.

'Camera's zijn verboden. Ik laat hem weghalen.'

'Bij de ingang hangt anders ook een camera,' bracht Ahmed ertegen in.

Ger werd nog roder. 'Dat is een algemene camera van het bestuur. Voor zo een als de jouwe moet je een vergunning hebben, dat staat in de statuten.'

'Volgens mij sta jij een beetje te jokken, Ger,' zei Ahmed poeslief, 'laten we maar eens kijken of er iets op te zien is.'

'Die camera is illigaal en mag niet gebruikt worden,' hield Ger vol.

Sjoerd nam het woord. 'Oké, Ger, ik weet het goedgemaakt. Je maakt je excuses aan Ahmed en neemt die kabouter mee, en dan laten we het daarbij.'

Ahmed keek verbaasd naar Sjoerd; zo kende hij hem niet.

Ger keek nogmaals naar de camera boven de deur, leek in te schatten wat die opgenomen zou kunnen hebben, pakte toen de kabouter en liep weg.

'Je excuses nog, Ger, anders gaan we toch even kijken,' herinnerde Sjoerd hem.

Ger mompelde zonder om te kijken 'sorry' en beende de tuin uit, onder zijn arm de vrolijk lachende tuinkabouter. Sjoerd en Ahmed keken hem na.

'En weet je wat het leukste is?' zei Sjoerd zacht.

Ahmed schudde van nee.

'Dat is een nepcameraatje van de bouwmarkt. Die kan helemaal niks opnemen.'

Ahmed keek eerst stomverbaasd en sloeg toen lachend zijn overbuurman op de schouder.

'Ik dacht al, wat ben jij opeens redelijk en meegaand geworden.'

76

Herman staarde de twee jehova's aan die ongevraagd zijn tuin waren binnengestapt.

'Geloof je in de Here Jezus, Herman?' vroeg Bart Goossens vriendelijk.

Herman haalde zijn schouders op. 'Ik weet daar niks van, van zulk soort dingen.'

'Jezus is er ook voor jou, hoor,' vulde Marianne aan.

Bart keek verstoord over zijn schouder naar zijn vrouw om aan te geven dat hij hier het woord voerde.

'Het zou fantastisch zijn als je de Here toe zou laten in je hart, maar daar komen we eigenlijk niet voor,' glimlachte Bart.

Herman lachte niet terug.

'Je begrijpt zeker wel dat het best belangrijk is om één dag in de week rust en stilte te hebben op de tuinen, namelijk de zondag,' vervolgde Bart.

Nou, dat begreep Herman eigenlijk helemaal niet. 'Hoezo dat?' vroeg hij. 'Het is toch al vaak genoeg stil op de tuin?'

'Maar het heet niet voor niets: zondag, rustdag, toch?' drong Bart aan.

'O ja?'

'Zondag, rustdag? Kwamen ze je dat vertellen?' vroeg Roos terwijl ze haar woede probeerde te verbergen.

Herman knikte. Hij had Roos zojuist verteld dat hij een repetitie had getekend.

'Die schijnheilige zieltjeswinners met hun eeuwige Here Jezus, daar moet je niet naar luisteren, Herman.'

Herman kromp een beetje in elkaar. Had hij iets verkeerd gedaan?

'Stuur ze de volgende keer maar meteen door naar mij.'

Herman knikte.

'En ga de volgende keer op zondag, dat is, eh... over twee dagen, maar alle heggen knippen met je elektrische heggenschaar.'

Herman knikte weer.

'Wil je thee met een gevulde koek?'

'Graag.' Herman keek meteen weer wat vrolijker.

Roos verdween in haar huisje om water op te zetten, ondertussen mopperend op de jehova's. 'Godsamme, altijd proberen ze het bij de types die ze het makkelijkst kunnen beïnvloeden. Die hele kerk zit vol zwakko's.'

Later op de middag ging Roos nog even langs bij de andere leden van Klavertje Vier. De poging van de jehova's om de tuinders elke zondag vierentwintig uur stilte op te leggen ter meerdere eer en glorie van één God, zat haar hoog. Ze wilde de anderen op het hart drukken dat dit initiatief koste wat kost gedwarsboomd moest worden.

'Ik vind twee minuten stil zijn op 4 mei soms al best wel lang,' zei Roos 'en dat is voor zestig miljoen doden.'

77

Ahmed was druk aan het wieden en Meyra snoeide een paar al te enthousiaste struiken.

Bij het hekje klonk een aanstellerig kuchje en beiden keken op.

Daar stonden Frija, Sef en de kleine Storm, die vast was begonnen over het hekje te klimmen.

'Mogen we even verder komen?' vroeg Sef.

Op dat moment verloor Storm zijn evenwicht en kukelde over het hekje de tuin in.

'Nou,' zei Ahmed, 'Storm is er geloof ik al.'

De kleine jongen was vijf seconden stil van verbazing en besloot het toen alsnog op een brullen te zetten. Zijn vader en moeder waren minutenlang zonder succes bezig hem weer tot bedaren te brengen, tot Meyra aan kwam lopen met een Turks koekje en dat zonder omwegen bij Storm in zijn mond stopte, die onmiddellijk stopte met huilen.

'Zo, de storm is gaan liggen,' zei ze tevreden.

Sef en Frija waren met stomheid geslagen over deze doortastende aanpak. Daar kon hun antroposofische benadering niet tegenop, moesten ze verongelijkt constateren.

'Onze aanpak: de zweep of de wortel, en dan bij voorkeur eerst de laatste,' lachte Ahmed. 'Zeg het eens, waaraan hebben we jullie bezoek te danken?'

Frija was het eerst bekomen van de consternatie.

'Nou kijk... Ahmed, omdat jij sinds kort in het bestuur van de vereniging zit willen we je iets vragen.'

'O.'

'Ja, het gaat om het volgende. Iedereen weet dat gif heel erg slecht is voor het milieu en nu is het zo dat sommige tuinders hier toch nog steeds Roundup gebruiken, terwijl dat verboden is en nu...'

'Is dat zo? Het ligt toch in de winkel?' zei Ahmed.

Storm pikte intussen een nieuw koekje van de schaal.

'Roundup is officieel verboden, hoor,' kwam Sef ertussen.

'Ik heb iets gelezen in de *Vroegop*, het officiële blad van de bond, dat er nieuwe Roundup is die veel minder kwaad kan,' weersprak Ahmed hem.

Meyra had haar telefoon erbij gepakt, en na een minuutje googelen zei ze: 'Het is inderdaad overal te koop, maar in de nieuwe toegestane Roundup zit geen glyfosaat meer.'

Frija en Sef vielen even stil. Ze hadden dit, te oordelen naar hun verbaasde blikken, niet verwacht van hun Turkse medetuinders.

'En dus?' vroeg Ahmed.

'Dus eh... dus vinden wij toch dat het bestuur dat giftige spul voor de zekerheid moet verbieden,' zei Frija.

'Ik zal het met het bestuur bespreken,' zegde Ahmed toe.

'Maar vind jij persoonlijk dan niet dat we geen gif moeten gebruiken?' vroeg Sef indringend.

'Ik vind dat we geen spullen moeten gebruiken die verboden zijn, maar ik ga niet iets verbieden dat niet verboden is,' antwoordde Ahmed. 'Wel kunnen we tuinders vragen na te denken over alternatieven voor Roundup. Misschien kunnen jullie daar op de vergadering wat voorlichting over geven?'

'Wel eerlijk zijn, natuurlijk,' voegde Meyra er vriendelijk glimlachend aan toe.

Storm was ondertussen met zijn vijfde koekje bezig.

'Het gaat vaak ook om de hoeveelheid die je gebruikt.

Eén koekje is bijvoorbeeld niet erg,' en Ahmed wees daarbij op de kleine jongen, 'maar een heel pak koekjes, daar krijgen we een hele zware Storm van.'

Zijn ouders konden niet lachen om deze kleine woordspeling.

Toen het gezin teleurgesteld weer vertrokken was, zei Meyra tegen haar man: 'Lief bestuurslid van me, bereid je maar voor op een hoop gezeur van allerlei tuinders op hun eigen stokpaardjes.'

'Dat hoort erbij, schat,' antwoordde Ahmed. 'Is er trouwens nog een koekje over of heeft die kleine huilebalk dat hele pak opgegeten?'

78

Boekhorst had er geen gras over laten groeien.

Drie dagen nadat Harm van Velsen hem had geïntroduceerd als veiligheidscoördinator, kreeg elk lid van Rust en Vreugd een uitnodiging tot het bijwonen van een voorlichtingsbijeenkomst in de kantine. Zaterdagmiddag 14.00 uur zou het optreden beginnen.

Roos en Emma waren niet bezorgd over hun veiligheid, maar wel nieuwsgierig, dus togen ze die zaterdag naar de kantine.

Het was druk. Minstens dertig mensen zaten al te wachten toen de twee vriendinnen naar binnen stapten. Roos keek rond.

'Zooo! Zijn er zo veel bange tuinders?' zei ze iets te hard. Hier en daar werd verstoord omgekeken.

Ze zochten een plaatsje achterin, om de zaal weer ongezien te kunnen verlaten als het al te saai werd. Klokslag 14.00 uur kwam Boekhorst vanuit de bestuurskamer de kantine binnengemarcheerd. Hij had zijn douanejasje aan met daarop een grote zilveren v gespeld en een paar medailles.

'Vast van de avondvierdaagse,' fluisterde Roos.

Boekhorst nam plaats achter een geïmproviseerd spreekgestoelte. Als een generaal keek hij de kantine rond.

'Goedemiddag, dames en heren, mijn naam is Jan Boekhorst. Ik ben sinds kort aangesteld door uw voorzitter, de heer Van Velsen, als coördinator veiligheid en winterbewoning.'

Hij knikte naar een hoekje van de kantine. Daar zat Harm. Die knikte terug.

'Ik moet zeggen dat ik erg geschrokken ben van wat ik hier aantrof,' ging Boekhorst verder. 'Namelijk niets. Ik trof niets aan om de veiligheid op dit tuincomplex te garanderen dan wel te verbeteren. Nochtans hebben zich in het verleden diverse veiligheidsincidenten voorgedaan die adequate maatregelen zouden billijken.'

Emma en Roos keken elkaar aan. 'Zijn we hier bij de ministerraad of zo? Of bij de cursus gewichtig doen,' vroeg Roos zacht. Emma schoot in de lach.

'Ik zie niet in waarom dit om te lachen is,' zei Boekhorst terwijl hij Emma strak aankeek.

Die stak verontschuldigend een hand op. 'Sorry.'

De volgende twintig minuten was Boekhorst aan het woord. Ter ondersteuning schreef hij nu en dan met een dikke rode viltstift iets op een flip-over.

Toen hij klaar was stonden er de volgende dreigende woorden op het papier:

Inbraakpreventie
Gecertificeerde sloten
Cameratoezicht
Buurtpreventie-app
Bezoekersregistratie
Nieuw hekwerk
Dagelijkse surveillance

Roos had tijdens de hele uiteenzetting van Boekhorst zitten wiebelen. Ze zat zich zichtbaar op te winden. Boekhorst was nog maar nauwelijks uitgesproken of Roos stond op.

'Beste man, volgens mij is er in de laatste vijf jaar twee keer ingebroken, zonder al te veel schade. Verder is er één keer een tuinkabouter aan de wandel gegaan en is één geleende kruiwagen niet op tijd teruggezet. En nu kom jij met maatregelen alsof we de Nederlandsche Bank moeten beveiligen. Ik vind het be-la-che-lijk.'

Boekhorst had gerekend op algemene instemming en applaus. Deze frontale aanval bracht hem even van zijn stuk. Hij keek naar de woedende Roos, daarna naar de rood aangelopen Van Velsen en weer terug naar Roos.

'Dat is uw perceptie, mevrouw. Ik zeg altijd: zonder veiligheid geen kwaliteit.'

'Ik heb me hier nog nooit één minuut onveilig gevoeld, meneer de veiligheidscoördinator, dus waar heb je het over?'

Boekhorst negeerde Roos en zonder haar nog aan te kijken gaf hij het woord aan een andere tuinder die zijn vinger had opgestoken.

'Wat gaat ons dat allemaal kosten?' klonk het angstig.

'Bescherming van mensen en eigendommen is natuurlijk geen luxe, maar noodzaak en daar hangt een prijskaartje aan. Maar niets uitzonderlijks.'

'Hoeveel is dat, niets uitzonderlijks? Concreet: hoeveel gaat het per tuinder kosten?'

'Dat heb ik niet precies paraat. Maar voor het hele complex schat ik de aanlegkosten tussen de tachtig- en honderdduizend euro.'

Er ging een golf van verontwaardiging door de zaal.

'Dus als ik het goed begrijp,' riep Roos heel hard, 'gaan we voor een ton maatregelen nemen om een mógelijke schade van een paar honderd euro te voorkomen. Die investering hebben we er dan over tweehonderd jaar uit.'

'Dat is bijna vijftienhonderd euro per huisje!' riep iemand geschrokken.

Iedereen begon opgewonden door elkaar te praten en te roepen tot Harm zijn veilige positie aan een zijtafeltje verliet en naast zijn oud-collega kwam staan.

'Stilte, stilte, iedereen!' brulde hij. 'Luister. Dit is een man die weet waar hij over praat. Hij is aangesteld door het bestuur en hij heeft alle diploma's beveiliging, dus als hij zegt dat er iets moet gebeuren, dan moet er iets gebeuren. De heer Boekhorst en ik gaan samen nog eens kijken naar het kostenplaatje, maar dat er iets moet gebeuren staat vast.'

Er brak opnieuw tumult los.

'Er staat helemaal niks vast, achterlijke pannenkoek!' gilde Roos boven het lawaai uit.

Een uur later was de rust weergekeerd.

Boekhorst en Van Velsen hadden zich zonder verder nog iets te zeggen verschanst in de bestuurskamer en de verontwaardigde leden van Rust en Vreugd bleven nog een tijdje nasputteren totdat de meesten zich weer naar hun tuin begaven.

Alleen Bart en Marianne Goossens hadden zich openlijk uitgesproken vóór de beveiligingsplannen.

Emma hoorde dat en kon het niet laten: 'Maar van jullie snap ik het helemaal niet. Jullie hebben Jezus toch om jullie spullen te bewaken? Of zijn vader?'

79

De leden van Klavertje Vier waren in vergadering bijeen in het huisje van Ahmed en Meyra. Erik had het woord gevraagd.

'Geacht genootschap, ik denk dat we er goed aan doen om met een charmeoffensief te beginnen om te laten zien dat we Rust en Vreugd leuker, vriendelijker en democratischer willen maken. Ondertussen is het natuurlijk ook ons doel om de Van Velsen-kliek uit te roken, maar dat schreeuwen we niet van de daken. Toch? Is iedereen het daarmee eens?'

Er werd instemmend geknikt.

'Dus... zijn er ideeën voor het charmeoffensief?'

Er viel een stilte waarin iedereen zichtbaar diep nadacht.

Emma was de eerste. 'Wat dachten jullie van een openhekjesdag voor onze leden? Dat eerst bijvoorbeeld op een zondag alle tuinen met een even nummer gasten van oneven tuinen op visite kunnen krijgen en een week later omgekeerd. Als je mee wilt doen, laat je je hekje openstaan.'

Dat vond iedereen een mooi plan.

'Nog meer ideeën?' vroeg Erik. 'Een wedstrijd?' opperde hij vervolgens zelf. 'Bijvoorbeeld wie de hoogste zonnebloem of de zwaarste pompoen kan kweken. Of geeft dat te veel competitie? De taartenwedstrijd was ook een groot succes.'

Ook dat voorstel werd aangenomen.

Roos hield haar hoofd een beetje scheef en stelde met guitige oogjes een wijnproeverij voor.

'Daar hoeven we niet over te stemmen zeker?' vroeg Ahmed. 'Ik neem voor die proeverij een mooie Turkse wijn mee.'

Op de plannenlijst kwamen ook nog een bomenwandeling en een ideeënbus in de kantine.

De workshop Airbee&bee van Emma haalde het niet.

'Dat was het voor nu?' vroeg Erik.

‘Mag ik ook iets voorstellen?’ vroeg Meyra schuchter.

‘Natuurlijk, natuurlijk.’

‘Wat dachten jullie van een groot verbroederingsdiner voor alle tuinders? Als het mooi weer is buiten en anders in de kantine. Iedereen kookt iets.’

‘Geweldig!’ vond Erik.

‘Heel leuk,’ zei Emma.

‘Alleen wel de gerechten een beetje verdelen om te voorkomen dat er bijvoorbeeld alleen maar vijftien toetjes zijn,’ vond Roos. ‘Of inschrijven op een lijst wat je wilt maken?’

‘En misschien moeten we het voor alle gendergevoelige tuinders een verbroederings- én verzusteringsdiner noemen?’ opperde Erik.

Roos stond op. ‘Opzouten, Erik, straks moeten alle LBHTUVW’ers, of hoe ze ook heten, nog een plekje krijgen in de naam. Dan past-ie niet meer op de uitnodiging.’

‘Pauze!’ riep Emma.

‘Goed idee. Misschien vast even wat ideeën opdoen voor de wijnproeverij?’ stelde Roos voor.

Een uurtje later ging het genootschap tevreden uit elkaar. Er lag een mooie lijst met verbindende plannen en het idee voor de wijnproeverij was al aardig uitgewerkt.

80

Harm van Velsen was die ochtend met de auto afgereisd naar een hondenfokker in Assen. In een kooi achter in de wagen zat Bennie. Harm had in zijn lijfblad *Onze Hond* gelezen dat eigenaren van een mastino napoletano hun hond, mits in het bezit van de juiste papieren, bij de fokker konden laten opnemen in het stamboomregister van raszuivere mastino's.

Harm wilde niets liever dan een mooie stamboom met foto van Bennie aan de muur. Voor dit 'stukje erkenning', zoals hij het noemde, wilde hij wel heen en weer naar Drenthe rijden en ook nog 85 euro voor de stamboom betalen.

Fietje had gevraagd of ze mee mocht.

Haar man had bot geweigerd. 'Nee, Fie, dit zijn mannenzaken.'

Mannenzaken, hoepel toch op, had ze willen zeggen, maar ze zweeg.

Toen Harm was vertrokken, had ze haar moed bij elkaar geraapt en was ze naar Erik gelopen.

Ze trof hem terwijl hij, met zijn neus in de begonia's en geraniums, zijn bloembakken inspecteerde op beestjes.

'Gelukkig, je bent thuis,' zei ze toen ze hem zag.

Erik keek op. 'Ha, Fietje, wat leuk dat je langskomt.'

Fie knikte, aarzelde even en slikte.

'Ik wilde je eigenlijk... iets vragen.'

Erik nodigde haar met een weids armgebaar zijn tuin in. 'Wil je een kopje koffie of thee bij de vraag?'

Even later bij een kopje thee kwam het hoge woord eruit. Of ze samen met Erik misschien een egelschuilplaats mocht aanleggen.

Erik was een moment verrast en maakte toen zijn excuses dat hij háár niet had uitgenodigd om dit te komen doen; hij had dat immers beloofd toen ze samen de cursus egelschuilplaats volgden. 'Maar als ik heel eerlijk ben: ik weet niet meer wat die egelmevrouw allemaal heeft verteld. Ik ben bang dat ik niet zo goed heb opgelet, dus ik durfde je eigenlijk niet te vragen.'

Dat was geen probleem, want Fie wist nog precies wat er gedaan moest worden.

'Kijk,' zei ze, en ze haalde uit haar tas de tekeningen die de egelexpert destijds had gemaakt, 'volgens mij is het niet heel moeilijk. Het belangrijkste wat we nodig hebben is een rommelhoekje.'

Daar had Erik er diverse van.

Het volgende uur waren ze druk in de weer met takken, bladeren, zand en aarde en toen lag er achter het schuurtje een mooi-rommelig bergje tuinafval met een overdekt gangetje ernaartoe.

'Als ik een egel was, dan wist ik het wel,' zei Erik terwijl hij met zijn handen in zijn zij het eindresultaat bewonderde, 'dan ging ik onmiddellijk hierheen verhuizen.'

Fietje straalde van geluk.

'Ik ben achteraf heel blij dat ik niet mee mocht met Harm.'

Erik keek haar vragend aan.

'Hij is met de hond naar de fokker en ik mocht niet mee omdat het mannenzaken waren. Egels zijn denk ik vrouwenzaken,' legde Fie uit. 'O nee, zo bedoel ik het niet, hoor,' voegde ze er verschrikt aan toe, 'jij bent natuurlijk ook een man, maar anders dan Harm. Aardiger vooral.'

'Is Harm niet aardig voor je?' kon Erik niet nalaten te vragen.

'Jawel hoor. Soms. Op zijn eigen manier.'

Het bleef even stil tot Fie verderging. 'Eigenlijk is hij bijna nooit aardig. Nooit, eigenlijk. Zijn vader was ook niet aardig. Misschien heeft-ie het nooit geleerd om aardig te zijn.' Fietje staarde in de verte.

Erik wist niets beters te doen dan te vragen of ze nog een kopje thee wilde. Dat wilde ze wel.

'Mooi is-ie, hè,' zei ze even later, nadat ze een tijdje zwijgend aan hun tweede kopje thee hadden gezeten.

'Wie?' vroeg Erik.

'Onze egelschuilplaats. Mag ik af en toe wat kattenvoer neerleggen om de egels te lokken?'

Erik knikte. 'Natuurlijk. Maar eten ze dat?'

Fietje bleek een kenner. Ze vertelde uitgebreid over wat egels eten en drinken en wat ze zoal bezighoudt in het egelleven. Erik luisterde geamuseerd.

'Oei, ik ben wel erg veel aan het praten,' zei ze toen opeens geschrokken, 'ik moet nodig weer naar huis. Dank je wel, Erik, dit was de leukste morgen sinds ik weet niet hoe lang. Heel lang dus.'

'Fie, ik vond het hartstikke leuk je op visite te hebben. Je mag altijd langskomen om onze egelvilla te inspecteren of eraan te werken of eten neer te leggen. Ook als ik niet thuis ben. Gewoon naar binnen lopen.'

Fietje werd helemaal verlegen van zo veel aandacht en vriendelijkheid.

81

Klavertje Vier had na lang aarzelen besloten toch nog een voorzichtige toenaderingspoging te wagen tot Harm van Velsen. Ahmed en Emma zouden bij de voorzitter langsgaan om te kijken of ze het eens konden worden over een datum, ergens in de komende weken, voor een bestuursvergadering in de nieuwe samenstelling.

'Ik moet je eerlijk bekennen dat ik er wel een beetje tegen opzie,' zei Emma, 'want weet je, Ahmed, ik zoek altijd naar het positieve in een mens, maar bij Harm van Velsen heb ik nog niks kunnen vinden. Maar ik zoek nog door, hoor, ook bij hem moet ergens iets goeds zitten.'

'Je bent misschien te optimistisch en te aardig,' opperde Ahmed.

'Dat moet ik zijn, van mezelf.'

'En dat siert je. Mij lukt het niet, in dit geval.'

'Dat is dan het enige minpuntje van jou. De rest is top.'

Ahmed lachte. 'Genoeg veren in eigen kont. Op naar de bullebak.'

Sinds kort was er om de tuin van Harm en Fietje een hoog hek geplaatst met daarin een nieuwe poort met een deur. Er was een bel met intercom en aan een paal hing een camera. Het was het werk van Jan Boekhorst, die met veel bombarie deze 'pilot veiligheid' had uitgevoerd bij zijn oud-collega van de douane.

Emma keek er met minachting naar. 'Alleen het prikkeldraad ontbreekt. Afschuwelijk ziet het eruit.'

'Een van onze eerste opdrachten is de nieuwe coördinator veiligheid er zo snel en onopvallend mogelijk weer uit te werken,' zei Ahmed fluisterend, alsof hij vermoedde dat er ook wel ergens microfoons in de toegangspoort verstopt waren.

Hij belde aan. Onmiddellijk klonk er een woest geblaf gevolgd door een gecommandeerd 'Af. Lig'.

'Hij is thuis. Oké, Emma, we gaan ervoor.'

Harm van Velsen kwam naar buiten en keek zijn bezoek nors aan.

'Wat komen jullie doen?'

'Goeiemiddag, Harm. We willen graag wat dingen met je bespreken,' zei Emma, en ze vervolgde, bij wijze van grapje: 'Zoals je wellicht weet zijn wij je nieuwe bestuursleden.'

'Vertel mij wat, Quaadvliegh.' Harm zag er de humor niet van in.

'Mogen we even binnenkomen?' vroeg Ahmed.

'Nou, als het niet hoeft, liever niet. Ik heb de hond binnen en die heeft het niet op buitenlanders.'

Ahmed aarzelde, opende zijn mond om iets te zeggen, maar zweeg uiteindelijk.

'En jij, Harm, heb jij het op buitenlanders?' vroeg Emma.

‘Dat hangt ervan af.’

‘Waarvan?’

‘Waar ze zijn. In het buitenland heb ik er geen problemen mee.’

Er viel een ijzige stilte, alleen verstoord door nieuw geblaf vanuit het huisje.

Emma en Ahmed keken elkaar aan.

Ahmed haalde diep adem en nam het woord.

‘Of je het nou wilt of niet, wij zijn door de leden gekozen in het bestuur waarvan jij de voorzitter bent. Dus je hebt met ons te maken. We zullen over een aantal zaken moeten overleggen. We kwamen eigenlijk om een afspraak te maken voor een bestuursvergadering en over de agendapunten voor die vergadering.’

‘Daarvoor moet je bij de secretaris zijn.’

‘Kom op, Harm, al zijn we het over een aantal dingen niet eens, we kunnen toch als volwassen mensen met elkaar omgaan?’ zei Emma.

‘O ja?’ brieste Harm. ‘Jullie zijn er alleen maar op uit om mij dwars te zitten, om mij weg te krijgen. Nou, ik kan jullie zeggen: dat gaat jullie niet lukken, godverdomme. Mijn opa was hier al de baas op de tuin, mijn vader was de baas en ik zit hier nu al achttien jaar en ik laat me niet door de eerste de beste Turk en het eerste het beste arrogante wijf wegjagen. Met jullie zogenaamde intellectuele praatjes en jullie vuile spelletjes.’

Emma en Ahmed waren stomverbaasd. Even dachten ze nog aan een grapje maar toen drong tot hen door in welk bitter gevecht ze waren beland.

Emma was het eerst bekomen van haar verbazing. 'Nou, Harm van Velsen, als er iemand hier alles van vuile spelletjes afweet dan...'

Ahmed pakte Emma even bij de schouder, keek haar aan en maande haar met een opgestoken hand tot zwijgen. Daarna draaide hij zich naar Harm.

'Meneer Van Velsen, u bent als voorzitter verplicht om, in overleg met de secretaris, een bestuursvergadering uit te schrijven. Doet u dat niet, dan heeft dat vermoedelijk consequenties voor uw aanblijven.'

Harm deed twee stappen naar voren. 'Ga jij mij nou een beetje lopen bedreigen?'

'Nee hoor. Ik wijs u alleen even op de taken van een voorzitter.'

'Ik laat me door jou niet wijzen. Door niemand niet.' Uit het huisje klonk nu onophoudelijk geblaf. 'Jullie nemen maar contact op met Zijlstra. Hij laat wel weten hoe het verdergaat.'

'Je bedoelt wanneer er een bestuursvergadering is?' vroeg Emma.

'Dat zien we dan wel. En nu wegwezen, of ik ga de hond naar buiten laten.'

Verbijsterd en vol ongeloof draaiden Emma en Ahmed zich om en liepen weg.

Pas iets later kwam de woede.

82

‘Ongelooflijk, wat een eikel, wat een enorme boer!’ Erik kon er niet over uit.

‘Ik vind dat je nog tamelijk vriendelijke scheldwoorden kiest, Erik,’ glimlachte Ahmed, ‘ikzelf vind *enayi* meer van toepassing.’

‘Ik denk dat ik niet wil weten wat dat betekent,’ lachte Erik terug.

‘Hij is om bang van te worden. Wat een agressie, wat een apengedrag. Zo erg had ik het niet verwacht,’ vervolgde Erik, nu serieus.

De twee medeleden van Klavertje Vier hadden met open mond het verslag van het bezoek van Emma en Ahmed aangehoord.

Roos wilde er het liefst onmiddellijk met de hark op af. Of, beter nog, met de elektrische heggenschaar. ‘Ik wist dat het een lul was, maar dat hij zo’n gr...’ Roos verslikte zich van woede en er volgde een enorme hoestbui.

Erik klopte haar op de rug. ‘Rustig, Roos, rustig, geweld lost niets op. Meestal niet tenminste. Het is zaak juist nu de rust te bewaren en een goede strategie uit te stippelen.’

De schrik zat er toch een beetje in. Wat begonnen was als een goedbedoelde poging om de sfeer op de tuin te verbeteren en de autoritaire Van Velsen-dynastie wat tegengas te geven, was zo langzamerhand ontaard in een oorlog.

Belangrijkste tegenstanders waren ongetwijfeld vader

en zoon Van Velsen, en van de gebroeders Bijl viel te verwachten dat ze onvoorwaardelijk de kant van de voorzitter zouden kiezen.

Zijlstra zou, schatte Erik in, zich zo lang mogelijk schuilhouden om zich daarna achter de winnaar op te stellen. Van de andere tuinders, met uitzondering van Sjoerd, Herman en meneer Van Beek, was moeilijk te voorspellen hoe ze zouden reageren.

'En dan die arme Fietje... Als ik dit geweten had...' zuchtte Emma. 'Ik weet niet of dit het allemaal wel waard is.'

'Wat zou Thomas gedaan hebben, Emma?' vroeg Roos.

Emma dacht na. Toen knikte ze langzaam. 'Je hebt gelijk, Roos, je moet niet wijken voor onrecht. We gaan de strijd aan. Met woorden en daden, maar zonder harken en scheppen.'

'Oké, dan laat ik die voorlopig nog even in het schuurtje. Maar als het echt niet anders kan...' grijnsde Roos.

'Misschien... als we hem een beetje in zijn waarde laten... draait hij nog wel bij,' sprak Emma hoopvol.

'Ik wil niet al te pessimistisch zijn, Em, maar ik denk dat de kans groter is dat hij wild om zich heen gaat slaan. Hou daar in ieder geval ook rekening mee,' zei Erik.

Emma knikte.

'Ik heb appeltaart gebakken, wie wil?' vroeg Roos.

Er gingen drie vingers omhoog.

83

Emma zat in de kantine en dronk een kopje thee. Naast haar zat Boris met een lolly in zijn mond. Voor hem op tafel lag een plasje cola.

'Je kunt niet tegelijk een slokje cola nemen én de lolly in je mond houden, Boris. Dan wordt het een kliederboel.' Boris knikte.

Hij had bij Emma het gras gemaaid en toen zij hem als beloning limonade en een koek wilde geven, was ze erachter gekomen dat de limonade op was. Toen waren ze, samen met Wodan, naar de kantine gewandeld voor een welverdiend drankje.

De deur van de kantine ging open. Cherrie stapte naar binnen en keek rond.

'O, dáár ben je, Boris Beer, ik zocht je. Mag ik er even bij komen zitten?'

'Natuurlijk,' zei Emma. 'Wil je wat drinken?'

'Nou, ik zou het liefst een hele fles sherry achteroverslaan, maar doe maar koffie.'

Emma stond op en liep naar de bar. 'Mag ik een kopje koffie, Fie, voor je schoondochter?'

Fietje kromp een beetje ineen en durfde Emma niet aan te kijken. Ze schonk de koffie in en schoof die zonder iets te zeggen naar Emma toe.

'Trek het je niet al te erg aan, lieve schat. Het komt allemaal weer goed,' zei Emma zacht tegen haar.

'Ik hoop het héél erg,' fluisterde Fie terug. Daarna draaide ze zich snel om en ging verder met poetsen.

Emma ging weer naast Boris zitten. Tegenover hen

aan tafel keek Cherrie een beetje onrustig om zich heen. 'Ik wil even met je praten, Emma.'

'Ik ben een en al oor.'

'Zonder deze grote vent hier.' Ze gaf een knikje richting Boris.

Emma dacht even na. 'Zeg, Boris, Wodan zit heel erg te wiebelen, ik denk dat hij even met jou een paar rondjes om de kantine wil wandelen.'

Boris had verder geen aanmoediging nodig. Hij sprong op en liep even later trots met de hond aan de riem de kantine uit.

Cherrie boog zich een beetje voorover naar Emma.

'Ik zit enorm met al dat gedoe in mijn maag, moet je weten.'

Emma knikte. 'Ik ook.'

'Mijn schoonvader is vaak niet te harden. Altijd de baas spelen en onaardig doen. Ik schaam me soms kapot.'

'Jij kan er niets aan doen, Cher, jij bent niet verantwoordelijk voor wat hij doet.'

'Maar het is wel mijn schoonvader. Die zoon van hem kan er trouwens ook wat van, maar die heb ik wel aardig onder controle. Als-ie te ver gaat kan-ie op de bank slapen. Die heeft na één nachtje alweer hangende pootjes. "Sorry schatje, ik bedoelde het niet zo", dat werk.'

Emma legde Cherrie geduldig uit dat ze het niemand kwalijk nam, behalve vader en zoon Van Velsen zelf.

'Ik, en nog een paar mensen, willen eigenlijk alleen maar wat meer rust en vreugd en wat minder dictatoriaal gedrag en minder regeltjes.'

Cherrie knikte.

'En ik vind het enig om af en toe Boris op visite te krijgen en jou als vriendin te hebben,' besloot Emma.

Cherrie knikte opnieuw en slaakte een diepe zucht. 'Weet je, Em, hij is wel een hartstikke leuke opa voor Boortje, hoor. Echt. Boris is gek op hem. Dan is het gewoon een andere man.'

'Dat vind ik leuk om te horen. In ieder mens zit iets goeds, zeg ik altijd.'

'Alleen in sommige mensen wel een beetje weinig.'

'Je koffie wordt koud.'

'Hoe laat is het? Kan ik met goed fatsoen al een sherry nemen?'

'Kwart over elf. Misschien nog even wachten?'

Ze moesten allebei lachen.

84

Emma kwam aangewandeld met Wodan toen ze een stukje verderop Sjoerd voor haar tuinhekje zag staan. Ze hoorde hem haar naam roepen, zag hem aarzelen en toen de tuin in gaan. Hij bonkte op de deur. 'Emma!'

'Ik ben niet thuis!' riep Emma hem van een afstandje toe. Sjoerd keek verbaasd om waar die stem vandaan kwam.

'O, je bent er niet. Of eigenlijk nu dus wel.'

'Wat is er zo urgent, Sjoerd?'

'Het hangt op het prikbord,' zei Sjoerd opgewonden.

'Wat hangt op het prikbord?'

‘Dat de ledenvergadering is afgelast.’

Samen liepen ze naar de kantine en daar was een handgeschreven aankondiging op het mededelingenbord geprikt: ‘De afgebroken ledenvergadering wordt tot nader order afgelast. Het bestuur.’

Daaronder stonden drie handtekeningen: die van Harm van Velsen, die van Bert Zijlstra en een onduidelijk krabbeltje waarin Emma, na enig puzzelen, ‘Fietje van Velsen’ meende te kunnen ontcijferen.

‘Nou! Is-ie nou helemaal! Dit kan echt niet.’

Boos draaide Emma zich om en beende weg. Ze ging zo snel mogelijk Roos, Ahmed en Erik op de hoogte stellen.

Sjoerd liep nog een stukje hijgend achter haar aan maar gaf het toen op. Bezorgd keek hij haar na.

Een uur later stonden Ahmed en Emma voor de gesloten poort van de tuin van de voorzitter. Ahmed belde aan. Er klonk geblaf. De deur ging open en Harm kwam naar buiten met zijn hond, die woest aan zijn riem trok. Hij stopte een paar meter van het hek. ‘Wat moeten jullie?’

‘Er hangt op het mededelingenbord een brief van het bestuur dat de algemene ledenvergadering voor onbepaalde tijd is uitgesteld,’ zei Ahmed.

‘Ja, en?’

‘Het is toch heel vreemd dat twee leden van dat bestuur daar niets van weten,’ vervolgde Ahmed.

‘Wie er wat weet maakt niks uit. Er staan drie handtekeningen onder. Dat is dus een meerderheid.’

‘Maar Harm,’ probeerde Emma, ‘wij zijn gekozen

door de leden van Rust en Vreugd. Je kunt ons niet gewoon maar niks vertellen en je eigen gang gaan.'

'Ik heb de steun van Bert en Fie. Dat is genoeg voor een meerderheid. Ik heb geen nieuwkomers nodig.'

'Je begrijpt toch wel dat je zo geen vereniging kunt besturen?' vroeg Emma met ingehouden woede.

'Mijn familie bestuurt deze vereniging al meer dan vijftig jaar en dat is al die tijd goed gegaan. Tot jullie clubje hier de boel kwam verzieken.'

Ahmed bleef ogenschijnlijk kalm. 'Nee, meneer Van Velsen, wij proberen een positieve bijdrage te leveren. Wij willen deze vereniging nog vriendelijker en toegankelijker maken. En democratischer. Dus als u uw eigen bestuursleden op deze manier buitensluit, gaan we kijken wat de leden hiervan vinden.'

'Je gaat je gang maar. Ik ben de voorzitter en de meerderheid van het bestuur heeft dit besloten.'

'Ik wil niet dreigen, maar als u voet bij stuk houdt en ons en de leden blijft negeren, zullen we ons genoodzaakt zien naar de rechter te stappen.'

'Je doet maar.'

'Harm,' probeerde Emma, 'luister nou eens, dit gaat alleen maar...'

'Ik luister helemaal niet. Niet naar jou en ook niet naar hem.' Harms vinger priemde naar Ahmed. 'Het gaat al jaren prima hier, zonder jullie. Pas sinds jullie met je clubje hier van alles bekonkelen is er gedoe. Het beste zou zijn als jullie gewoon vertrekken. Ga lekker ergens anders de boel verzieken. En nou weg bij dat hek, want ik moet erdoor en anders sta ik niet in voor mijn hond.'

Emma en Ahmed keken elkaar verbijsterd aan, draaiden zich om en liepen weg.

Even legde Ahmed zijn arm om Emma's schouder.

'Ongelooflijk, on-ge-lo-fe-lijk,' mompelde ze.

85

Ze zaten zwijgend en verslagen om de tafel: Erik, Emma, Ahmed en Roos.

'Wat een ellende. Ik word hier toch wel heel moedeloos van,' verzuchtte Erik.

Niemand reageerde.

Toen stond Roos plotseling op en gaf met haar vlakke hand een harde klap op de tafel.

'Godverdomme!' Het kwam uit haar tenen. 'Wij gaan ons hier níét bij neerleggen. Over mijn lijk!' Ze keek het kringetje rond. 'Dame en heren van Klavertje Vier, nu komt het erop aan. Nu gaan wij laten zien wat we waard zijn. Al moet ik hem persoonlijk met zijn kop in de stront van die klotehond van hem duwen, wij laten ons niet kleinkrijgen.'

Na een moment van verbazing barstten de steunbetuigingen los.

'Mooi gesproken. Woorden naar mijn hart.'

'Je hebt gelijk, Roos.'

'Helemaal mee eens.'

Roos stond te stralen. 'Kan ik nu weer gaan zitten?'

Na anderhalf uur overleggen lag uiteindelijk weer hetzelfde strijdplan op tafel. Het belangrijkste onderdeel was om Harm voorlopig in zijn sop gaar te laten koken. Volkomen negeren.

Dat was weinig werk. Het moeilijkste was hun woede en ergernis in bedwang houden.

Punt twee vereiste meer inspanning: werk gaan maken van dat charmeoffensief. Dus dat betekende: leuke dingen organiseren.

Op het programma stonden voor de komende drie weken de twee openhekjesdagen en de grote verbroederingsmaaltijd.

'Het gaat om het positief verbinden van de tuinders,' zei Roos.

'Wat zeg je nou toch, Roos?' grinnikte Emma. 'Zo veel zachtheid opeens. Waar komt dat vandaan? Heb je een spoedcursus empathie gevolgd?'

Roos keek bedenkelijk. 'Inderdaad, wat zeg ik nu toch? Nou ja, als het mislukt met dat positief verbinden, kan ik Van Velsen altijd nog met zijn kop in de hondenstront duwen. Toch?'

Punt drie op het te-doen-lijstje: een bezoek brengen aan Zijlstra om te kijken of ze hem voorzichtig konden losweken van Van Velsen.

Punt vier: lief zijn voor Fietje en haar verder met rust laten. Ze mocht niet in grote loyaliteitsproblemen worden gebracht.

86

Charles zat tegenover Emma en Ahmed aan tafel in het huisje van Ahmed. Hij had zichzelf uitgenodigd 'om eens te komen praten'. Emma en Ahmed zaten niet bepaald te wachten op Charles, maar ze vonden dat ze als bestuursleden open moesten staan voor elk lid van Rust en Vreugd.

Charles roerde langzaam in zijn thee en knikte ernstig bij elke zin van het verslag dat Ahmed deed van de laatste ontmoeting met de voorzitter van de vereniging.

Toen Ahmed uitgesproken was, nam Charles eerst overdreven bedachtzaam een slokje thee. 'Ik denk dat we allemaal een beetje emotioneel gehandeld hebben en dat het goed is om pas op de plaats te maken,' zei hij toen op een domineestoon.

'Emotioneel gehandeld? Wij?' vroeg Emma verbaasd.

'Nou ja, indirect. Boosheid helpt ons niet verder.'

'Charles, we worden als oud vuil behandeld. En dan onderdrijf ik nog. Dus mogen we alsjeblieft een beetje boos zijn.'

'We moeten proberen iedereen in zijn waarde te laten. Ik heb gisteren eens rustig na zitten denken en wil mezelf graag als bemiddelaar aanbieden.'

'Zo... en hoe ga je dat aanpakken?' vroeg Ahmed.

'Welnu... ik wil eerst beide kanten van het verhaal aanhoren. En dan inventariseren waar de misverstanden zitten. En vervolgens ruimte creëren om die naar wederzijdse tevredenheid op te lossen. In een stukje gezamenlijkheid. Met als hoger doel rust en vreugd op Rust en Vreugd. Ik zeg altijd: voor elkaar en met elkaar kom je verder.'

Emma en Ahmed keken elkaar aan. Hadden ze dit nou goed gehoord?

Emma haalde diep adem.

'Sorry dat ik het zeg, Charles, maar ik geloof dat jij niet helemaal snapt hoe onze voorzitter in elkaar zit. Ik stel voor dat je eerst maar eens met hem gaat praten. Dan horen we daarna graag hoe het zit met "voor elkaar en met elkaar".' Ze had rustig gesproken, maar haar ogen spuwden vuur.

'Dus jullie vinden het goed dat ik als bemiddelaar ga optreden?'

'Dat heb ik niet gezegd, Charles. Ik heb je aangeraden eerst met Van Velsen te gaan praten over "voor elkaar en met elkaar".'

'Ja, als intermediair dus.'

'Je mag het noemen zoals je wilt.'

'Dan noem ik het intermediair.'

'Misschien wel handig om het woord eerst uit te leggen aan onze voorzitter,' raadde Ahmed hem aan en hij hield daarna de deur voor Charles open. Die begreep dat hij daardoor moest vertrekken.

Emma en Ahmed keken hem na.

'Godallemachtig, heb je alles gehad, krijg je deze slappe zelfingenomen kwast, dit zachtgekookte ei, er ook nog gratis bij,' zuchtte Ahmed.

Emma schoot in een lach die wel een minuut duurde. Ahmed keek haar met grote ogen aan, waardoor Emma nog harder moest lachen.

Toen ze weer kon praten complimenteerde ze Ahmed met zijn kennis van de meest keurige Nederlandse scheldwoorden. Toen moest Ahmed ook grinniken.

Emma gaf hem een high five.

'Wat er ook gebeurt, we blijven lachen, Ahmed.'

'We zijn wel in een hele rare film terechtgekomen, Emma.'

87

Herman had de leden van Klavertje Vier de afgelopen weken al meerdere keren gevraagd of ze bij hem taart wilden komen eten.

'Ik krijg zo vaak van jullie taart en alles, dus ik wil jullie ook een keer trakteren. Wanneer kunnen jullie nou eindelijk eens?' had hij bijna gesmeekt.

Na de zoveelste uitnodiging hadden Emma, Roos, Erik en Ahmed hun zondagmiddag vrijgehouden en togen naar de tuin van Herman. Speciale gast was Meyra. Die mocht van de gastheer alleen komen als ze beloofde geen baklava mee te nemen.

'Niet dat dat niet lekker is hoor, nee hoor, het is juist heel lekker, maar ik wil nu alles zelf doen,' had Herman verklaard.

Erik kwam rond één uur als eerste en moest buiten op een bankje gaan zitten. Daarna arriveerden Ahmed en Meyra en ook zij moesten buiten wachten. Pas toen Emma en Roos er waren, deed Herman de deur van zijn huisje open en nodigde zijn gasten uit binnen te treden.

Het was een keurig huisje. De muren waren volgehangen met schilderijtjes. Naast heel veel schilderwerkjes met honden, poezen en paarden, waren het zigeunermeisje en het jongetje met de traan in verschillende versies te bewonderen.

In het midden van de huiskamer stond een grote eettafel vol met plastic schalen met eten: verschillende soorten taart, bonbons, koekjes, kaas, worst, appels en bananen, gebakken vis, drop, zoute haring, aardbeien met slagroom, worstenbroodjes en petitfourtjes. Op het aanrecht van het keukentje stonden rode wijn, witte wijn, appelsap, jus d'orange, koffie, thee, advocaat met slagroom, water, jenever, bier en cola.

De gasten vielen even stil bij de aanblik.

'Tjee, Herman, denk je dat er genoeg is voor iedereen? Dit krijg ik makkelijk in mijn eentje op,' zei Roos als eerste. Herman schrok. Had hij zo zijn best gedaan.

'Nee hoor, schat,' zei Emma, 'let maar niet op die pestkop. Het ziet er werkelijk fantastisch uit.'

Herman ontspande en hij begon bordjes en glazen uit te delen.

'Het is zelfbediening, dat betekent dat iedereen zelf moet pakken wat-ie lekker vindt,' legde hij uit en vervolgens schepte hij ieders bordje vol en vulde de glazen.

'Heb je ook stoelen, Herman?'

Oei, daar had de gastheer niet aan gedacht. Hij had maar twee stoelen.

Ahmed en Erik gingen bij Emma en Roos vier stoelen halen.

Een stoel bleef leeg, want Herman weigerde te gaan zitten. Hij liep rond, deelde onophoudelijk nieuwe hapjes uit en schonk de glazen vol.

'Sorry, het was heerlijk maar ik kan echt niet meer, Herman,' zei Meyra na een uurtje.

Ook de andere gasten worstelden met hun derde of vierde bordje eten, terwijl de schalen op tafel nog voor meer dan de helft gevuld waren.

Herman keek teleurgesteld. 'Hebben jullie nu al genoeg?'

'Het was heel lekker, echt waar,' zuchtte Roos, 'maar wel een béétje veel.'

'Heb je zelf wel gegeten, Herman?' vroeg Erik.

Nee, helemaal vergeten, daar had hij het veel te druk voor gehad.

'Terwijl wij natafelen met een glaasje wijn of iets anders, kun jij intussen de schade inhalen,' stelde Erik voor en hij opende nog een fles.

'Schade?' Herman keek onnozel.

'Kun jij intussen lekker eten.'

Toen er ten slotte om vier uur afscheid werd genomen, mocht niemand van de gastheer weg zonder een plastic tasje met overgebleven eten mee naar huis te nemen. In iedere tas had Herman een willekeurig assortiment etenswaren gestopt: taart, vis, drop, kaas, alles door elkaar. Niemand had de puf om tegen te stribbelen.

Het regende complimenten voor Herman, die met een vuurrood hoofd van opwinding volmaakt gelukkig stond te wezen.

Erik was een beetje aangeschoten en sloeg Herman keer op keer enthousiast op de schouder. 'Geweldig, man. In één woord geweldig.'

Meyra en Ahmed nodigden iedereen, en Herman in het bijzonder, uit om binnenkort Turks bij hen te komen eten.

Emma en Roos keken elkaar tevreden aan.

'Leuk hè, het leven op de tuin,' zei Roos tegen haar vriendin.

'Heerlijk.'

Emma was de laatste die wegging.

Herman keek haar bij het afscheid een beetje bezorgd aan. 'Ik hoop wel dat ik Turks lust.'

Emma stelde hem gerust. 'Geen zorgen hoor, het is heel lekker en anders eet je gewoon alleen het toetje.'

Herman schudde haar lang en stevig de hand: 'Heel erg bedankt voor alles, Em.'

'Nee, ik moet jou juist bedanken, voor al het lekkers.'

Daar wilde Herman niets van weten. 'Jij heb al zo veel voor mij gedaan. Ik doe alles terug.'

'Alles is een beetje veel, schat.'

Herman bezwoer dat hij voor haar door het vuur zou gaan.

88

Het was inmiddels een paar weken na de tweede mislukte jaarvergadering. Op Rust en Vreugd heerste ogenschijnlijk kalmte en tevredenheid. Iedereen hield zich gedeisd.

Emma was net begonnen aan haar zevende boek sinds haar komst op het tuincomplex. In de hoek van haar huisje stonden nog drie stapels te lezen boeken, een stuk of vijftig in getal, opgespaard in al die jaren dat ze er te weinig aan toekwam. Buiten waaide het te hard om rustig te lezen dus zat ze binnen in haar luie stoel, een pot thee binnen handbereik.

Af en toe ontsnapte haar een tevreden zuchtje.

Ze keek op. Wodan stond piepend voor de deur.

'Wat is er, wil je naar buiten?'

Ze opende de deur en de hond schoot kwispelend de tuin in.

Zijn baasje keek hem na, op zoek naar de aanleiding van zo veel enthousiasme. Daar hing Boris met een been en een arm over het hekje, het andere been zwaaiend in het luchtledige.

Wodan likte hem aan zijn hand.

'Ik zit vast, tante Emma,' piepte Boris terwijl hij met zijn hand de hondentong op afstand probeerde te houden.

Emma moest lachen en liet hem even spartelen.

Cherrie kwam op haar gemak over het paadje aangelopen en schoot ook in de lach.

Toen ze uitgelachen waren bevrijdden de dames het

mannetje uit zijn benarde positie. Boris keek beteuterd naar de scheur in zijn broek.

'Dat maakt oma wel, Boortje, die vindt dat alleen maar leuk om te doen.'

Even later zaten ze alle drie aan de ranja met een sprits.

Na de koetjes en kalfjes viel er een stilte.

'Eigenlijk ben ik een beetje mijn eigen huisje ontvlucht. De muren kwamen op me af,' zei Cherrie toen.

Boris keek verbaasd. Hij had niets vreemds opgemerkt over de muren.

'Wat is er met de muren, mama?'

'Niks jochie. Ze staan er nog.'

Daarna richtte ze zich tot Emma. 'Zou Wodan een rondje met Boris willen wandelen, denk je?'

Emma dacht van wel en even later vertrok Boris met een uitgelaten Wodan aan de riem.

Emma ging weer tegenover Cherrie aan tafel zitten, schonk op haar gemak twee kopjes thee in en keek haar vriendin aan.

'Vertel.'

'We praten nou al twee dagen niet meer tegen elkaar, Ger en ik, dus ik moest er even uit. Even tegen iemand aankletsen.'

'Natuurlijk, schat. Zwijgen is soms helemaal geen goud. Jullie hebben dus ruzie.'

'Weet je, Ger is heus geen beroerde vent, maar hij hobbelt nog steeds als een klein kind achter zijn vader aan. Hem alleen kan ik wel aan, maar samen met zijn ouweheer zijn het twee koppige ezels. En maar zeuren over dat het vroeger beter was.'

‘Misschien draait het wel bij,’ probeerde Emma.

‘Die ouwe draait écht niet bij, die draait liever iemand zijn nek om.’

Er klonk gekef. De dames keken op. In de deuropening stond Boris met een frons op zijn voorhoofd.

‘Shit,’ schrok Cherrie, ‘ben je er alweer? Sta je daar al lang, mannetje van me?’

Boris schudde zijn hoofd. ‘Eventjes maar.’

Emma en Cherrie keken elkaar aan.

‘De hondenuitlater heeft wel een extra glaasje ranja verdiend, toch?’ probeerde Emma voor afleiding te zorgen.

Boris antwoordde niet en keek naar zijn tenen.

‘Hij is een heel lieve opa, opa Harm,’ zei hij toen. ‘We hebben vandaag nog een speurtocht samen gedaan. Ik heb een schat gevonden met een kaart.’

‘O, wat leuk. Wat was de schat?’

‘Een kistje met geld.’

‘Wow. En had opa die schatkaart gegeven?’

‘Die had hij speciaal voor mij gevonden. Lief hè?’

Zijn moeder knikte.

‘Het was chocoladegeld. Dat hebben we samen opgegeten. En daarna hebben we mens-erger-je-niet gedaan en toen werd hij heel boos als ik hem eraf gooide maar dat was net alsof. Dan moesten we samen keihard lachen.’

‘Jij hebt een top-opa, Boris,’ zei Emma.

Het was even stil.

‘Opa draait toch niet echt iemand zijn nek eraf?’ vroeg Boris toen bedremmeld.

Cherrie moest slikken.
'Nee hoor, dat was een grapje,' zei ze toen en ze aaide hem over zijn krullen.

89

Aanstaande zondag is het zover: de allereerste Open Hekjesmiddag!

Als eerste aan de beurt: de even nummers. Iedereen met een tuin met een even nummer die mee wil doen aan de Open Hekjesmiddag zet zondagmiddag om 13.00 uur zijn tuinhekje wijd open.
Dat betekent: iedereen is hartelijk welkom om mijn tuin te bezoeken.
Stel je aan elkaar voor als je elkaar nog niet kent, kijk vrijuit rond, maak een praatje.
Je mag niet blijven plakken! Na ongeveer een kwartier moet de bezoeker weer vertrekken.
Als ook de deur van het huisje openstaat, mag je ook daar even rondkijken.
En wanneer je geen zin meer hebt in bezoek, doe je gewoon het tuinhekje dicht.

We zijn erg benieuwd.

Hartelijke groet, Roos (tuin 32), Erik (tuin 63), Ahmed en Meyra (tuin 15) en Emma (tuin 25)

'Zo, volgens mijn administratie heeft iedereen nu een flyer gekregen,' zei Erik tevreden, 'dus nu is het afwachten: wordt het een succes of niet?'

'Ik ben er gewoon een beetje zenuwachtig van,' meldde Emma.

'Stel je niet aan, meid,' vond Roos. 'In het ergste geval, als er nergens een hekje openstaat, kom je gewoon naar mijn tuin, dat hek staat altijd voor je open. Lullen we niet over maximaal een kwartier en maken we er een gezellige middag van.'

90

Meneer Van Beek was een man met een missie. Een langzame man, weliswaar, maar toch. Hij was een hele dag onderweg geweest om alle leden van Klavertje Vier een hart onder de riem te steken.

De kiezelpaadjes van Rust en Vreugd leenden zich niet voor lange voetreizen met een rollator, maar Van Beek had dapper volgehouden, ondanks het feit dat zijn gemiddelde snelheid de twee kilometer per uur niet haalde.

Eerst had hij Roos bezocht, vervolgens Emma, Ahmed en Erik. Tussendoor was hij twee uur terug naar zijn eigen tuinhuisje gegaan om een door de dokter voorgeschreven middagslaapje te houden.

Vier keer had hij met schorre en beverige stem een lofzang gezongen op Klavertje Vier.

'Ik wil je graag persoonlijk komen vertellen hoe goed ik jullie initiatieven vind om weer échte rust en échte vreugd te brengen op ons park. Ik ben jullie zo dankbaar dat ik dit nog mag meemaken. Ik zou graag lid willen worden van het Klavertje Vier-genootschap, maar dan zou de naam niet meer kloppen. En ik ben ook een beetje te oud om nog een nuttige bijdrage te kunnen leveren.'

Iedereen had met klem tegengesproken dat hij te oud was en dat had hem doen glimmen van tevredenheid.

Vier keer had meneer Van Beek een kopje thee gedronken, met een koekje erbij.

Roos had later tegen Emma gezegd: 'Alleen al om die lieve ouwe Van Beek weer zo gelukkig te zien, alleen dat al is het gedoe waard. Ik kreeg gewoon een brok in mijn keel. Zelfs van dat trillen. Hij bibberde minstens de helft van zijn thee eroverheen en ik vond het alleen maar schattig.'

'Bij mij zei hij bij het weggaan: "Niet opgeven hoor, Emma." En dat heb ik plechtig beloofd.'

'Van Beek lijkt een beetje op Hendrik Groen in die televisieserie over dat bejaardenhuis,' vond Roos.

91

Emma lag met een griepje thuis in bed en omdat enige haast geboden was, had Roos zich als vervangster aangemeld voor het bezoek aan Bert Zijlstra, de penningmeester. Daarmee ging flink wat tact verloren, maar daar kwam recht-voor-zijn-raap directheid voor in de plaats. Emma was van de fluwelen handschoenen, Roos van het gestrekte been.

Aan Ahmed de taak Roos voor al te grof verbaal geweld te behoeden.

De opdracht van de twee onderhandelaars was om secretaris Bert Zijlstra uit het kamp van voorzitter Harm van Velsen los te weken om zich te voegen bij de twee nieuwe bestuursleden, Emma en Ahmed. Dan had Klavertje Vier een meerderheid in het bestuur van Rust en Vreugd en kon Fietje met rust gelaten worden.

'Je houdt je in hè, Roos,' waarschuwde Ahmed bij het betreden van de tuin van de secretaris.

'Jahaaa,' bromde Roos. 'Volluk!' riep ze vervolgens heel hard.

Inge Zijlstra stak haar hoofd om de deur.

'O, zijn jullie het.'

'Dag, Inge, is Bert thuis?' vroeg Ahmed.

'Eh... ja. Ik zal even vragen of hij tijd heeft.'

'Nou, doe geen moeite, we zijn zo weer weg,' zei Roos en ze stapte langs Inge heen het huisje in. Ze zag Bert nog net aan de eettafel gaan zitten en een paar ordners neerleggen.

'Sorry, ik wil niet onbeleefd zijn maar ik zit midden in allerlei secretariële werkzaamheden. Kunnen jullie misschien over een paar dagen terugkomen? Als het wat rustiger is?' Bert keek er ongemakkelijk bij.

'Beste Bert, luister jij eens even goed...' stak Roos subtiel van wal, maar Ahmed hief zijn hand op en keek haar even doordringend aan. Daarna richtte hij zich tot Bert.

'We komen alleen even een cadeautje brengen, Bert, en daarna laten we je weer alleen met alle tijdrovende administratie die een grote vereniging met zich meebrengt. We mogen blij zijn dat er nog mensen zijn die bereid zijn hun vrije tijd op te offeren voor het algemeen belang.'

'Jazeker, kom daar tegenwoordig nog maar eens om,' sloot Inge zich daarbij aan.

'Mensen als Bert moet je met een lantaarntje zoeken. Ze zijn goud waard,' deed Ahmed er nog een schepje bovenop.

Roos keek Ahmed stomverbaasd aan en wilde net gaan protesteren, maar Ahmed kneep haar stevig in haar arm. 'En Roos is het roerend met me eens, toch?'

Roos knikte, maar haar kaken maakten een wonderlijke beweging.

'O ja, Roos valt even in voor Emma. Die ligt met griep in bed en laat weten dat ze enorm uitziet naar de samenwerking met jou, Bert.'

'Willen jullie misschien koffie of thee?' vroeg Inge, die zichtbaar ingenomen was met alle positieve woorden over haar man.

'Nou, graag,' zei Ahmed, 'ik wil wel een kopje thee, als het niet te veel moeite is.'

'Doe mij maar hele sterke koffie,' zei Roos toen ze zichzelf had herpakt.

Ahmed maakte zijn tas open, haalde er een mooi ingepakt pakje uit en gaf het aan Bert. Die was nog niet helemaal gerustgesteld en keek zijn gasten enigszins argwanend aan.

Even later hield hij een boek omhoog: *Besturen is een kunst. Alles over Corporate Governance.*

Hij bedankte Ahmed en Roos omstandig.

'Ik heb er zelf veel aan gehad,' zei Ahmed, 'en hoewel jij natuurlijk een ervaren bestuurder bent, wordt een vereniging in dit boek vanuit een aantal interessante invalshoeken benaderd.'

'Ik heb er ook veel aan gehad,' loog Roos zonder blikken of blozen, die werkelijk geen flauw idee had wat corporate governance was.

Zijlstra keek Roos verbaasd aan.

Ahmed greep snel in.

'We wilden graag eens overleggen over het verschil van inzicht tussen de nieuwe bestuursleden en de oude wat betreft de datum voor een nieuwe algemene ledenvergadering. Hoe sta jij daarin, Bert?'

De secretaris was meteen weer op zijn hoede.

'Nou eh... volgens mij is er niet zo veel haast bij,' mompelde hij.

'Wij zouden toch graag op niet al te lange termijn een vergadering uitschrijven. Hebben de leden daar geen recht op?'

'Harm wil liever wat meer tijd.'

'Wat staat daarover in het reglement?'

'Dat zou ik na moeten kijken.'

'Dat hebben wij al gedaan,' kwam Roos ertussen. 'Als een vergadering verdaagd is, moet er binnen vijf weken een nieuwe uitgeschreven worden. Dus dat is nu, eh...' ze deed alsof ze rekende, 'binnen tien dagen.'

Zijlstra schrok.

'O, is dat zo? Daar heeft Harm het niet over gehad.'

'Misschien was Harm wat eh... overwerkt.'

'Hij zei dat hij geen zin had in...' Bert viel stil.

'Geen zin in wat?' vroeg Ahmed en hij gebaarde intussen naar Roos dat ze zich gedeisd moest houden.

'Geen zin in... Dat weet ik niet precies meer.'

'Maar intussen zitten we toch met die termijn van tien dagen.' Ahmed keek zorgelijk.

'Misschien is het een idee om Harm wat te ontlasten? Wij kunnen met zijn drieën de vergadering uitschrijven en het voorbereidende werk doen. Dan kan Harm zich concentreren op zijn taken als voorzitter.'

Zijlstra begon nattigheid te voelen.

'Ik, eh... ik moet dat toch even met hem overleggen.'

'Dat is verstandig, Bert,' knikte Ahmed, 'en denk je ook even aan het feit dat de secretaris verantwoordelijk is voor het naleven van het reglement? Je weet dat de bestuurders hier hoofdelijk aansprakelijk zijn? Ik neem toch aan dat jullie daarvoor een verzekering hebben afgesloten, anders zijn de risico's voor een bestuurder van een vereniging als deze veel te groot.'

Het zweet brak Zijlstra uit. 'Ik moet even naar de wc,' mompelde hij en weg was hij.

Ahmed en Roos keken elkaar veelbetekenend aan.

'Hoe zit dat precies met die hove... eh, met die aansprakelijkheid?' klonk opeens de benauwde stem van Inge.

'Dat betekent dat als een bestuurder evidente fouten maakt, hij of zij dan zelf de eventuele schade moet vergoeden. Maar zo'n vaart loopt het waarschijnlijk niet, hoor. Wij zullen het niet zover laten komen.'

Er werd in een ongemakkelijke stilte gewacht op de terugkomst van de secretaris. Het duurde lang. Ahmed dronk met kleine slokjes zijn thee.

Na een kleine tien minuten klonk het doortrekken van de wc. Bert kwam bleekjes tevoorschijn.

Ahmed besloot het ijzer te smeden nu het heet was. 'Misschien is het beter dat je toch iets nauwer met Emma en met mij samenwerkt in het nieuwe bestuur. Niets ten nadele van meneer Van Velsen, maar hij is een beetje van de oude stempel en misschien soms wat eh... hoe zal ik het zeggen? Nou ja... niet altijd even precies volgens de regels. Dan kunnen wij met zijn drieën hem behoeden voor misstappen die best grote persoonlijke gevolgen kunnen hebben. En dat willen we niet, zeker ook met het oog op Fietje. Toch?'

Bert zat als een dood vogeltje op zijn stoel. Hij knikte vaag.

'Jullie moeten nu maar eens gaan, dat lijkt me beter,' ontzette Inge haar man.

'Denk er nog even rustig over na, hoe we dat het beste samen kunnen aanpakken. Dan kom ik morgenmiddag nog even langs, is dat goed?' vroeg Ahmed.

'Morgenmiddag kunnen we niet,' zei Inge.

'Morgenochtend misschien?'

'Kunnen we ook niet, we kunnen de hele dag niet.'

'Overmorgen dan?'

‘We laten het nog wel weten.’ Bert had zijn stem hervonden. ‘Binnenkort.’

‘Denk je wel nog even aan die tien dagen?’ vroeg Roos vriendelijk bij het weggaan.

‘Het was fijn je gesproken te hebben, Bert. Dat geeft vertrouwen. En dank voor de thee, Inge. Tot snel.’ Ahmed zwaaide ten afscheid en liet Roos galant voorgaan door het tuinhekje.

Bert en Inge Zijlstra bleven in vertwijfeling achter.

92

Emma was nog flink snotterig maar had genoeg van thuis in bed liggen. Met een dubbele dosis paracetamol en een familieverpakking papieren zakdoekjes moest het wel te doen zijn en kon ze naar haar volkstuin. In de afgelopen maanden was ze erg gehecht geraakt aan haar kleine houten huisje tussen de struiken en de bloemen. In haar gewone huis miste ze haar theepotten, de kabouter die stond te vissen in de vijver en nooit iets ving, maar vooral haar vrienden en vriendinnen van Rust en Vreugd. Haar vijanden nam ze op de koop toe. Je kunt niet alles hebben in het leven.

Emma keek bij aankomst haar tuin rond.

Tijdens haar weekje afwezigheid waren het gras en het onkruid hard doorgegroeid, constateerde ze zorgelijk. Ze hield erg van haar tuin maar nog steeds niet van tuinieren.

'Ik ben nu te verkouden voor zware lichamelijke arbeid,' verontschuldigde ze zichzelf hardop, 'ik kan beter een kopje thee gaan drinken in de kantine.'

Ze nam zich voor later die dag bij Herman langs te gaan om hem in te huren voor het schoffelwerk en ze hoopte Boris ergens te treffen om hem te vragen samen het gras te maaien.

Even later stapte ze de kantine binnen. Ze keek rond op zoek naar bekenden. Dat viel een beetje tegen, het was stil. Misschien was het te mooi weer om binnen te zitten. In een hoekje zaten alleen Bart en Marianne Goossens. Daar had Emma even geen trek in. Als je daar een praatje mee ging maken, zat je binnen vijf zinnen weer bij de Here Jezus op schoot.

Ze stak kort haar hand naar ze op en moest de neiging onderdrukken om een zegenend gebaar te maken.

Ze besloot voor de verandering eens aan de bar te gaan zitten bij Fietje, die zoals altijd aan het poetsen was.

'Ha, Fie, hoe is het ermee?'

'Dag, Emma, ben je weer beter?'

'Nou, nog niet helemaal, maar ik kon het thuis niet meer uithouden. Ik miste mijn tuinhuisje, denk ik. En jou ook.'

'Echt?'

'Ja, echt.'

Fietje moest een beetje blozen. Ze werd niet vaak gemist.

Emma bestelde een kopje thee en bood Fie er ook een aan.

Fietje was verguld: samen met haar nieuwe vriendin aan de bar van 'haar' kantine.

'Zullen we er een gevulde koek bij nemen?' stelde ze voor, op een toon alsof ze aanbood samen een lijntje coke te snuiven.

'Ja, goed idee.'

De dames babbelden een tijdje gezellig over koetjes en kalfjes, waarbij Fie vanuit haar ooghoek voortdurend de deur van de kantine in de gaten hield.

'Verwacht je Harm?' vroeg Emma op zeker moment.

'Misschien komt hij nog langs. Je weet het nooit. Ik niet tenminste.'

'Is hij nog erg boos, Fie?'

Fie aarzelde. 'Als je het niet erg vindt, wil ik het er liever niet over hebben,' zei ze zachtjes.

'Snap ik helemaal.'

Het was even stil.

'Maar hij is inderdaad nog steeds boos.'

'Op mij?'

'Ook. Hij is bijna altijd boos. Op jou, op Roos, op Sjoerd, zelfs op de hond, terwijl hij gek is op de hond.'

'En op jou?'

Fie boog zich naar Emma toe.

'Hij was boos omdat ik zei dat ik geen geld meer wilde voor het wassen van de handdoeken en theedoeken. Daar moet ik elke maand veertig euro voor uit de kas halen. En ik doe ze gewoon bij mijn eigen was, dus het is helemaal geen extra werk.' Ze zuchtte. 'Het is niet makkelijk als je het nooit oneens mag zijn met iemand. Vooral als het je man is.'

Emma dacht aan haar Thomas. Als zij en haar man het soms oneens waren geweest, hadden ze daar vooral veel plezier aan ontleend. Ze legde haar hand op die van Fie.

'Maak je maar niet al te druk om die brombeer van je.'

'Dat probeer ik wel, maar het lukt niet. Het is toch je man, hè.'

93

'Wat zeg je? Afgetreden?' Roos keek stomverbaasd.

Emma knikte. 'Er hangt een handgeschreven briefje op het mededelingenbord waarin Bert Zijlstra meedeelt dat hij met onmiddellijke ingang zijn functie als secretaris neerlegt. Om persoonlijke redenen.'

'Om persoonlijke redenen? Ja, mijn kont. Hij schijt in zijn broek voor die persoonlijke aansprakelijkheid. Wat een zakkenwasser! Wat een schijtlijster.' Roos spuugde de scheldwoorden eruit.

'Ik denk zomaar dat dat komt door jullie bezoek,' zei Emma met een vals lachje.

'Dat weet ik wel zeker. Godverdegodver. Daar zijn we mooi klaar mee.'

'Nee, Roos, denk nou eens na. Het is juist gunstig dat hij opstapt.'

'Hoezo?'

Emma rekende haar vriendin voor dat Klavertje Vier

nu twee van de vier bestuurszetels in handen had en dat als ze Fietje zover konden krijgen zich af en toe op een beslissend moment van stemming te onthouden of zich, als ze daar te bang voor was, ziek te melden, dat ze dan een meerderheid hadden.

'Dan hoeft Fie in ieder geval niet tegen haar man te stemmen,' besloot ze. 'Maar iets anders, Roos: hoe kom je eigenlijk bij die hoofdelijke aansprakelijkheid?'

Het bleef even verdacht stil.

'Nou?'

'Oké, oké, dat moeten we nog even nakijken, of dat echt zo is. Het leek Ahmed wel een handig argument om Zijlstra onder druk te zetten. En misschien is hij ook wel hoofdelijk aansprakelijk. Hij protesteerde tenslotte niet en hij is secretaris. Hij moet het weten.'

'Dus dat staat helemaal niet in het reglement of de statuten?'

'Weet ik veel, ik heb dat niet allemaal doorgelezen. En het heeft gewerkt, want hij is opgestapt.'

'Roosje, Roosje. Foei!' Emma kon een grijns niet onderdrukken.

94

'Nou, daar hebben we wel héél kort van kunnen genieten,' foeterde Roos een dag later. 'Dus die klojo is gewoon weer aangetreden.'

Erik was bij haar langsgekomen en had haar op zijn

telefoon de foto laten zien die hij had gemaakt van de nieuwe handgeschreven brief van Zijlstra die nu op het mededelingenbord zat geprikt. Die van gisteren was weggehaald.

Geachte leden,

Gisteren heb ik de leden van Rust en Vreugd gemeld dat ik mijn werkzaamheden als secretaris zou neerleggen, maar dat was prematuur. Na diverse dringende verzoeken om aan te blijven heb ik besloten mijn persoonlijke overwegingen terzijde te schuiven en mijn verantwoordelijkheid te blijven nemen voor de vereniging en aan te blijven als secretaris van het bestuur.

Met hartelijke groene groet,

Bert Zijlstra, secretaris

Roos hapte naar adem van verontwaardiging en er ontsnapte haar een nieuwe reeks scheldwoorden.

Erik was bedachtzamer. 'Ik denk dat Harm gisteren meteen na die eerste brief bij hem langs is gegaan om hem onder druk te zetten. Het kan haast niet anders dan dat hij hem min of meer gedwongen heeft om aan te blijven.'

'Ik ga nú naar hem toe,' tierde Roos en ze ging onmiddellijk op pad.

Erik probeerde haar nog tegen te houden, maar tevergeefs. Even later kon hij haar van grote afstand horen vloeken en schelden.

'Doe dan open als je durft, labbekak. Ik moet héél dringend iets op je hoofd kapotslaan.'

95

De eerste openhekjesdag was een groot succes geweest: de mensen met een tuin met een even nummer waren massaal op visite gegaan bij de oneven tuinen. Er was zelfs hier en daar valsgespeeld met de nummers om maar bij iemand op visite te kunnen.

Het was soms de vraag of de tuinders elkáár beter wilden leren kennen, wat de opzet van de dag was, of dat ze vooral nieuwsgierig waren naar hoe het huisje van de ander er vanbinnen uitzag.

Het was ook niet overal een succes geweest: Herman was al na twee bezoekers overprikkeld geraakt en had snel zijn hekje weer dichtgedaan, en voor de zekerheid de gordijnen ook.

Maar over het algemeen waren de cijfers heel positief: Roos had tien mensen op bezoek gehad, Ahmed en Meyra hadden zes buurtuinen bezocht, Emma acht en Erik zelfs twaalf. Het organiserend comité zat na afloop dan ook tevreden bij elkaar.

'Ik had niet verwacht dat het zo goed zou lopen,' zei Erik, 'ik heb een aantal mensen echt beter leren kennen. Vooral leuke mensen.'

'Heeft iemand Harm eigenlijk ergens gezien?' vroeg Ahmed.

'Nee, gelukkig niet!' riep Roos iets te hard. 'Fietje is wel even bij mij op visite geweest, maar Harm heb ik niet gezien en die klotehond van hem ook niet.'

'Beetje aardig zijn, Roos,' vond Emma. 'Ik vind het jammer dat hij zich niet heeft laten zien. Ik ben nog wel even langs zijn tuin gelopen, maar daar was geen teken van leven. Zelfs geen geblaf. En Bert? Heeft iemand hem gezien?'

Niemand had Bert of zijn vrouw gezien.

'Die zitten vast ondergedoken,' dacht Meyra.

96

Charles had Ahmed en Emma in zijn huisje uitgenodigd voor de koffie.

'En ik wil graag iets van importantie met jullie bespreken,' had hij er op samenzweerderstoon aan toegevoegd.

Emma had Ahmed opgehaald en met lichte tegenzin waren ze samen naar de tuin van Charles gewandeld. Onderweg hadden ze zich afgevraagd wat Charles te vertellen zou hebben.

Na de gebruikelijke complimenten van de visite voor zijn tuin en huisje, en het serveren van de koffie, kuchte Charles gemaakt.

'Ik heb jullie eigenlijk gevraagd te komen omdat ik

benaderd ben door een aantal vooraanstaande tuinders met de vraag of ik een bemiddelingspoging wil doen om uit de huidige impasse in de bestuurscrisis bij Rust en Vreugd te geraken.'

Charles had de openingszin goed ingestudeerd.

'Ik dacht dat we je duidelijk hadden gemaakt dat we niet op een intermediair zaten te wachten, Charles,' zei Ahmed.

'Vooraanstaande tuinders hebben je gevraagd, zeg je,' zei Emma bedachtzaam. 'Zijn er dan ook achteraanstaande tuinders?'

'Eh, nee, eh... dat is meer bij wijze van spreken.'

'O, gelukkig, want alle tuinders zijn hier toch gelijk, nietwaar?' vroeg Ahmed nog even door.

'Zeker, zeker,' haastte Charles zich te zeggen.

'En wie zijn precies de vooraanstaande tuinders waar jij het over hebt?' informeerde Emma.

'Het zijn mensen die zeer begaan zijn met onze vereniging.'

'Maar zijn wij dat niet allemaal, Charles? Voor de draad ermee, door wie ben je gevraagd?' hield Emma aan.

'Het zijn mensen die zich actief inzetten, dat zeker,' ging Charles een beetje onzekerder verder.

'Mooi, maar hebben ze ook een naam?'

'Het zijn de gebroeders Bijl.'

'Alleen de Bijlen?'

'En Boekhorst, de coördinator veiligheid.'

'Verder niemand?'

Charles leek het warmer en warmer te krijgen.

'Alleen nog Ger van Velsen.'

Emma en Ahmed keken elkaar aan.

'Goh,' zei de laatste, 'ik kan me vergissen, Charles, maar, eh... zijn dat niet alle vier goede vrienden van onze voorzitter?'

'Hm... dat zou kunnen, maar het gaat nu even niet om de poppetjes, hè. Het gaat om het grote geheel, het algemeen belang,' zei Charles gewichtig.

'En wat stel jij als bemiddelaar voor, Charles?' vroeg Emma.

'Het lijkt ons het be-' begon Charles.

'Ons?' zeiden Emma en Ahmed precies tegelijk.

'Mij, het lijkt mij het beste om allereerst de gemoederen te laten bedaren en daarna in alle rust de voorwaarden te creëren voor constructief overleg.'

'En hoe wil je dat doen? Wat is concreet je voorstel?' vroeg Ahmed.

'Het voorstel is om eerst even terug te keren naar de situatie van vóór de escalatie.' Charles begon steeds meer te zweten.

'Zal ik even een raampje opendoen voor je?' vroeg Emma zoetsappig en ze voegde de daad bij het woord.

'De situatie van voor de escalatie,' vroeg Ahmed, 'wat bedoel je daar precies mee?'

Charles keek weg van zijn gasten. 'Dat we tijdelijk teruggaan naar het bestuur in de oude samenstelling. Om jullie even in de luwte te houden. Om de scherpe kantjes eraf te halen.'

'Ja ja,' knikte Emma. Ze liet een stilte vallen.

Ze zwegen alle drie een tijdje en daarna vroeg Emma: ‘En dat leek jou wel een goede oplossing?’

‘Nou, ik denk dat het een eerste stap kan zijn.’

‘En het feit dat wij door de leden van Rust en Vreugd in het bestuur gekozen zijn, dat negeren we voor het gemak maar even?’

‘Zo zou ik het niet willen benoemen.’

Emma en Ahmed knikten allebei bedachtzaam en keken elkaar daarna aan.

Emma maakte een gebaar van ‘ga je gang’ naar Ahmed en die nam het woord.

‘Charles, ik moet je eerlijk zeggen: dit is het allerslechtste bemiddelingsvoorstel dat ik ooit heb gehoord. Dit is meer een vraag om onvoorwaardelijke overgave. Wij zijn gekozen bestuursleden en hebben dus een mandaat van de leden van onze vereniging. Daarnaast is er een voorzitter die geen bestuursvergadering uitschrijft en weigert met zijn medebestuursleden te overleggen, waarmee hij alle normen van goed bestuur en fatsoen schendt. Dus zouden wij, Emma en ik, graag een alternatief bemiddelingsvoorstel willen doen, namelijk dat Harm van Velsen onmiddellijk aftreedt als voorzitter. Zou je dit aan Harm en aan je vooraanstaande vrienden willen meedelen?’

Charles trok wit weg.

‘Of moet ik het even voor je opschrijven, beste bemiddelaar?’ voegde Ahmed er nog aan toe.

‘Dit is weinig constructief,’ hakkelde Charles.

‘Dag, Charles,’ zei Emma en ze draaide zich om en vertrok.

'Dag, Charles, het was me een genoegen,' zei Ahmed zonder een spier te vertrekken en hij liep Emma achterna.

97

Ahmed en Emma hadden Klavertje Vier bijgepraat en nadat Roos uitgetierd was, hadden ze zich vrolijk gemaakt over de klunzigheid van Charles.

'Dacht die pannenkoek nou echt dat jullie zijn voorstel zomaar zouden accepteren?' vroeg Roos zich hardop af.

'We weten nu in ieder geval in welk kamp Charles zich bevindt,' constateerde Erik.

'Nou, die boterkoek van een Charles mag bij Harm in zijn reet kruipen,' vond Roos.

'Wat heb je toch met koeken, Roos? En wat stop je die op rare plaatsen,' lachte Emma.

Daarna hadden ze geproost op de goede afloop van de strijd tegen Van Velsen en Co.

Het was in de dagen na het 'bemiddelingsgesprek' met Charles opvallend rustig gebleven.

Stilte voor de storm, had Emma nog gedacht en toen ze op een middag, vier dagen later, in de verte Ger van Velsen en Steef Bijl richting haar tuin zag komen, voelde ze dat ze gelijk zou krijgen.

'Emma Quaadvliegh, we komen je een aangetekende brief brengen,' viel Ger met de deur in huis.

'Goedemiddag heren, wat staan de gezichten strak, terwijl het zo'n prachtige dag is. Zou een kopje thee helpen wat te ontspannen?' Emma had zich voorgenomen zich niet op de kast te laten jagen.

'Nee, dank je. We komen een aangetekende brief brengen,' echode Steef. 'Wil je hier even tekenen?' Hij hield haar een blanco papier voor.

Emma negeerde hem.

'Aangetekend, toe maar. Werken jullie bij PostNL tegenwoordig? En nog wel met zijn tweeën. Gewichtig hoor.'

Emma pakte de brief aan en bekeek de envelop nauwkeurig.

'Dit is helemaal geen officieel poststuk. Van wie komt dit?'

'Van het bestuur,' bromde Ger van Velsen.

'Van mezelf dus.'

'Nou, dat had je gedacht. Daar gaat deze brief over. Dus wil je even tekenen?'

'Beste Ger, ik teken nooit zomaar iets.'

Ger en Steef keken elkaar vragend aan.

'Dan niet,' hakte Ger de knoop door. 'Goeiedag verder.'

Beide heren draaiden zich om en vertrokken.

Emma keek ze na, bestudeerde nogmaals de envelop, scheurde hem open en haalde er een A4'tje uit.

Ze vouwde het open en las:

Betreft: illegale bewoning

Geachte mevrouw Quaadvliegh,

Het vorige bestuur van tuindersvereniging Rust en Vreugd heeft geconstateerd dat uw inschrijving d.d. 12 april 2008 ongeldig is.
Deze inschrijving is namelijk alleen ondertekend door de heer T.W. Verbrugge en staat derhalve op zijn naam.
Aangezien tuinhuisjes alleen op naam van de daadwerkelijke bewoner kunnen staan, heeft het vorige bestuur besloten u met onmiddellijke ingang te royeren als lid.
Daarmee komt ook uw huidige bestuursfunctie te vervallen.
U hebt tot 1 september de tijd om het huisje te ontruimen en het park te verlaten.
U dient de sleutels van het toegangshek af te geven in de kantine.
Na uw vertrek wordt het aankoopbedrag van het huisje, minus 65 euro administratiekosten, teruggestort op uw rekening.

Hoogachtend,

H. van Velsen
voorzitter

B. Zijlstra
secretaris

Emma's mond viel open van ontzetting.

Ze vouwde de brief langzaam dicht en een furieuze woede nam bezit van haar.

Een paar minuten later stond ze voor het huisje van Harm van Velsen en drukte driftig op de bel. Er klonk geen geblaf en er ging geen deur open.

Hier viel geen woede te koelen, dus ze zette er de pas in naar de tuin van Bert Zijlstra. Daar aangekomen stapte ze zonder aarzelen de tuin in en sloeg met haar vlakke hand op de deur. 'Zijlstra, ben je daar?'

Er kwam geen antwoord.

Emma voelde aan de deur: op slot.

Ze dacht even na en liep daarna op een drafje naar de kantine. Ze stapte naar binnen en keek rond: een paar tuinders aan twee tafeltjes, maar geen Bert Zijlstra en geen Harm van Velsen.

'Dag, Emma,' klonk het verlegen. Achter de bar stond Fietje glazen te poetsen.

Emma aarzelde.

'Weet je waar je man is, Fie?'

'Die zit thuis. Hij is niet lekker.'

'Er deed anders niemand open.'

'Nee, ik bedoel thuis thuis. Niet op de tuin dus. Hoezo?'

'Ik heb hem dringend nodig.'

'Toch niet iets ergs of zo?'

Emma aarzelde.

'Ja, wel iets ergs. Je man probeert me van de tuin af te krijgen.'

Fietje bevroor in haar poetshouding.

Heel zacht zei ze: 'Nee, nee, nee.'

'Sorry, Fie, jij kan er niets aan doen. Het geeft niet. Wij blijven vriendinnen.'

Emma draaide zich om en liep de kantine uit.

Fietje stond doodstil achter de bar, een kopje in haar ene hand, haar andere hand voor haar mond, de theedoek in het sop gevallen, starend naar de deur.

Zo zag ontreddering eruit.

Buiten stond Emma stil en dacht even na. Vervolgens beende ze naar het huisje van Ger en Cherrie van Velsen.

98

Emma deed geen moeite om te vragen of ze verder mocht komen. Ze opende het tuinhekje, liep regelrecht naar het huis van Ger van Velsen, gaf twee klappen op de deur en stapte naar binnen. De heer des huizes zat in zijn hemd aan tafel en at een boterham met hagelslag.

'Dit is werkelijk godgeklaagd!' beet Emma Ger toe, en ze zwaaide met de brief.

Die veegde de kruimels van zijn mond. 'O, is dat zo?' zei hij langzaam.

'Als jullie dit doorzetten... dit is zo schandalig.'

'Regels zijn regels, mevrouw. En bovendien moet je niet bij mij zijn maar bij het bestuur.'

'Daar kom ik net vandaan,' brieste Emma. 'Je vader is niet thuis en Zijlstra ook niet.'

'Jammer dan voor je.'

'Zeg maar tegen je vader dat hij mij hier nog met geen tien paarden weg krijgt. Wat denkt hij wel.'

'Wat denkt wie wel?' Cherrie stond in de deuropening en keek verbaasd.

'Emma wou net weer gaan,' zei haar man.

'Wat is hier aan de hand, Ger?' sprak Cherrie dreigend.

'Niks, zeg ik toch.'

'Je man en je schoonvader proberen me van de tuin af te krijgen.'

Het vrolijke gezicht van Cherrie ging meteen op stand onweer. Haar ogen werden spleetjes en ze keek afwisselend naar Emma en naar haar man.

Ze stond nog steeds in de deuropening en draaide zich half om naar haar zoon, die met zijn crossfietsje achter haar stond. 'Boris, grote vent van mama, ga jij eens even naar oma in de kantine om een lekker ijsje te halen. Zeg maar tegen oma dat het van mama mag. Je weet de weg naar de kantine wel, toch?'

Ja, natuurlijk wist Boris de weg. Hij was al vertrokken.

'Oké,' zei Cherrie, en ze snoof diep en richtte zich tot haar echtgenoot. 'Klopt het dat jullie Emma van de tuin proberen te krijgen?'

'Ik heb geen zin om dat nu met jou te bespreken. Dit is iets van het bestuur.'

'Jij zit helemaal niet in dat bestuur, Ger, dus wat lul je nou.'

'Het bestuur had mij alleen gevraagd om een brief naar haar te brengen.'

'Sinds wanneer ben jij postbode? En wat stond er in die brief?'

'Weet ik veel.'

Cherrie keek haar man alleen maar strak aan.

'Het zijn jouw zaken niet, Cher, jij moet je hier helemaal niet mee bemoeien.'

'Dat maak ik zelf wel uit, Ger van Velsen.'

Intussen had Emma de brief opengevouwen en ze gaf hem aan Cherrie. 'Hier, lees maar.'

Ger leek even te overwegen de brief af te pakken, maar in plaats daarvan liep hij vloekend het huisje uit.

'Hier heb ik godverdomme effe helemáál geen zin in.'

Met een knal gooide hij het tuinhekje bijna uit zijn scharnieren. 'Takkewijf,' hoorden ze hem nog zeggen.

Cherrie keurde haar man geen blik meer waardig en begon hardop de brief te lezen. Ze sprak elk woord zachtjes voor zichzelf uit. Daarna vouwde ze de brief weer netjes dicht en gaf hem terug aan Emma.

'Ik schaam me kapot, Em.'

99

Erik keek somber.

'Ik wil je niet bang maken, Emma, maar het zou kunnen dat ze strikt genomen gelijk hebben. Dat het huisje niet op jouw naam kan staan vanwege het ontbreken van jouw handtekening.'

'Ik weet het niet, ik heb daar geen verstand van,' moest Emma bekennen.

Roos had, als altijd, een bijzondere oplossing voor het probleem: 'Of het officieel wel of niet kan interesseert me geen ruk. Laat ik het zo zeggen: ik laat een vrachtauto met stront in de tuin van Ger van Velsen storten als dit doorgaat.'

Iedereen moest lachen, maar daarna stonden de gezichten weer somber.

Ahmed stelde voor een advocaat in de arm te nemen.

Het huilen stond Emma nader dan het lachen. 'Het is toch verschrikkelijk dat we advocaten nodig hebben. Het gaat hier om volkstuintjes. Bloemetjes en plantjes. Rust en vreugd. En wat krijgen we? Ellende en gedoe. Haat en nijd.'

Ahmed sloeg een arm om haar heen.

'Het is niet onze schuld, Emma. Al onze goede bedoelingen worden met de grond gelijk gemaakt. Door een stelletje alfa-apen die de baas willen spelen. We kunnen nu niet opgeven. Daar zouden we ons leven lang spijt van hebben.'

'Misschien heb je gelijk,' knikte Emma, 'maar dat maakt me niet minder verdrietig.'

'Luister eens goed, schat,' zei Roos en ze ging vlak voor Emma staan, 'kijk eens om je heen hier. Wij zijn een ijzersterk kwartet. Wij gaan dit niet verliezen! Wij gaan hier nog minstens tien jaar lang en gelukkig leven, hoor je me? Wij gaan die hufters van Van Velsen en die slapzak van een Zijlstra met hun blote reet door de brandnetels rollen tot ze om hun moeder roepen. Ja?' Roos pakte Emma bij de schouders. 'Ja?'

Emma moest lachen. 'Ja. Natuurlijk ja! En die broertjes Bijl rollen we ook door de brandnetels. Hoe halen ze het in hun hoofd, stelletje hufters.'

'Zo, dat is dan geregeld. Ik heb al maanden een fles champagne staan voor speciale gelegenheden. Ik stel voor dat we daarmee nu vast de overwinning vieren!' schreeuwde Roos. 'Lang leve ons!'

Erik vroeg bedeesd of een perentaart misschien lekker zou smaken bij champagne. Als antwoord ging er een gejuich op.

100

'Èèèèm, ben je thuis?' Voor het hekje stond Cherrie in de stromende regen. Naast haar zat Boris in een glimmend elektrisch brandweerautootje. De regen kletterde op zijn brandweerhelm.

Emma stak haar hoofd om de deur van haar huisje. 'O, zijn jullie het. Kom vlug binnen.'

Cherrie ging voor, en achter haar botste Boris tegen het paaltje van het hekje.

Geïrriteerd draaide zijn moeder zich om.

'Let nou eens op waar je stuurt, Boris. Dit is verdomme al de derde botsing.'

'Hij ziet bijna niks, Cher, want zijn helm zit voor zijn ogen,' vergoelijkte Emma en ze hielp de kleine jongen om zonder brokken over het tuinpad naar het huisje te rijden.

'Mag-ie binnen staan, tante Emma?'

'Natuurlijk, zo'n mooie auto hoort in de garage.'

Samen tilden ze het autootje over de drempel.

'Hij is wel supermooi, Boris. Heb je die van papa gekregen?'

'Nee, van opa. Hij was keiduur. Lief hè? Dit wou ik het allergraagste hebben en ik ben geeneens jarig.'

Cherrie rolde met haar ogen.

'Opa Harm is echt mijn superopa,' straalde Boris.

'Nou, zeg dat wel,' beaamde Emma.

'Hij heeft hem gisteren rijles gegeven, die ouwe,' zuchtte Cherrie. 'Het hele park achter hem aangehold. Het scheelde niet veel of hij moest daarna aan de beademing.'

Emma maakte thee en limonade voor haar gasten.

Boris botste intussen een paar keer tegen de tafel en een stoel met zijn wagentje.

'En nóú is het genoeg,' riep zijn moeder na de zoveelste eenzijdige aanrijding, 'je komt nú uit dat autootje en gaat buiten spelen. Ik moet even rustig met Emma praten.'

'Maar het regent,' protesteerde haar zoontje.

Emma loste het op door hem met potlood en papier en een sprits in het slaapkamertje te zetten. Even later zat hij braaf te tekenen.

Emma sloot de slaapkamerdeur en knikte naar Cherrie. 'Vertel.'

Cherrie haalde diep adem en pakte een papier uit haar tas. 'Ik heb hier jouw inschrijvingsformulier. Zet er even een handtekening op, dan is dat probleem opgelost.'

Emma was stomverbaasd. 'Hoe kom jij hieraan?'

'Dat ga ik je niet vertellen. Ik heb het, dat is het belangrijkste. Hier, tekenen jij, en dan zorg ik dat het weer teruggaat naar waar het vandaan komt.'

Emma schudde eerst ongelovig haar hoofd, maar daarna brak er een brede lach door. Ze vloog Cherrie om haar hals. 'O, wat ben je toch een schat.'

'Jij bent zelf een schat. Daar moeten we hier heel zuinig op zijn, bij Rust en Vreugd. Schatten zoals wij.'

Emma's gezicht verstrakte. 'Je komt toch niet in de problemen hierdoor?'

'Nou, alleen mijn man ligt nu met een bijl in zijn rug in de sloot, maar verder gaat het wel,' grijnsde Cherrie en ze vervolgde: 'Nee hoor, lieverd, ik heb het deze keer heel slim en zonder ruzie aangepakt. Laat ze later maar raaien hoe dit wonder is geschied. Heb je misschien een wijntje voor de spanning? Ik sterf van de spanning. Nee hoor, geintje, ik heb gewoon dorssssst.'

Toen Boris een uurtje later weer in zijn brandweerauto stapte en bijna zonder botsen de tuin uit reed terwijl zijn moeder er vrolijk lachend achteraan liep, keek Emma ze tevreden na. Er was een grote last van haar schouders gegleden.

101

‘Geachte leden van Klavertje Vier, ik heb een heuglijke mededeling: het probleem met mijn inschrijving is opgelost.’ Emma keek tevreden het kringetje rond.

Drie paar verbaasde ogen.

‘Hoe dat zo?’

‘Over het precieze hoe en wat kan ik geen mededelingen doen, maar onder mijn inschrijvingsformulier staat nu ook de handtekening van Emma Quaadvliegh.’

Roos stelde onmiddellijk voor daar een flesje wijn op open te trekken.

‘Het is elf uur, ouwe zuiplap. Eerst koffie, eventueel met een stukje van mijn boterkoek, daarna lunchen, vervolgens afternoon tea en pas daarna wijn. En gefeliciteerd, Em, een pak van mijn hart, echt waar.’ Erik voelde zich meer en meer op zijn gemak in het gezelschap van zijn tuinvrienden, constateerde Emma tevreden.

Van Ahmed kreeg ze iets wat het midden hield tussen een schouderklop en een omhelzing en Roos gaf haar twee klapzoenen. Daarna kon ze haar nieuwsgierigheid toch niet bedwingen.

‘Vertel, Em, we hebben geen geheimen voor elkaar hier: hoe heb je dat voor elkaar gekregen?’

‘Helaas, beroepsgeheim,’ lachte Emma.

‘Ter zake nu,’ kwam Ahmed tussenbeide, ‘de grote verbroederingsmaaltijd, hoe gaan we dat aanpakken?’

Er werd twee uur lang serieus vergaderd en daarna lag er een uitgebreid draaiboek voor het grote diner voor alle tuinders van Rust en Vreugd, te houden op zaterdag 1 september.

De uitnodigingen zouden over twee dagen de deur uit gaan.

102

Er hing een aankondiging op het prikbord bij de kantine.

Grote verbroederingsmaaltijd, ook voor zusters

Af en toe ruzie, het komt in de beste families voor. De Rust en Vreugd-familie vormt daarop geen uitzondering. Er valt soms een onvertogen woord, er wordt wel eens iemand onderuit geschoffeld en er vliegt een enkele keer een schep of een kabouter door de lucht. Moet kunnen. Maar laat ruzie niet als onkruid woekeren. Spreek het uit, schud elkaar de hand en daarna zand erover.

Er zijn de laatste tijd best wel wat akkefietjes geweest, maar om te vieren dat uiteindelijk rust en vreugd zullen overwinnen organiseren wij op zaterdag 1 september om 14.00 uur de eerste Rust en Vreugd-verbroederingsmaaltijd.

We vragen iedere deelnemer om een bijdrage in de vorm van een voorafje, een hoofdgerecht of een toetje.

Schrijf je in middels het onderstaande

inschrijvingsformulier en vertel wat je van plan bent te gaan maken. Om te voorkomen dat we bijvoorbeeld alleen maar toetjes voorgeschoteld krijgen, zullen we de kookplannen waar nodig stroomlijnen en je vragen iets anders te maken.

Uiterlijk vijf dagen van tevoren ontvang je bericht. Dan weten we ook hoeveel mensen aanschuiven en voor hoeveel personen je iets moet bereiden.

Water, limonade en wijn worden aangeboden door de organisatie.

Wij hebben nu al zin en trek!

Roos (tuin 32), Ahmed en Meyra (tuin 15), Emma (tuin 25) en Erik (tuin 63)
Voor vragen kun je altijd bij ons aankloppen.

Erik en Ahmed waren persoonlijk alle tuinen langsgegaan om overal een uitnodiging in de brievenbus te doen.

Nu was het een kwestie van afwachten.

103

Er heerste een ongebruikelijke rust op het volkstuincomplex. Harm van Velsen vertoonde zich uitsluitend om zijn hond uit te laten, de gebroeders Bijl joegen niet meer op tuinders die zondigden tegen de regels, de beveiligingsplannen van Boekhorst lagen ergens in een la en van het ongeldige lidmaatschap van Emma werd niets meer vernomen.

Maar ontspannen voelde de rust niet.

Bij vader en zoon Van Velsen kon er bij toevallige ontmoetingen geen goedemorgen of goedemiddag van af. Strak voor zich uit kijkend liepen ze de leden van Klavertje Vier voorbij. Die bleven vriendelijk gedag zeggen, antwoord of geen antwoord.

De heren Bijl mompelden vaag iets terug als ze werden gegroet en Bert Zijlstra schoot schichtig een zijpad in als hij iemand aan zag komen lopen.

Intussen stroomden de aanmeldingen voor het verbroederingsdiner binnen. Harm en Ger van Velsen, Steef en Henk Bijl en Bert Zijlstra zaten daar niet bij, maar Cherrie en Fie waren zich persoonlijk bij Emma komen opgeven.

'Wij zijn een duo,' had Cherrie gezegd, 'wat onze mannen doen moeten hun weten, maar wij willen dit niet missen.' Fie had verlegen geknikt.

'De inschrijvingstermijn is nog niet gesloten,' had Emma gezegd, 'dus als jullie Ger en Harm nog over kunnen halen dan zijn ze van harte welkom.'

'Nou, daar moesten we maar geen energie in steken, hè Fie?'

Fie schudde van nee. Emma vermoedde dat het voor haar een enorme overwinning was dat ze zonder haar man wilde komen.

Cherrie legde nog even uit hoe het zat. 'Mannen, je

kan ze missen als gordelroos. En ik zeg altijd: een vrouw zonder man is als een vis zonder fiets.'

Fie keek haar niet-begrijpend aan.

'Als ik jullie ergens mee kan helpen, moet je het zeggen hè,' bood Cherrie aan.

'Nou, een paar extra handen kunnen we zeker wel gebruiken.'

'Mijn handen ook?' vroeg Fietje zacht.

104

De grote dag was daar: zaterdag 1 september.

Tweeënvijftig mensen uit drieëndertig huisjes hadden zich opgegeven voor de grote verbroederingsmaaltijd.

De leden van Klavertje Vier hadden zich dagenlang het vuur uit de sloffen gelopen om alles tot in de puntjes te regelen. De hulptroepen, bestaande uit Herman, Sjoerd, Cherrie, Meyra, Fietje en, verrassend, Sef en Frija, hadden zich zeer verdienstelijk gemaakt. Meneer Van Beek, die zich ook had aangemeld als vrijwilliger, had voornamelijk heel langzaam in de weg gelopen.

Het resultaat mocht er wezen: twee lange tafels met aan elke zijde dertien stoelen. Witte tafellakens bestrooid met bloemblaadjes, flessen wijn in koelers, kannen water, gekleurde servetjes en naamkaartjes. Iedere deelnemer nam zijn eigen bord, glas en bestek mee en nam plaats achter zijn naamkaartje. En zowaar, niemand klaagde over zijn buren of wilde ergens anders zitten.

Op een derde lange tafel stond het eten uitgestald. De eerste ronde bestond uit voorgerechten, daarna zou er een keur aan hoofdgerechten en salades neergezet worden en tot slot zou de tafel nog een keer gevuld worden met toetjes.

Een paar minuten over twee was elke stoel bezet.

Ahmed stond op, haalde een spiekbriefje uit zijn zak en tikte tegen zijn glas. 'Mag ik even uw aandacht en het woord?'

Het geroezemoes verstomde.

'Beste tuinders van Rust en Vreugd, het doet het organiserend comité en alle mensen die hebben geholpen ontzettend veel plezier om zo veel tuinliefhebbers zo gezellig en vreugdevol rond deze tafels te zien zitten. De zon schijnt, de vogels fluiten, overal bloemen, tafels vol spijs en drank, kortom: ik denk dat het paradijs, van om het even welke God, er ongeveer zo uitgezien moet hebben. We mogen hier samen heel trots op zijn. Maar... we kunnen nog niet op onze lauweren rusten. We zijn hier nu met ongeveer de helft van alle tuinders maar dat betekent dat de andere helft er, om tal van redenen, jammer genoeg niet is. Laten we afspreken dat we ons best zullen doen ervoor te zorgen dat we bij het volgende verbroederingsdiner twee keer zo veel tafels nodig hebben om ook alle verloren zonen en dochters plaats te bieden.

Maar genoeg gepreekt nu, ik zie overal om mij heen hongerige blikken, dus laat ons het glas heffen op álle tuinders van Rust en Vreugd. Proost!'

Iedereen hief het glas en toostte met zijn buren.

Emma en Roos zochten elkaars blik. Emma dacht aan haar Thomas en moest even een zakdoekje pakken en ook Roos veegde een traantje weg.

'Zit ik verdomme gewoon te janken,' fluisterde Roos in het oor van Erik die naast haar zat.

'Laat het komen, Roos, laat het stromen,' fluisterde die terug.

'Jezus, Erik, je lijkt wel een dichter.' Van verbazing vergat ze haar ontroering.

Niet veel later had iedereen zijn bord gevuld met voorgerechten: pasteitjes, gevulde eieren, gerookte ham, toast met zalm en paling, pastasalade en vegetarische loempiaatjes.

Herman had zijn bord zo volgeladen dat hij onderweg terug naar zijn plaats aan tafel een Klein Duimpje-achtig spoor van eten achterliet.

Het buffet van hoofdgerechten dat daarna op tafel kwam was zo mogelijk nog uitgebreider: geroosterde groenten, sushi, saté, salades, viskoekjes, stokbrood, lamsworstjes en gepofte aardappelen.

En tot slot een tafel vol fruit, ijs, flensjes, kaas en baklava.

Naarmate de middag vorderde en de wijn vloeide werd er steeds luider gepraat en harder gelachen. Sef ging zelfs zijn gitaar halen en even later zong zijn hele tafel mee met 'La Bamba' en 'Blowin' in the Wind'. Alleen meneer Van Beek was langzaam onderuitgezakt en in slaap gevallen.

Emma had haar stoel iets naar achteren geschoven en keek tevreden naar het uitgelaten gezelschap. 'De verbroedering is geslaagd,' mijmerde ze.

'Tante Emma, ik verveel me. Mag ik met Wodan wandelen?'

Naast haar stond Boris.

Emma's hondje, dat tot dat moment rustig onder haar stoel had gelegen met zijn riem vastgebonden aan de tafelpoot, begon nu te piepen.

'Zo te horen heeft Wodan wel zin in een wandelingetje. Maar wel ook even aan mama vragen, hè. Dan weet die waar je bent.'

Boris knikte, maakte de riem los van de tafelpoot en liep naar zijn moeder, die zich aan de andere tafel zeer leek te vermaken met twee jonge stellen. Er werd gelachen en geroepen en de glazen werden regelmatig bijgevuld.

Boris stootte haar aan: 'Mam.' Cherrie had er geen erg in. Haar zoontje kneep nu stevig in haar been. 'Mahaaam!'

'Au! Boris! Wat wil je, schatje?'

'Ik verveel me. Mag ik even naar opa wandelen?'

'Ja, is goed hoor. Maar niet te lang wegblijven. En vraag maar aan opa of hij zin heeft om toch nog even langs te komen.'

Boris knikte. 'Kom, Wodan.'

Toen Boris bij de tuin van zijn opa in de buurt kwam, begon Wodan zachtjes te janken. Uit het huisje van Harm en Fietje klonk geblaf. Wodan spitste zijn oren, zette zich schrap en weigerde nog een stap te zetten. Boris trok uit alle macht aan de riem en sleepte het hondje met veel moeite de laatste twee meter over het grindpad naar het toegangshek.

'Wat is er dan, Wodan?' Boris kriebelde hem achter zijn oren, zoals Emma hem had geleerd. Het hielp niet.

Met enige moeite kreeg Boris het zware hek open. Wodan kreeg hij echter met geen mogelijkheid meer vooruit.

'Dan bind ik je zolang aan het hek en als ik terugkom maak ik je weer los, oké?' legde hij geduldig uit. Hij legde de lus van de riem om een paaltje, zwaaide nog even naar Wodan en liep naar het huisje. De deur stond op een kier, een haakje verhinderde dat hij verder open kon. De blaffende bek van Bennie stak door de kier heen.

'Af, Bennie, af! Ik ben het, Boris.' Het werd zowaar stil achter de deur.

Boris ging op zijn tenen staan maar kon nét niet bij het haakje. Hij keek om zich heen. Daar stond een stoel, die hij naar de deur sleepte en waar hij vervolgens op klom. Nu kon hij wel bij het haakje van de deur. Hij haalde het eraf en vloog een seconde later door de lucht. De hond duwde hard met zijn zeventig kilo tegen de deur en de stoel met Boris erop viel omver.

Bennie stormde naar buiten, recht op Wodan af. Er klonk een schril gejank.

'Nee, nee, nee!' schreeuwde Boris terwijl hij huilend overeind krabbelde.

De stemming bij het verbroederingsdiner was uitgelaten en de lachsalvo's volgden elkaar op. De mensen stonden in groepjes bij elkaar, vrolijk en tevreden. Alleen Cherrie had zich losgemaakt uit haar groepje. Ze zocht haar zoontje en had al een paar keer het pad af gekeken.

Daar zag ze in de verte haar schoonvader aan komen lopen en er vlak achter herkende ze Boris. Even dacht ze dat Harm zich toch nog van zijn goede kant kwam laten zien door even langs te komen. Toen zag ze dat hij iets in zijn armen droeg. Ze kon niet meteen zien wat het was, maar toen Harm dichterbij kwam drong het heel langzaam tot haar door: het was een levenloos hondje. Daarachter liep haar huilende zoon. 'Neeee!' Cherrie gilde het uit en sloeg daarna vertwijfeld haar handen voor haar mond.

De mensen bij haar in de buurt keken om en vielen stil. Steeds meer mensen draaiden zich richting het pad. Verschrikte kreten. Verbijsterde gezichten. Toen werd het doodstil. Harm had stilgehouden voor het open hek en keek zoekend rond. Emma was een van de laatsten die zich hadden omgedraaid. Het leek eerst alsof ze niet begreep wat ze zag. Toen drong het langzaam tot haar door. Ze sloeg ook haar handen voor haar mond, de tranen stroomden over haar wangen. Harm en Emma liepen zwijgend naar elkaar toe. Op twee meter afstand van elkaar stopten ze. Emma schokschouderde. Ze schudde haar hoofd: 'Nee, nee, nee.'

'Ik vind het zo erg, Emma,' zei Harm schor.

Emma stapte naar voren en stak haar armen uit.

Voorzichtig legde Harm het dode hondje erin.
'Ik was even weg. Bennie heeft hem doodgebeten. Ik vind het zo erg.'
Emma huilde zonder geluid.
'Ik heb hem doodgeschoten,' mompelde Harm, 'ik heb Bennie doodgeschoten.'

105

Het was eind oktober en het stormde en regende al drie dagen. Op alle paden lag een dikke laag natte dode bladeren. Sinds 1 oktober was het tuinseizoen gesloten en mocht er niet meer in de huisjes overnacht worden.

Het park oogde uitgestorven. Slechts een enkele tuinder had nog de moeite genomen om naar Rust en Vreugd te komen, maar niemand waagde zich met dit weer naar buiten.

Alleen in een hoek van het complex liep iemand over het bladerdek met in zijn handen een kartonnen doos die langzaam nat werd.

Emma pakte haar theepotten van de plank en borg ze op in het keukenkastje. Daarna opende ze haar koelkast en deed de paar dingen die daar nog in stonden in haar boodschappentas. De deur van de koelkast liet ze op een kiertje staan. Vervolgens haalde ze alle stekkers uit de stopcontacten. Nu moest ze alleen nog het bed afhalen.

Emma ging in het midden van haar huisje staan en

keek rond. Ze was hier ruim zes maanden geleden voor het eerst naar binnen gestapt, maar ze had het gevoel hier al jaren te komen. In korte tijd was er veel gebeurd. Ze had nieuwe vrienden en vriendinnen gemaakt en er helaas ook een paar vijanden bij gekregen. Ze had gelachen, gegeten, gedronken, gelezen, gefeest, geluierd en zelfs een beetje getuinierd. Maar ze had ook gehuild en was boos geweest. Ze was heel verdrietig geweest over Wodan, maar had besloten dat het een ongeluk was en dat ze het moest proberen te vergeten.

'Per saldo was het een bewogen, maar geslaagd eerste seizoen hier, Thomas. Al heb ik je wel gemist. Samen zouden we het nog veel leuker hebben gehad.'

Het was alweer een tijdje geleden dat ze tegen haar man had gepraat, constateerde Emma.

Ze schrok van een harde klop op de deur. Ze fronste haar wenkbrauwen: ze verwachtte niemand. Ze schoof het gordijntje opzij en keek door het raampje van de deur recht in het gezicht van Harm van Velsen. Ze voelde onmiddellijk een grote steen op haar maag.

Emma haalde diep adem en opende de deur.

'Dag, Harm.'

'Ik heb wat voor je,' bromde Harm en hij duwde een grote kartonnen doos in haar handen.

Uit de doos klonk gepiep.

Er ging een rilling over Emma's rug. Ze zette de doos op tafel, opende de slappe, natte bovenkant en zag twee rommelige flapoortjes. Ze sloeg haar handen voor haar mond en tilde daarna voorzichtig een kleine, wollige puppy uit de doos.

'Ik hoop dat je het wat vindt.' Harm was in de deuropening blijven staan.

'Hij is zo... zo... ontroerend mooi en schattig en lief.'

'Mooi.'

'Dank je wel, Harm. Heb je zelf, eh... heb je zelf alweer een hond?'

'Ik heb er een besteld.'

'Weer zo'n, eh... wat was het ook alweer?'

'Een mastino.'

'Weer een mastino?'

'Nee, een andere.'

Emma wilde vragen wat voor hond hij deze keer ging nemen, maar Harm van Velsen had zich al omgedraaid en liep zonder te groeten haar tuin uit.

Emma opende haar mond om nog iets te zeggen, aarzelde en keek daarna toch zwijgend de voorzitter van Rust en Vreugd na.

Toen richtte ze haar blik weer op het zachtjes bibberende hondje in haar armen.

'Heb je het koud, schatje?' vroeg ze en ze hield de pup dicht tegen zich aan. 'Kom, we gaan een warm mandje voor je maken.'

Een paar minuten later, Emma was druk in de weer om van haar wasmand een hondenmand te maken, werd er opnieuw geklopt. Emma twijfelde.

'Joehoe, Em, ik ben het,' klonk de stem van Roos.

Emma slaakte een zucht van opluchting en opende de deur.

'Hallo, schat, ik zag Van Velsen met een doos hiernaartoe lopen en ik dacht, wat moet die engerd van je? Heeft hij je lastiggevallen?'

'Nee, integendeel,' zei Emma en ze wees naar de geïmproviseerde hondenmand in de hoek van de kamer. Roos' mond viel open.

'Ooo, wat een schatje. Is hij die komen brengen?'

Emma knikte.

Roos pakte het hondje uit zijn mand en aaide het zachtjes over zijn kop.

'Em, wat is hij léúk, tenminste...' ze draaide de pup voorzichtig om, 'ja, het is een hij.'

Emma keek naar haar vriendin met in haar armen het hondje en, zonder te weten waarom, moest ze opeens ontzettend huilen.

Roos liep op haar toe, sloeg één arm om haar heen en hield met haar andere arm het hondje voorzichtig tussen hen in.

'Huil maar even lekker hoor, mop. Ik snap het wel, al die emoties van de laatste maanden. Gooi het er maar uit. Maken we daarna een flesje open. Op ons en op je hondje.'

Emma lachte door haar tranen heen. 'Goed plan.'

Lees alle dagboeken
van Hendrik Groen

Verkrijgbaar als

Lees meer
van Hendrik Groen

Verkrijgbaar als